François-Xavier Dillard

Né à Paris en 1971, François-Xavier Dillard est directeur commercial dans un grand groupe énergétique français. Après *Un vrai jeu d'enfant* (2012), *Fais-le pour maman*, sélectionné pour le prix polar de Cognac, est son deuxième roman paru chez Fleuve Éditions (2014). En 2016, *Austerlitz 10.5*, coécrit avec Anne-Laure Béatrix, est publié chez Belfond. En 2017 *Fais-le pour maman* obtient le prix Pocket des Nouvelles Voix du polar. La même année sort *Ne dis rien à papa* puis, en 2018, *Réveille-toi !*, toujours chez Belfond.

RÉVEILLE-TOI !

DU MÊME AUTEUR
CHEZ POCKET

FAIS-LE POUR MAMAN
NE DIS RIEN À PAPA
RÉVEILLE-TOI !

FRANÇOIS-XAVIER DILLARD

RÉVEILLE-TOI !

belfond

MIXTE
Papier issu de
sources responsables
FSC® C003309
FSC
www.fsc.org

Pocket, une marque d'Univers Poche,
est un éditeur qui s'engage pour la préservation
de l'environnement et qui utilise du papier fabriqué
à partir de bois provenant de forêts gérées
de manière responsable.

ISBN : 978-2-266-29563-5
Dépôt légal : juin 2019

« La souffrance a ses limites, pas la peur. »

Arthur Koesler

Prologue

À l'annonce du retour de la cour, le bal des robes noires et des robes rouges a soudain pris fin. Maître Jean-Pierre Lovichi, le ténor du barreau, l'homme des acquittements inespérés, celui devant qui les jurés s'inclinent, conquis par sa force de conviction et la puissance de son verbe, reprend sa place. Il est au côté de son client et affiche un air rassurant qui force le respect de tous. « S'ils savaient », pense l'avocat à ce moment-là. Si ces gens savaient que cet homme, qui a affronté les pires procureurs, défendu les cas les plus impossibles, est, à cet instant, rongé par le doute et par l'appréhension. Ce dossier qu'il a porté pendant plus de douze jours lui semble tellement épineux et le verdict si aléatoire… Jamais personne n'avait eu à plaider une cause aussi étrange, aussi absurde, et pourtant aussi simple. Son client ne peut être jugé coupable, il en a l'intime conviction. Reste à savoir s'il a réussi à transmettre ce sentiment au jury.

Cela fait plus de quatre heures qu'ils délibèrent, les discussions ont dû être âpres. Neuf hommes et femmes portant en eux leurs propres drames, leurs blessures intimes, leurs haines ataviques et leurs peurs d'enfance. Six individus, enfermés dans la chambre des délibérations avec trois juges. Neuf personnes qui détiennent entre leurs mains l'avenir de son client, ou ce qu'il en reste… Une sonnerie retentit, presque anodine, comme celle d'une cour de récréation. La porte s'ouvre enfin et la présidente va s'asseoir pour annoncer la sentence. C'est une petite femme un peu sèche, au regard sévère et à la bouche pincée. Maître Lovichi a souvent croisé ce regard ces derniers jours, il s'y est plongé avec beaucoup de conviction, comme il l'a d'ailleurs fait avec chacun des jurés… Il pense y avoir vu de la compréhension et, pourquoi pas, de l'indulgence. La voix de la magistrate, étrangement grave, s'élève dans la salle d'audience.

— La cour et le jury, réunis en chambre du conseil, après en avoir délibéré, conformément à la loi, déclarent l'accusé non coupable.

D'abord le silence. Un long et profond silence qui suspend le temps et la raison. Et puis un sourire sur le visage de l'avocat, qui se tourne vers son client resté impassible. Et soudain, un cri, puis un autre, provenant du banc des parties civiles et de la salle tout entière. De l'indignation, du chagrin, de la haine bientôt. Le juge ordonne l'évacuation de la salle dans un brouhaha étouffant. Lovichi regarde son client, dont le visage si pâle et les yeux si gris ne semblent rien comprendre.

— Vous êtes libre, mon vieux, libre, c'est fini. Venez, on s'en va.

Deux policiers se présentent immédiatement pour les encadrer et les accompagner en dehors du palais, vers la liberté. Le grand hall, tout de marbre et de dorures, est bondé de journalistes qui se précipitent à leur rencontre.

— Maître Lovichi, maître Lovichi, comment pouvez-vous vous satisfaire d'une telle décision ? C'est un coupable que vous avez fait libérer, vous le savez.

L'avocat ne répond pas, il aura bien l'occasion de le faire, sur les plateaux de télé, devant les micros des radios nationales, très vite… Pour l'instant, il se fraie un chemin dans cette foule hystérique, aidé des deux préposés et poussant son client qui semble étranger au tumulte et aux insultes. « Assassin ! » « Tueur ! » « Monstre ! » Il aperçoit enfin le véhicule de police, à une vingtaine de mètres à peine. Dans quelques secondes, ils seront à l'abri, il pourra enfin savourer son succès, goûter pleinement les fruits de son talent et de son expérience. C'est une belle victoire, peut-être la plus belle de sa carrière. Il la fêtera ce soir, avec ses collaborateurs, ils l'ont bien mérité. Allez, plus que trois pas, à peine. C'est à ce moment-là qu'il aperçoit l'individu. Celui-ci ne regarde pas l'avocat, non, il regarde l'homme libre qui l'accompagne. Ses traits sont fixes, il n'y a rien d'autre sur son visage que de la détermination et une implacable certitude. De la détermination mais aussi une immense tristesse, un chagrin sans limites… Tout va très vite, la main qui sort de la poche, l'ombre noire du pistolet, trois coups de feu, trois éclairs, brefs, comme les aboiements d'un chien fou.

Lovichi ressent tout de suite une vive douleur dans l'épaule gauche, pareille à un coup très violent, suivie d'une intense brûlure. Puis il se tourne vers son client dont le visage est resté, comme toujours, impassible. Ce dernier a juste posé ses deux mains sur son cœur.

Sa respiration semble s'être arrêtée mais, pour la première fois, il regarde vraiment son avocat. Ses yeux noirs sont maintenant plongés dans les siens. Il ôte une main de sa poitrine et l'approche de Lovichi, qui voit avec stupeur le sang jaillir d'entre ses doigts. Les policiers se sont jetés sur l'agresseur et ont saisi son arme. De toute façon, l'homme n'a pas résisté, il s'est laissé faire et son corps est maintenant secoué de sanglots.

Le client approche alors son visage de celui de son conseil. Il réunit ce qu'il lui reste de vie et chuchote :

— Il y a d'autres formes de justice, maître… Merci pour tout.

Sur ces mots, il s'écroule, pendant que les flashs des journalistes immortalisent le visage hagard de l'avocat et que sa robe noire se couvre peu à peu du sang de sa propre blessure auquel se mêle celui, plus abondant encore, de la victime.

1

Il ne sait plus quand il est parti chasser. Cela lui semble être il y a une éternité. À part la maison de briques rouges, cette toute petite masure avec ses fenêtres ridicules devant laquelle il est passé, il ne se souvient plus de son itinéraire. Jusqu'au moment où il l'a trouvée. Et maintenant, il la suit à distance depuis déjà un bon quart d'heure. Il l'a remarquée dans le métro, cette belle fille brune élancée, avec son large sourire et ses grands yeux marron. Elle parlait avec une de ses amies, elles avaient l'air de se dire des choses amusantes toutes les deux, elles riaient parfois. Sa copine se mettait la main devant la bouche comme pour s'excuser, comme pour étouffer sa joie. Mais elle non, elle rigolait à gorge déployée, montrant ses dents d'une blancheur d'albâtre, se moquant du regard des autres, tout à son bonheur. L'amie de la fille est descendue la première, il ne sait plus à quelle station. Et puis ça a duré longtemps, ils ont dû aller jusqu'au bout de la ligne, en banlieue. Il n'y avait plus qu'eux dans la rame. Ils étaient seuls et ça lui a paru étrange. Mais pas à elle. Elle s'est levée, est passée devant lui, et a même souri. Lui n'y est pas arrivé. Il lui a laissé quelques secondes d'avance et il est sorti à son tour.

En quittant le métro, il ne reconnaît rien. Il n'est jamais venu jusqu'ici. Il essaie bien de voir le nom de la station mais il n'arrive pas à fixer son regard, à se concentrer suffisamment pour le lire. Les lettres sont mouvantes, protéiformes, faisant naître un nom, puis un autre, pour enfin se fondre dans une sorte de gribouillis illisible. Alors il la suit, à distance, prenant garde à ne pas se faire remarquer. Les rues sont très sombres et toutes les façades des immeubles sont éteintes. Ce quartier est mort. Il voit au loin se dessiner la grande et mince silhouette de la fille, elle ne se presse pas et paraît savoir où elle va. Il entend le claquement sec et régulier de ses chaussures à talons, comme une mécanique parfaitement bien réglée. Lui souffle un peu, il commence à sentir une légère douleur dans la poitrine. Il va devoir la rattraper assez vite.

Maintenant il resserre fermement sa main sur son shocker électrique au fond de la poche de son manteau. Il n'est plus qu'à une dizaine de mètres de la fille mais elle ne s'est pas encore retournée, pas une seule fois. Elle s'arrête soudain devant la porte d'un immeuble, immense et sombre. Il passe devant sans la regarder mais, dès qu'elle ouvre la porte, il revient sur ses pas et retient le battant avant qu'il ne se referme. La jeune femme est dans un hall gigantesque et, cette fois, il y a de la lumière, beaucoup de lumière. Blanche, forte, omniprésente, clinique. Les murs aussi sont blancs. Elle attend devant un ascenseur. Elle se retourne, le dévisage puis sourit à nouveau, de ce même sourire radieux qui illuminait ses traits tout à l'heure, dans le métro. Elle fait ça pour lui, un type sorti du néant, qui se tient devant elle avec son manteau gris, son visage mangé de barbe, creusé par la fatigue, et ses yeux rougis. Dans un instant, une seconde peut-être, il sait qu'elle va parler, lui demander si elle peut l'aider, s'il cherche quelqu'un. Mais lui, il ne veut pas entendre le son de sa voix, pas encore, pas comme ça. Au moment où la porte de l'ascenseur s'ouvre, il la pousse brutalement à l'intérieur et, avant qu'elle ne puisse crier, lui balance une décharge électrique qui la foudroie. La jeune femme s'effondre par terre, agitée de longs soubresauts. L'homme au manteau gris regarde le tableau de commandes de l'ascenseur. Il y a des dizaines de touches et les chiffres, à nouveau, se mélangent et dansent devant ses yeux, dans une farandole démente. Il appuie sur le numéro qui lui semble, un instant, le plus grand. La porte se referme et il sent la cabine s'élever de plus en plus vite dans les hauteurs de l'immeuble. La fille a le visage tourné vers le sol, son corps est toujours secoué de longs mouvements convulsifs. Dans sa chute, sa robe s'est un peu relevée et il regarde ses jambes, longues et fines, ses mollets parfaits, la naissance musclée de ses cuisses. Il observe les courbes sublimes de ses fesses, il devine sa culotte dont la dentelle noire apparaît furtivement. Il sent alors une excitation sauvage naître au plus profond de son corps, de ses tripes. Chez lui, l'excitation se traduit par d'étranges pulsions, des pulsions de sang, des instincts de mort. La soif de tuer, inextinguible.

Il s'agenouille à côté d'elle. La cabine continue sa course folle ; il jette un coup d'œil sur le tableau, les étages défilent à toute vitesse, comme s'ils ne devaient jamais s'arrêter. Il pose une main sur le bras de la fille, sa chair est chaude et douce. Il sent aussi les muscles se raidir au cours des spasmes, pendant quelques secondes. Ses doigts remontent vers le cou de la jeune femme, il repousse les cheveux noirs et bouclés qui inondent son dos. Il caresse avec douceur ses fines épaules puis dessine avec ses doigts des courbes étranges sur ses omoplates. À ce moment-là, il sent ce feu qui grandit en lui, ça le brûle, mais à la souffrance se mêle la promesse d'une profonde jouissance. Ses mains redescendent et s'attardent sur les reins puis sur le haut des cuisses. Il hésite un instant avant que ses doigts ne glissent sous la culotte de dentelle. L'homme sent les lèvres sèches de la fille, son sexe épilé, il aimerait pouvoir la pénétrer, pouvoir lui donner du plaisir ; pourtant il sait qu'il n'y arrivera pas. Il se saisit de son poignard. D'un coup sec, il découpe le tissu de sa robe et sectionne les bretelles de son soutien-gorge. Le métal aiguisé s'enfonce avec facilité dans les chairs blanches, traçant des sillons sanglants et rectilignes. Il dessine une sorte d'échiquier sur le corps de sa victime qui se met à gémir de plus en plus fort, à s'agiter et à pousser des cris, des hurlements. À l'aide de ses jambes, l'agresseur lui bloque les bras afin de pouvoir continuer son sinistre ouvrage. Puis il lui tranche un doigt pour qu'elle sente sa puissance et sa détermination, pour qu'elle souffre aussi. Quand il replonge sa lame, le cœur au bord de l'explosion, les cris cessent soudainement. Un long silence, le son rauque de son propre souffle. Le corps de la fille s'est immobilisé, la cabine de l'ascenseur aussi. Soudain, un rire dément jaillit de la silhouette allongée sur le ventre. Elle se tend d'un seul coup et l'homme est propulsé contre la paroi de la cabine, sa tête heurte le métal. Il met quelques instants à reprendre ses esprits. La lumière vacille puis s'allume par intermittence, provoquant des flashs, des éclairs, comme par une nuit d'orage, juste avant la pluie. L'homme regarde sa victime se relever. Elle lui tourne le dos, du sang s'écoule de ses épaules, dessinant des arabesques folles et écarlates sur sa robe blanche. Il sait qu'elle va se retourner dans quelques secondes. Maintenant il a peur, une peur glacée, immense. Il referme sa main sur le poignard et se jette sur elle, frappant vite et fort, perforant sa peau. Il fait glisser la lame sur ses os, la maintient contre la porte et passe une main sur son ventre, enfermant ses bras dans un étau de fer. Enfin, les muscles de la fille se relâchent ; enfin, le rire démoniaque s'éteint. Il la laisse choir sur le sol et tente de reprendre son souffle, la tête contre la paroi de métal. Il a envie de vomir et son cœur tambourine dans sa poitrine comme s'il voulait s'en extraire. Ouvrant les yeux et tendant la main vers le tableau de l'ascenseur, il appuie sur le bouton du rez-de-chaussée. Il a à présent la sensation d'être projeté dans un abysse, de plus en plus vite, comme s'il était en chute libre. Il voudrait pourtant déjà être en bas, quitter cet endroit clos, s'éloigner de ce corps. Les numéros fous qui s'affichent sur l'écran finissent par ralentir. Il scrute les petites diodes qui peu à peu deviennent des lettres puis, enfin, des mots. Mais avant qu'il ne puisse les lire, une main blanche et couverte de sang attrape son visage. Des doigts glacés s'enfoncent dans ses chairs, l'obligeant à se retourner pour faire face à sa victime, exsangue. Elle le regarde, le fixe de ses yeux vides. Puis, lentement, les commissures de ses lèvres se retroussent et commencent à former un rictus dément. Avant que le rire fou n'emplisse la cabine et ne vienne torturer ses tympans et son esprit, il repousse la créature de toutes ses forces et se met à appuyer comme un damné sur le bouton d'ouverture de la porte. Mais, à chaque pression, un flot de bile noire s'échappe du tableau de commandes. La chose derrière lui s'est déjà relevée et il n'a pas besoin de la voir pour savoir que, dans une seconde, elle aura fondu sur lui. L'homme pousse un long cri et, alors qu'il s'apprête à affronter celle qui est devenue son bourreau, il déchiffre enfin les deux mots affichés en rouge sur l'écran : « RÉVEILLE-TOI ! »

2

À cette heure-ci, le jeune homme est seul ou presque dans les locaux de la police scientifique. Il n'a pas allumé la lumière et seules les lignes de code qui défilent à toute vitesse sur l'immense écran de son ordinateur éclairent, d'une lueur étrange et blême, son visage mince et anguleux. Paul Vignaud a dix-huit ans, bientôt dix-neuf, et il a peu d'amis. À vrai dire, il n'a même aucun ami de son âge. Les jeunes gens qui sont nés la même année que lui, il les a laissés sur place dès son entrée à l'école primaire. Lorsqu'il avait passé son bac S, à l'âge de treize ans, la plupart de ses copains d'enfance achevaient leur quatrième. Ses résultats avaient été sans surprise. Il avait obtenu la note exceptionnelle de 20,8 sur 20 grâce au jeu subtil et un peu imbécile des options, et cela avec les félicitations unanimes du jury. Il avait terminé les épreuves scientifiques en utilisant à peine le quart du temps prévu par les examinateurs. Pourtant, il avait pris soin de rester sagement assis à sa place afin de déposer sa copie dans un délai raisonnable. Les regards que les autres bacheliers avaient portés sur sa longue et frêle silhouette d'adolescent lorsqu'il était entré dans la salle d'examen avaient suffi à lui dicter une certaine forme de discrétion, voire d'humilité.

La suite de son parcours avait été celle que suivent la plupart des surdoués : il avait rejoint une prestigieuse université et s'était plongé dans le travail. Sans doute pour mieux oublier le fait que les autres étudiants lui accordaient au mieux une indifférence totale, au pire une animosité non dissimulée. Sa rencontre avec le professeur Crumley, en dernière année de master, avait été déterminante et sans doute salvatrice. Jason Crumley était un des esprits scientifiques les plus brillants de sa génération. Il avait notamment contribué à développer l'algorithme du moteur de recherche le plus populaire du monde. Cela l'avait mis, lui et sa famille, à l'abri du besoin pour plusieurs générations et lui avait permis de se consacrer pleinement à la recherche et aux travaux universitaires. Entre Paul et lui s'était tout de suite instaurée une relation faite d'admiration réciproque et d'enthousiasme partagé pour la science en général et l'informatique en particulier. Crumley avait la petite cinquantaine, deux filles déjà grandes qu'il voyait peu. Elles habitaient aux États-Unis, et il ne communiquait avec son ex-femme que par avocats interposés.

Le projet sur lequel Paul travaille encore ce soir est celui qui a mobilisé toute sa formidable intelligence et son étonnante intuition mathématique. Il y est plongé depuis plus de un an, ce qui, pour lui, représente un temps infini. Mais il sait que demain, ce soir peut-être, le programme qu'il a conçu sera enfin prêt à remplir sa mission. Personne n'y croyait pourtant. Il avait fallu toute l'aura et la détermination de Crumley pour réussir à l'imposer dans ce programme d'identification dans lequel le ministère de l'Intérieur avait déjà investi des sommes colossales. Crumley lui avait raconté comment cela s'était passé à l'époque.

— Voyons, professeur, ce gamin est à peine majeur et vous me demandez de lui remettre les clefs d'un laboratoire dont le moindre objet est tellement cher que je ne pourrais même pas me l'acheter. Si toutefois j'en avais l'utilité… Et pourtant je suis bien payé ! Enfin, bien payé… Vous dire ça à vous, c'est vrai que ça n'a aucun sens.

Crumley savait que, autour de lui, on ne se gênait pas pour dire qu'il n'avait qu'à mettre la main à son immense portefeuille s'il trouvait que les budgets alloués au projet étaient trop justes. Ce que ces gens ignoraient, c'était qu'il avait déjà investi dans ces recherches, à titre personnel, pour pouvoir poser les bases de sa géniale intuition… Mais il était nécessaire que l'État investisse aussi dans ce laboratoire : les enjeux étaient trop importants pour qu'il reste dans la sphère privée. Le haut fonctionnaire avait encore maugréé pendant quelques minutes avant de se laisser convaincre par le professeur.

— Grâce à Paul Vigneau, nous avons déjà fait plus de progrès en six mois que durant les trois dernières années… Ce gamin est incroyable, faites-moi confiance, avait conclu Crumley.

Son interlocuteur s'était levé lentement en secouant la tête et avait raccompagné le scientifique à la porte de son vaste bureau.

— J'espère bien que vous progressez et que vous toucherez bientôt au but. Je ne vous cache pas que les lignes budgétaires du projet Nostradamus ont tendance à devenir abyssales et commencent à faire un peu beaucoup grincer les finances publiques… Je ne pourrai pas continuer à vous défendre si vous n'obtenez pas rapidement des résultats… Alors, bon courage !

Crumley était revenu au labo pour annoncer la bonne nouvelle mais aussi pour alerter les équipes sur la nécessité de redoubler d'efforts. Ce soir, alors que Paul touche au but, il sait que son travail va profondément bouleverser celui de la police et les activités des criminels. Le jeune homme, qui est encore presque un adolescent, tend les bras vers le ciel et s'abandonne dans un long bâillement. Les supercalculateurs vont tourner une bonne partie de la nuit avant qu'il ne puisse confirmer sa théorie. Il est temps d'aller se reposer dans la petite chambre qui jouxte la salle des ordinateurs. Une chambre qu'il avait fallu aménager, comme le reste. Cela avait un peu alourdi le budget du labo mais, après tout, ce n'était pas sa faute si les portes n'étaient pas assez larges et si les sanitaires et la douche n'avaient pas été prévus pour lui. En actionnant la commande de son fauteuil électrique puis en roulant silencieusement vers son lit, Paul se dit que, compte tenu de la violence de l'accident dont il a été victime, il a de la chance de pouvoir utiliser ses bras. En entendant les jappements de Ram, le basset hound que le professeur Crumley lui a offert, il ne peut s'empêcher de sourire. Il se souvient avec émotion de la tête de ce chiot émergeant du gros carton qu'il lui avait tendu avec un air réjoui. L'animal avait déjà l'air vieux et fatigué mais sa bouille irrésistible avait immédiatement emporté l'affection de Paul. Et ce sentiment s'était renforcé avec le temps. Ram était devenu son compagnon de tous les instants et leurs longues promenades dans les jardins du parc s'étaient transformées en un rituel immuable autant que nécessaire.

— Viens, espèce de grosse bestiole… Eh oui, bien sûr qu'on va sortir un peu avant de se coucher. Tu croyais vraiment que j'allais t'oublier ?

Par une curieuse association d'idées, lorsqu'il voit le jeune chien se précipiter vers la porte en sautant et en poussant de petits gémissements de contentement, Paul se dit que, peut-être, il pourrait enfin se décider à aller voir sa mère, la semaine prochaine. C'est pourtant une épreuve qu'il préfère repousser de jour en jour. Mais, il le sait, il faudra bien qu'il s'y résolve avant qu'elle ne sombre totalement.

3

Ça a commencé quand il avait à peu près sept ou huit ans. Nicolas se souvient très bien de l'incident qui l'a poussé à plus de prudence dans la gestion de ce talent si particulier. Il avait alors neuf ans. Il revoit la tête de la maîtresse au moment où il s'est dressé au milieu de la classe et qu'il a demandé d'une voix fluette mais assez forte pour que tout le monde entende :

— Maîtresse, comme vous êtes amoureuse de M. Paloin, je crois qu'il faut lui dire, c'est beaucoup mieux.

Elle a d'abord rougi. Personne n'avait jamais dû voir une femme rougir aussi vite ; son visage était passé, en un instant, d'un blanc à peine rosé à une belle et uniforme teinte écarlate. Puis elle s'est mise à tousser, une toux rauque, presque animale, sans pouvoir s'arrêter. Elle s'accrochait à son bureau comme une très vieille personne. Tous, dans la classe, ont cru qu'elle allait suffoquer, s'écrouler par terre et mourir sous leurs yeux d'enfants. Les petites filles du premier rang se sont mises à crier : « Maîtresse, maîtresse, qu'est-ce qui se passe ? » Certaines ont commencé à pleurer, à appeler à l'aide. Au bout d'une minute, Adélaïde Lewin a enfin réussi à reprendre le contrôle de son corps puis de son esprit. Elle l'a regardé d'un air sévère et un peu suspicieux.

— Ce n'est pas bien de dire des bêtises pareilles, Nicolas, tu pourrais être puni pour ça, tu sais.

Il a observé cette femme avec beaucoup d'attention. Il l'a même, pendant quelques longues secondes, fixée avec une forme d'arrogance et d'opiniâtreté qui aurait pu être prise pour de l'insolence mais qui n'était, en fait, que le reflet de son incompréhension.

— Pourquoi je serais puni, maîtresse ? Je n'aime pas vous voir triste. Et quand vous êtes avec le directeur vous êtes heureuse, franchement, ça se voit. Et puis, dès qu'il s'en va, vous redevenez toute bizarre, un peu… un peu comme si vous alliez pleurer en fait. Moi je crois que vous devriez être tout le temps avec lui, non ? C'est comme ça, normalement, les amoureux.

Il ne se souvient plus très bien de la suite des événements mais il se rappelle assez précisément la colère de son père, qui a dû faire la chose dont il avait le plus horreur au monde : quitter son vaste bureau d'architecte pour recevoir une leçon de morale et d'éducation du directeur d'une école primaire dans laquelle il ne mettait habituellement pas les pieds. Mais ce coup-ci, sa femme lui a dit : « Tu viens avec moi, Jean. Cette fois, c'est grave. Et il n'y a pas de raison pour que je sois la seule à me faire enguirlander. » Il est donc venu et a entendu, plus qu'écouté, les doléances de M. Paloin.

— Écoutez, monsieur Flair, ce n'est pas la première fois que votre fils nous fait ce genre de farce totalement iconoclaste. Ça devient même une habitude…

En début d'année, je vous rappelle qu'il a dit à une dame de service que ce n'était pas bien de ne pas aimer les enfants parce qu'ils sont noirs ! Vous vous rendez compte ? Il faut faire quelque chose, nous ne pouvons pas tolérer ce genre de comportement dans notre établissement. Et cette pauvre Mme Lewin... Toutes ces horreurs qu'il a insinuées sont intolérables. Tu entends, Nicolas, intolérables !

Le petit garçon regardait cet homme un peu rond, marié, père de cinq enfants, qui dirigeait cet institut catholique avec rigueur et intransigeance, avec toute la sévérité et le sérieux qu'il imaginait être indispensables à sa mission. Il le regardait et il sentait tout son corps, sa voix, hurler : « Comment le sais-tu, petit con, comment le sais-tu !? » Bien sûr Nicolas n'a rien dit ; il a fait acte de contrition et promis que, avec l'aide de Jésus, il ne le referait plus.

— Oui, enfin, laisse le Seigneur en dehors de cette histoire. Contente-toi de tourner sept fois ta langue dans ta bouche avant de te croire autorisé à raconter de telles âneries. Madame et monsieur Flair, je compte sur vous pour que ce garçon apprenne à contrôler ses... ses pulsions verbales.

Sur le chemin du retour, son père a commencé à marmonner quelque chose mais sa mère lui a immédiatement intimé le silence en secouant la tête. Nicolas savait que son père le croyait et il en a eu la confirmation le soir même lorsque, allongé dans son lit, il a entendu sa belle voix de baryton basse dire à sa maman : « Je suis sûr que ce cul-bénit se la tape, cette vieille fille ! » Il a aussitôt perçu les protestations de sa mère qui lui a ordonné de parler moins fort et de sermonner son fils dès le lendemain matin. Ce qui a été fait devant un bol de chocolat et une tartine à peine entamée.

— Bon, Nicolas, c'est la dernière fois que tu nous fais un coup pareil. Je sais que tu ressens les choses, que tu les comprends mieux que les autres enfants. Et c'est une grande chance. Moi aussi je l'ai un peu, cette capacité. Moins que toi, beaucoup moins. Mais de grands pouvoirs donnent de grandes responsabilités. Et tu sais qui dit ça ? C'est la tante de Spiderman, alors tu vois, ça ne peut pas être complètement faux ! Donc tu vas me promettre de ne plus dire tout haut ce que tu penses, et particulièrement aux enseignants. À tout le monde, d'ailleurs. Tu sais, les gens ont rarement envie d'entendre la vérité. Surtout quand cette vérité les concerne. C'est comme ça, Nicolas. C'est compris ?

Le petit garçon a acquiescé silencieusement puis s'est jeté sur sa tartine de confiture. Sa maman s'est rapprochée de son père et lui a chuchoté en souriant : « Spiderman… N'importe quoi. »

À la suite de cet incident, il n'a plus jamais fait part à ses amis, à ses profs ou à ses petites copines de cette formidable intuition qui lui permettait de lire parfois sur les visages comme dans un livre ouvert. Il n'a pas dit non plus à ses parents qu'il s'était plongé à corps perdu, dès son entrée en sixième, dans des recherches approfondies sur ce que les gens appelaient et appellent toujours le mentalisme. Oh, ça n'avait rien de magique, vraiment rien. Juste un mélange d'intuition, d'observation, de suggestions et de déductions. Mais, poussé à l'extrême sur des gens comme lui, des êtres ayant des prédispositions pour ce genre de choses, ça pouvait être carrément flippant. Il trouvait ça très amusant, au début. Il a même beaucoup travaillé ce don, en cachette. Il a tout lu sur la programmation neurolinguistique, sur l'hypnose, sur la manipulation… Il était fasciné par toutes ces théories. D'autant plus qu'il lui arrivait de les mettre en application avec une facilité déconcertante. Avec facilité certes, mais pas toujours avec la réussite attendue. Il s'est aussi pris des râteaux monumentaux et a échoué à de nombreuses reprises. Notamment pour suggérer à ses parents d'augmenter son argent de poche ou à un prof vicieux d'annuler une interro surprise. Parce que, malgré tout son talent, il ne pouvait pas aller à l'encontre des convictions profondes ou des pulsions de certaines personnes. Et puis, influencer ses propres parents est une chose trop compliquée, ils vous connaissent trop bien. « Pas de ça avec moi, mon grand », lui disait souvent son père quand il essayait de l'« envoûter » pour lui piquer ses clefs de voiture. « Dans tes rêves », lui a lancé Lisa avec un sourire de commisération au moment précis où, sûr de son fait, il allait l'embrasser après un rock endiablé, elle, la plus belle du lycée. Eh non, ça ne marche pas davantage avec les gens que vous connaissez peu… S'il avait su à quel point cette fille était une petite peste arrogante et prétentieuse, il aurait pu prévoir sa réaction. S'il avait été un peu moins confiant, un peu plus réaliste aussi.

Rien de magique, donc. Même si certains en font un spectacle. Il en a vu, de ces bonimenteurs qui bluffent le public avec des tours et des manipulations. Il avait juste envie de leur hurler : « Quel gâchis ! » Chacun son truc…

Et pourtant, ce soir, alors qu'il ouvre le dossier

que lui a transmis le chef de la police judiciaire et qu'il tombe, projeté avec une violence inouïe dans un tourbillon de chairs et de sang, sur la première photo de la scène de crime, il se demande, finalement, s'il a choisi la meilleure voie…

4

Je m'appelle Axelle et j'ai vingt et un ans.

J'ai été réveillée par le froid. Par le froid et la douleur. Je suis allongée sur le sol. Je suis en sous-vêtements et je grelotte. La pièce est si sombre, presque totalement noire. Je n'arrive pas à me souvenir de ce qui s'est passé. Je tente de reconstruire mon histoire en la lisant sur mon corps meurtri. Il y a d'abord les entailles que je découvre sur mes jambes, jusque sur mes cuisses. Le sang a séché pourtant ; lorsque mes doigts effleurent les lèvres des cicatrices, je ressens comme une décharge électrique dans tout mon corps. Je manque de suffoquer mais je ne peux pas respirer, ma mâchoire me fait souffrir, j'ai cette chose enfoncée dans ma bouche qui m'empêche de la refermer. Je renifle et je sens un goût métallique, un goût de sang, dans ma gorge. Je tente de me déplacer et une douleur atroce irradie dans mon bras gauche. J'essaie de regarder, de comprendre, de lever ma main à hauteur de mes yeux. C'est un trop gros effort et je sombre dans l'inconscience…

L'air glacial, de nouveau, me ramène à la réalité. La soif aussi, une soif affreuse. J'ai l'impression d'avoir du sable dans la bouche. J'ai d'un seul coup une terrible nausée qui me noue le ventre et me plie en deux. Je tente de me calmer. Si je me mets à vomir avec ce truc qui m'empêche d'ouvrir la bouche, je vais crever, je vais me noyer dans mes propres vomissures, comme une rock star un lendemain de concert. Petit à petit, les douleurs et les spasmes cessent. Je respire lentement, profondément, et j'arrive à m'asseoir sans défaillir. J'essaie de distinguer ce qui m'entoure. Je suis au fond de la pièce et je regarde autour de moi, je veux percer cette obscurité, coûte que coûte, mais c'est impossible. J'arrive tout juste à distinguer les murs à ma droite et à ma gauche. Ça veut dire qu'ils ne sont pas très loin et que la pièce est petite. Je voudrais me redresser complètement, mais je suis épuisée. Avec ma main droite, celle qui ne me fait pas trop souffrir, j'explore à nouveau mon corps dévasté. Lorsque j'arrive à ma cheville, je sens un lien attaché à ma jambe. Je remonte cette laisse, sans avoir à aller très loin. Elle est fixée dans le mur, juste derrière moi. C'est une chaîne, enroulée autour d'un gros tuyau de plomb et fermée par un cadenas. Je tire de toutes mes forces, ça ne bouge pas. Et puis l'effroyable réalité de ma situation explose dans mon crâne. Je n'ai pas eu un accident, je ne suis pas dans une chambre d'hôpital… Je suis séquestrée, quelqu'un m'a tabassée, torturée… Je crois que je vais à nouveau m'évanouir. J'entends alors des gémissements, comme les plaintes déchirantes d'un enfant, et je réalise que c'est moi qui suis en train de gémir. Des larmes lourdes et chaudes roulent sur mes joues. Ça faisait longtemps que je n'avais pas pleuré. À vrai dire, je ne pleure jamais. Quand j'étais petite, ma mère disait toujours que j'étais « dure au mal » et aussi « une vraie tête de mule ». Je ne sais pas si c'est vrai et là, tout de suite, j'aimerais bien qu'elle soit à côté de moi, qu'elle me tienne la main et qu'elle me regarde sangloter, enfin, comme une enfant.

J'aime tant la vie et elle me le rend si bien. Mes amis me disent que je suis une battante, que rien ne me fait peur. S'ils me voyaient en ce moment… Je suis terrifiée, morte de trouille, je ne sais même pas si les tremblements qui m'agitent sont dus au froid ou à cette angoisse effroyable qui me ronge. J'essaie de me reprendre, de me concentrer. Je dois me souvenir de ce que j'ai fait avant de me retrouver dans cette situation. Je ferme les yeux – pour ce qu'ils me servent de toute façon – et je tente de revenir à hier. Était-ce seulement hier ? Il y a des lumières, des lumières de toutes les couleurs. Et puis de la musique. Voilà, je me souviens de la musique, très forte, trop forte. Et puis il y a Cyril. Il est beau et je sais que c'est mon petit copain. Je le vois, il titube, il a trop bu. Il y a un flash, un cri. C'est lui qui crie et moi aussi. Je quitte la boîte, je me vois sur le trottoir. Moi aussi, j'ai trop bu. Je pars sans me retourner, je cherche un putain de taxi et il n'y en a pas. Je veux appeler un Uber mais je n'ai plus de batterie. C'est ça, je me souviens, je suis sur le trottoir et je gueule parce que mon smartphone ne fonctionne pas. Je continue à marcher et je ne sais plus vraiment quelle direction prendre. Et là je vois une voiture qui s'arrête juste à côté de moi. Je ne distingue pas très bien l'intérieur, la vitre s'abaisse.

— Ça va ? Vous avez un souci ?

Je sais que je ne dois pas donner suite. C'est écrit,

depuis que l'on est tout petit, ça résonne dans la tête comme un mantra. Tu ne réponds pas aux inconnus, tu ne montes pas dans une voiture avec quelqu'un que tu ne connais pas, tu ne sors pas toute seule la nuit… Mais ça, c'est quand t'es une gamine, pas quand t'es bourrée, à 3 heures du matin et que t'as envie de rentrer chez toi. Et donc je m'approche. Je ne me souviens pas de son visage, s'il est laid, beau, insignifiant… Je me souviens juste qu'il fait chaud dans sa voiture et que je lui demande s'il peut me ramener chez moi, ce n'est pas très loin… En un instant, ça me revient. Après ça, je m'endors puis je sens qu'on me secoue, j'ouvre les yeux et je ne reconnais rien, je sais juste que je ne suis pas chez moi, pas du tout. Je me retourne vers le conducteur.

— Où on est ? Ce n'est pas l'adresse que je vous ai donnée…

L'homme fait non de la tête, je n'arrive toujours pas à voir ses traits. Je ne sais même plus si j'ai paniqué, je ne crois pas. Je sens pourtant que je ne dois pas rester dans cette voiture, il y a quelque chose d'étrange, de malfaisant chez ce mec. J'appuie sur la poignée de la porte et rien ne fonctionne. C'est bloqué. Là, je panique vraiment. Je vais hurler, je vais hurler tellement fort que c'est lui qui va me faire sortir de sa bagnole pour ne plus m'entendre. Au moment où mes lèvres s'entrouvrent, où je prends une grande respiration, le poing du gars se lève et c'est comme un coup de marteau qui s'abat sur mon crâne. Je ne peux plus crier, j'ai l'impression que nous sommes en plein jour, des lumières explosent dans ma tête et puis c'est le noir. Complet. Voilà, c'est la dernière chose dont je me souvienne et maintenant je suis enfermée, attachée comme une bête dans ce trou à rats.

Ils avaient raison, il ne faut pas monter dans la voiture d'un inconnu.

Je m'appelle Axelle, j'ai vingt et un ans, et j'ai atrocement peur…

5

Basile pousse un cri. Ses draps sont trempés d'une sueur froide et moite dont le contact le dégoûte jusqu'à la nausée. Il appuie sur l'énorme interrupteur rouge qui se trouve sur la table de chevet. Aussitôt, une intense lumière blanche illumine le moindre recoin de sa chambre. Des spots accrochés à chaque angle de la pièce viennent de s'allumer simultanément. Il a déjà essayé de dormir avec les projecteurs, sans jamais y parvenir. La lumière l'empêche d'accéder au repos, ne serait-ce que quelques minutes, tandis que la nuit l'entraîne inexorablement vers ce que son esprit peut produire de plus terrifiant. S'il n'était pas aussi fatigué, il pourrait presque rire de ce dilemme imbécile et cruel. Il regarde le réveil : 3 h 38. Il a dû dormir, vraiment dormir, une heure, peut-être moins. Le reste n'est que chaos, cris et peur… Le visage cadavérique et l'ignoble rictus apparaissent avec une netteté effrayante dès qu'il referme les yeux. Ces apparitions sont d'une réalité si puissante qu'il pourrait presque sentir à nouveau l'âcre et profonde odeur du sang, entendre la respiration saccadée de la créature. Il ne sait même pas qui est l'homme de ses cauchemars :

son visage est toujours masqué par une ombre, caché par un foulard, une barbe… Sa gorge est sèche et sa bouche pâteuse, son cœur cogne comme un tambour au fond de sa poitrine. Il s'assoit sur le bord de son lit et se met à pleurer. Cela dure maintenant depuis plus de deux ans. Il a souvent regardé les vidéos faites par les médecins quand il croyait encore à l'espoir fou d'une guérison possible. Il a vu ce que les caméras de surveillance de l'hôpital ont enregistré. Cet homme au regard fou qui arrache puis projette ses draps sur le sol et qui semble se battre avec des ombres, des fantômes. Ce pantin ridicule qui pousse des cris insensés contre le vide et la nuit. Ce type, c'est lui.

Les cauchemars ont commencé un an après l'opération, au moment où, croyait-il, il allait pouvoir reprendre une vie normale. Les premières fois, il a mis ça sur le compte de la fatigue, des médicaments antirejet. Lorsqu'il a commencé à en parler avec ses médecins, ceux-ci l'ont rassuré. « Cela peut arriver parfois, ne vous inquiétez pas, monsieur Caplain, c'est un profond bouleversement pour votre organisme et il est tout à fait normal qu'il y ait des périodes d'adaptation, même longtemps après l'opération. » Le grand ponte qui le suivait à l'époque a balayé ses plaintes d'un revers de main, arguant que l'important n'était pas son sommeil mais la capacité qu'avait eue son corps à accepter la greffe.

Il s'était donc remis totalement de l'opération. Pourtant la fatigue, déjà, ne le quittait plus. Puis la vie a repris son cours. Enfin, la vie… Il a retrouvé son travail de comptable, d'abord à mi-temps, pendant un an. Au départ ses collègues ont fait preuve de prévenance, presque de gentillesse. Des sentiments auxquels il n'était guère habitué. Même son chef de bureau, l'atrabilaire et sinistre Kopfer, a eu quelques attentions à son égard, tout au moins dans les premiers temps. Et quand les erreurs sont apparues, quand ses absences, malgré son indéniable présence physique, sont devenues trop flagrantes, il a fini par être convoqué. Il se souvient du terrible regard de serpent de son supérieur et de cette voix sans chaleur, sans âme.

— Nous savons tous ce que vous avez traversé, monsieur Caplain, et nous avons, je le crois, fait preuve de beaucoup, beaucoup de compréhension et de patience à votre égard. Mais là !

Archibald Kopfer a brandi au nez de Basile une liasse de documents et de feuillets sur lesquels s'entassaient des chiffres et des bilans.

— Vous avez littéralement massacré la comptabilité de notre plus gros client ! Nous allons devoir tout refaire ! Les déclarations, les projections, les comptes… Heureusement que j'avais demandé à Lucille de jeter un œil à votre travail avant que nous n'envoyions ce… ce terrifiant torchon à l'administration centrale. Ça va nous demander un temps fou pour tout reprendre. Un temps infini ! C'est une faute grave, vous m'entendez, une faute grave ! C'est terminé, Caplain, vous irez poursuivre votre convalescence à Pôle emploi…

Basile a d'abord éprouvé de la colère puis, comme il progressait dans le long couloir de la direction, au sixième et dernier étage, vers le bureau de la DRH, Mlle Turpot, il a commencé à se sentir plus serein, presque soulagé. Après tout, sans le stress de son travail, peut-être pourrait-il enfin trouver le repos. Il n'aurait plus à affronter ces terrifiantes avalanches de chiffres, ces maudits fichiers Excel dont les lignes et les colonnes finissaient par s'enchevêtrer en un magma incompréhensible. Une bouillie grise et morne dans laquelle ses yeux, rougis de fatigue et de visions d'épouvante, finissaient par se perdre. Il tenait dans ses bras un petit carton dans lequel il avait entassé à la hâte quelques modestes effets personnels. Une agrafeuse dont il appréciait le mécanisme allemand fiable et précis, quelques livres, sa machine à calculer Hewlett Packard Scientific qui l'accompagnait depuis ses études. Le mug Bart Simpson dans lequel il buvait les litres de café qui, pensait-il, pourraient l'aider à se concentrer. « Cela vous aidera surtout à choper un ulcère, lui avait dit un toubib. Vous devriez plutôt essayer de dormir un peu, vous avez l'air d'un zombie. » Dormir… Bien sûr, il pouvait prendre de puissants hypnotiques qui le terrasseraient et l'emporteraient pour une heure ou deux dans un néant total, mais après… Après, les visions et les cauchemars reviendraient aussi sûrement que le jour succède à la nuit, ils reviendraient plus angoissants et plus terrifiants encore. Il se réveillerait dans un hurlement et sa chambre serait emplie pour de longues minutes des corps suppliciés et des visages grimaçants qui l'accompagnaient depuis si longtemps.

Sa femme, Pénélope, l'a quitté l'année dernière, sans vraiment lui donner d'explications. Aucune n'était nécessaire. Qui donc pouvait vivre avec quelqu'un comme lui ? Qui pouvait supporter ces nuits de cris et de pleurs, ces coups aussi ? Il n'était même plus capable de soutenir une conversation avec elle. Parfois ces visions atroces le rattrapaient lorsqu'il la contemplait en train de préparer le repas. Il voyait le visage de son épouse se flétrir, sa peau fondre littéralement sur ses os puis elle se tournait vers lui en poussant des hurlements monstrueux. Il savait qu'il s'était à nouveau endormi… Il se souvient des derniers mots qu'elle a prononcés en abandonnant leur appartement.

— Basile, si je reste, je pourrais bien te faire du mal un jour, juste pour pouvoir dormir.

Assis sur le canapé du salon, il l'a regardée d'un air abattu. Il a vaguement agité la main dans un pathétique adieu avant de s'assoupir pour se réveiller en hurlant une heure plus tard.

En arrivant près de son domicile et comme il se remémore avec philosophie et aussi une certaine amertume ses derniers instants passés dans la grande entreprise, Basile se rappelle qu'il n'a pas fait de courses depuis trois jours. Il doit passer à la station. Il ne va plus depuis longtemps dans les grandes surfaces, n'entre plus chez aucun commerçant. Trop de bruit, d'agitation, d'attente. Il a fini par s'adapter à un régime alimentaire constitué uniquement de sandwichs sous vide, de chips, d'une pomme de temps en temps et de biscuits. Il a un peu grossi, c'est vrai, mais ils proposent tout de même une belle variété : viande, poisson, poulet, jambon ou saumon… Et puis il y a Ali. Il est son dernier ami peut-être, sûrement… En tout cas, il est le dernier être humain avec lequel il peut avoir une conversation. C'est d'ailleurs lui qui, un soir, a « brisé la glace », comme on dit.

— Dites, monsieur, vous savez, il y a un Simply Market, par là, à dix minutes d'ici. Non, je dis ça parce que, même si vous êtes fan des Sodebo et des Pringles, ben vous les paierez vachement moins cher là-bas. Et vu que vous avez dû en acheter au moins une bonne centaine depuis que vous venez ici, ça ferait quand même de sacrées économies, non ?

Basile lui a répondu qu'il préférait le calme de la station-essence et puis, peu à peu, ils ont fait connaissance. Ali a une trentaine d'années, il a « arrêté les conneries » après avoir connu la prison, un peu. Il lui a dit ça avec un petit sourire en biais qui signifiait sans doute « rien de grave, monsieur, des conneries de jeune, des trucs de banlieue, hein ». De toute façon, son visiteur du soir a depuis longtemps cessé de juger les autres. Il est bien trop accaparé par ses nuits sans sommeil et ses journées sans rêves. Au bout de un an de cette routine, de ces échanges de plus en plus longs, ils ont fini par se considérer comme amis.

En scannant les quelques articles que son étrange compagnon du soir lui a apportés, ce singulier voisin qu'il a, avec le temps, appris à apprécier, le caissier se met à le regarder fixement. Il a dans les yeux cette lueur d'excitation que Basile lui connaît bien, celle qui annonce, une fois encore, une de ces histoires terribles dont Ali a le secret et dont il se repaît avec une avidité d'ogre.

— Il faut vraiment que je te parle de ce truc, Baz. Là franchement, la vérité, c'est pire que d'habitude. C'est trop grave, mec !

Ali nourrit une passion aussi fiévreuse que dévorante pour les faits divers. Il a commencé par les revues spécialisées comme *Le Nouveau Détective*, qu'il appelle non sans humour « La Petite Gazette de l'horreur », puis s'est mis à traquer le drame sur Internet. Aujourd'hui il connaît par cœur les adresses de tous les sites qui distillent avec force détails et photos des scènes de crimes épouvantables, quand il ne s'agit pas de simples illustrations plus ou moins réussies, souvent grotesques, des exactions les plus effroyables qu'une société moderne peut engendrer. L'un n'allant pas sans l'autre, il nourrit aussi une passion pour les serial killers, dont il connaît les biographies et le nombre exact de victimes avec une précision encyclopédique. Basile n'est pas dans les meilleures dispositions du monde pour écouter ce genre d'histoires, mais le petit homme un peu fort qui se tient devant lui, le regard pétillant d'avance des frissons à venir, est le seul être humain avec lequel il entretienne encore une relation normale. À vrai dire, le seul avec qui il entretienne une relation tout court. Alors il va faire ce qu'il fait chaque fois. Il va écouter Ali raconter l'atroce et triste récit d'un drame épouvantable tout en buvant une bière et en se disant que, finalement, la réalité ne rejoindra jamais la pire de ses propres fictions.

6

L'ingénieur de police technique et scientifique Clara Vandamme a ouvert la porte du laboratoire avec l'énergie et l'enthousiasme qui caractérisent cette quadragénnaire à l'allure souple et féline. Un immense sourire illumine son visage quand elle aperçoit Paul sur son fauteuil électrique, les yeux rivés sur son écran.

— Salut, mon petit génie de Paulo ! Où est ton infâme clébard ? Je préfère que tu me le dises pour que je me prépare à repousser ses assauts. Ce chien bave plus qu'une armada d'escargots et je viens de m'acheter ce magnifique tailleur-pantalon chez Ba&sh. S'il me le bousille, je le flingue !

Paul a détourné la tête de son écran pour saluer Clara. Il adore cette femme. Elle est belle et mince, ses longs cheveux châtain clair roulent sur ses épaules et ses grands yeux verts respirent la joie de vivre. Tout le contraire de sa mère, pense-t-il brièvement avant d'être envahi par la culpabilité.

— Je crois qu'il pionce dans la chambre. Pas de danger pour le moment. Tu m'as bien apporté ce que je t'ai demandé ?

La femme écarquille les yeux et fait mine d'avoir oublié. Puis elle se met à rire.

— Évidemment que je t'ai apporté le matériel. Tu me prends pour une écervelée ? Vous ne seriez pas légèrement macho, par hasard, monsieur Vignaud ? Fais gaffe, les machos n'ont pas bonne presse en ce moment, méfie-toi que je te balance pas.

Elle sort de sa poche une clef USB et la tend au jeune garçon.

— Tu as tout là-dedans, mon petit bonhomme, et crois-moi, ça a donné du boulot aux agents scientifiques. Mais quand j'ai dit que c'était pour toi et ton projet, ils se sont agités comme des dingues. Tu penses, participer à la révolution de la police criminelle, au projet du siècle, au projet… Nostradamus !

Elle a pris un ton un peu grandiloquent pour prononcer ce dernier mot. Elle aime se moquer de son jeune camarade. Sans doute pour cacher l'immense admiration qu'elle a pour son intelligence hors du commun. Elle lui ébouriffe les cheveux et prend une chaise pour s'asseoir à côté de lui.

— Donc je vous rappelle votre commande, monsieur le petit génie : trouve-moi toutes les pièces d'une affaire criminelle résolue il y a longtemps. Les premières constatations, les éléments scientifiques, les prélèvements, les témoignages, les fiches d'identité et les photos de la scène de crime, celles de la victime. Mais juste ces photos-là hein, pas une seule autre. Pas une seule ! Eh ben voilà, mister Paul, tout est là-dedans !

Elle tend la clef à Paul puis, au moment où il va s'en saisir, lève le bras, bien trop haut pour qu'il puisse l'attraper.

— Hop hop hop, qu'est-ce qu'on dit à son ingénieur en chef préféré ? Allez, j'attends. Je peux rester longtemps comme ça, et toi, il n'y a aucune chance pour que tu arrives à la récupérer.

Paul se met à rire.

— Allez c'est bon, t'es vraiment relou quand tu t'y mets, Clara. Donne-moi cette clef, s'il te plaît, et merci beaucoup, beaucoup pour tout ce que tu fais pour les personnes en situation de handicap… Morue !

Clara fait virevolter la clef comme un avion et finit par la lui tendre. Paul l'attrape et l'insère prestement dans le port prévu à cet effet. Aussitôt, les éléments contenus dans le petit morceau de plastique s'affichent sur l'écran. Il y a là une cinquantaine de fichiers. Il se met à les ouvrir et les classe avec une rapidité affolante dans le programme qu'il a conçu. Au bout de quelques minutes, l'écran relié au supercalculateur devient totalement noir.

— C'est normal, ne t'inquiète pas, ça chauffe, là-derrière.

Soudain apparaît l'image d'un vieil homme à la longue barbe grise, vêtu de noir et portant un calot sombre. Le visage, d'abord immobile, s'anime. Ses lèvres s'agitent et un rire tonitruant emplit la pièce.

— Qui ose réveiller Nostradamus de son long sommeil ? Quelle est ta demande, misérable ?

Clara regarde son ami avec stupeur. Puis elle se met à rire en lui donnant des petits coups de poing dans l'épaule.

— T'as complètement pété les plombs, Paul ? C'est quoi cette mise en scène débilos, c'est grotesque ! On se croirait à Fort Boyard. Si les types qui ont financé le projet voyaient cet habillage à la con, on serait tous virés.

Paul la regarde d'un air contrit et légèrement vexé.

— Oui, bon, je trouvais ça cool… OK, OK, c'est bon, je vais le dégager. Mais attends de voir de quoi il est capable, mon père Fourras à moi !

Il tape rapidement quelques mots dans la boîte de dialogue, demandant à l'algorithme de réunir l'ensemble des éléments de l'enquête que lui a apportés Clara. Puis il appuie sur la touche « Enter » avec un air victorieux. Il fixe alternativement son amie et le grand écran parcouru de lignes et d'ondes de couleur. Quelque chose commence alors à prendre forme. Au début, on ne distingue pas grand-chose, peut-être l'arrondi d'un crâne, le contour d'une oreille, l'ombre d'une chevelure. Puis, petit à petit, comme surgi du pinceau d'un artiste de talent, le visage d'un homme se dessine sur l'écran. D'abord anonyme, ce Monsieur Tout-le-monde prend des traits plus singuliers. Ceux d'un individu d'une trentaine d'années, cheveux noirs et yeux bleus. Une mince cicatrice vient lentement fendre sa joue gauche alors que, dans le même temps, ses cheveux se mettent à pousser à une vitesse folle pour recouvrir ses épaules. Les couleurs, d'abord pastel, prennent une ampleur et une vivacité telles que, lorsque la machine a fini de travailler, l'homme qui les fixe semble prêt à leur adresser la parole.

Paul se tourne vers Clara avec une expression de défi dans le regard, s'apprêtant à lui balancer une réplique dont il a le secret. Mais ce qu'il voit sur le visage de l'ingénieur le prend de court. Elle a dans la main une photo, et ses yeux vont et viennent de celle-ci à l'écran. Paul constate avec inquiétude qu'elle est sur le point de fondre en larmes. Elle souffle lentement, se penche vers le jeune garçon, l'embrasse avec émotion et chuchote :

— C'est incroyable, Paul, c'est incroyable…

Sur la photo se trouve le jumeau parfait de l'homme qui leur est apparu à l'instant, comme par magie.

7

L'homme sent l'odeur de la peur, il la perçoit avec une acuité particulière, une sensibilité incroyable qui s'est installée avec l'expérience. C'est une compagne qu'il connaît si bien. La sienne, bien sûr, et surtout, depuis quelque temps déjà, celle des autres.

Le chemin a été long pour atteindre la grande demeure, long et sombre. Il est à nouveau passé devant la petite maison rouge avant de prendre sa voiture et il a entendu un bruit, comme un gémissement, ça, il s'en souvient. Et maintenant il roule et les arbres défilent. Il n'aime pas la forêt et, plus généralement, la campagne. Il se sent vraiment dans son élément au contact du béton, de l'acier et de l'atmosphère âcre des gaz d'échappement. Il ne sait pas vraiment pourquoi il a choisi de la suivre sur cet étrange parcours. Plus il s'enfonce sur la route départementale et plus le paysage est désertique. Il n'a croisé aucune voiture depuis au moins une heure et les arbres qui bordent la route semblent tous avoir perdu leurs feuilles. Leurs branches sombres sont tordues, torturées, comme brûlées par un feu d'enfer. Il aperçoit soudain la grande demeure au bout de l'immense parc traversé par un chemin de gravier bordé de cyprès. Il se dit qu'il devrait se garer là, devant la grille ouverte. Néanmoins il ne s'arrête pas. Qu'importe le bruit que feront les roues sur ces petits cailloux, qu'importe qu'elle l'entende arriver, de toute façon elle est seule.

Il n'y a qu'une fenêtre illuminée sur cette façade qui en compte peut-être vingt, trente... Il n'arrive pas à les dénombrer. Il a l'impression qu'elles se multiplient au fur et à mesure qu'il s'approche. Pourtant, celle d'où s'échappe la lumière reste au centre de ce puzzle mouvant. Il est totalement fasciné par cette lumière, comme le serait un papillon de nuit avide de chaleur et de stress. Il sort de son véhicule et monte rapidement les larges marches de pierre du perron. Il pose sa main sur la porte, essaie d'écouter à travers les lourds panneaux de bois mais il n'entend rien. Il actionne la poignée et le battant s'ouvre sans un bruit. Elle n'a même pas fermé à clef. Inconsciente et stupide créature. Elle ne sait donc pas que la nuit est peuplée de monstres ? Que l'obscurité appartient aux esprits qui souffrent tant qu'ils veulent partager cette souffrance ? Dans le large hall d'entrée, un escalier monumental l'invite vers de sombres sommets. Il commence à grimper les marches puis lève la tête. Loin, très loin, très haut, une faible lumière tente de combattre la nuit. Il y a tant d'étages à gravir... Il en a déjà franchi trois ou quatre et il entend son souffle rauque et ses poumons qui peinent à trouver l'oxygène nécessaire à cette délirante ascension. Enfin, il ne lui reste plus qu'une courte distance pour atteindre son but. Sa poitrine le fait souffrir, de plus en plus. Pourtant l'odeur de la peur, de la sueur et le bruit de sanglots l'invitent à rejoindre sa victime et le galvanisent. Arrivé sur le palier, il perçoit très distinctement le trait de lumière qui s'échappe sous la porte de la chambre. Il s'approche, le bruit de sa respiration envahit son crâne, comme le souffle d'un taureau en pleine corrida. Sa main agrippe la poignée. Il tente de l'abaisser, elle se bloque. Il donne un coup d'épaule sur les panneaux de bois, et au bruit sourd qui retentit répond un cri aigu qui le transperce. Un cri suivi de suppliques, mêlées de larmes et de plaintes.

— Laissez-moi, laissez-moi, allez-vous-en par pitié ! Qui êtes-vous ? Partez, pour l'amour de Dieu, partez !

Elle hurle, il ne comprend même plus le sens des mots qui semblent s'échapper de la gorge de la fille. Une terrible excitation lui noue les entrailles, il sent dans son bas-ventre une chaleur qui irradie jusqu'à son torse. Il serre dans sa poche son grand couteau de chasse, ersatz de sexe, cette lame qui bientôt fera son office. Il se rue contre la porte, comme une bête fauve, oubliant toute retenue, toute douleur. Au troisième choc, le bois cède enfin et il est propulsé dans une pièce aux dimensions extravagantes, au fond de laquelle trône un immense lit à baldaquin dont les lourdes tentures pourpres occultent l'intérieur.

— Je suis là... Pourquoi tu ne cries plus, pourquoi ? Je veux que tu hurles encore !

Sa voix rauque et forte s'est diffusée dans toute la chambre, pourtant immense. Il est impossible qu'elle ne l'ait pas entendue ; il s'approche à pas lourds de la couche, il sort son poignard, celui avec lequel il a achevé tant de chevreuils et de cerfs. Prémices de sa véritable vocation de tueur.

— Tu ne te tairas pas longtemps, tu sais… Bientôt, dans un instant, tu me supplieras, tu hurleras plus fort pour que je t'achève. Je te le jure !

Plus que quelques pas et il pourra se saisir du rideau, il pourra l'arracher et contempler sa proie, paralysée par la peur, la bouche béante dans un cri muet, les yeux grands ouverts sur le visage de sa propre mort. Ses jambes en tremblent presque et il sent la transpiration qui inonde son dos et ses cuisses. Cette chaude moiteur stimule ses pulsions de mort, c'est comme du sang, comme si son corps se couvrait d'hémoglobine. Bientôt, dans une poignée de secondes. Sa main n'est plus qu'à quelques centimètres du lit et il s'arrête. Il y a quelque chose d'étrange, une chose que son instinct de chasseur identifie comme une alarme. Il ne sent plus la terreur. Plus rien, pas la moindre émanation de crainte ne s'échappe de la couche devenue silencieuse. Il fait un pas en arrière. Peut-être a-t-elle une arme ? Peut-être que cette pute cache un pistolet sous son oreiller ? Peut-être même qu'elle ne ferme pas sa porte en espérant qu'un rôdeur s'introduise dans sa maison pour le buter ? Il hésite à rebrousser chemin mais la crainte ne peut rien contre son excitation. Elle n'est qu'une vague sensation balayée en un instant par la fureur de son désir et de ses pulsions. Il se précipite sur la tenture et l'arrache d'un geste brusque en brandissant son couteau et en poussant un terrible hurlement de rage.

Au moment où il aperçoit la chose qui est allongée sur les draps d'un noir absolu, son cri se bloque dans sa gorge. Il n'émet plus qu'un râle à peine perceptible. Il essaie de reculer, il n'y arrive pas. Il est comme paralysé. La créature le fixe de ses multiples petits yeux noirs qui ornent toute la surface de son crâne nu et livide. De son torse s'échappent des sortes de tentacules qui sifflent comme autant de serpents hideux. Elle ouvre sa gueule et découvre des crocs terrifiants, couverts de bave et de morceaux de chair sanguinolents.

L'homme retrouve ses esprits. C'est lui qui hurle désormais. Dans un ultime réflexe, il donne un violent coup de poignard sur un des appendices qui se tendent vers lui avec avidité, le tranchant d'un coup net. Le membre s'écrase sur le parquet dans un bruit atroce et humide. La bête pousse un hurlement de loup qui lui vrille les tympans et lui glace le sang. Il doit s'échapper, quitter cette maison, sinon il va devenir fou. Il se met à courir vers la porte et il a l'affreuse sensation que celle-ci s'éloigne à chacune de ses enjambées. De nouveau, son souffle lui brûle la poitrine. Il se retourne un instant et il s'aperçoit avec horreur que la chose s'est extirpée du lit. Elle se précipite vers lui de toute la puissance et la force de ses longues pattes noires et griffues qui lui donnent l'air d'une immense tarentule. Une araignée, un loup, des serpents… La somme de toutes les peurs enfouies en lui depuis son enfance. Des larmes de terreur et de douleur inondent son visage alors que, dans un ultime effort, il atteint enfin l'escalier. Il entend le bruit caractéristique des griffes sur le parquet, un bruit de plus en plus proche, un vacarme inhumain. Il ne pourra jamais descendre les centaines de marches, il ne pourra pas lui échapper. Il le sait.

En un instant, il enjambe la rambarde de marbre et se jette dans le vide. L'air lui gifle les chairs tandis que le sol se rapproche à toute vitesse. Il voudrait fermer les yeux mais il ne le peut pas. Pendant sa chute, il distingue des lettres qui se forment sur le carrelage blanc, des lettres dont il ne comprend le sens que juste avant l'impact : « RÉVEILLE-TOI ! »

8

Lorsqu'il pousse la porte du bureau du chef de la police judiciaire, Nicolas Flair est tout de suite submergé par le stress qui règne dans la pièce. À dire vrai, il l'a senti bien avant d'y pénétrer. Il a humé ce parfum âcre et lourd, il a vu les visages des hommes en faction au pied de l'immeuble et les traits souriants mais étrangement figés de la charmante secrétaire de Marc Chameroy, le flamboyant et séduisant directeur des lieux.

— Ah, enfin, tu es là, Flair ! Bon, c'est la panique dans les ministères, mon vieux. On a une autre victime sur le dos. Et pas n'importe qui ! La fille du ministre des Affaires étrangères, rien que ça ! Massacrée par un véritable fauve dans la maison familiale des Phallard. À même pas vingt kilomètres de Paris. Mais qu'est-ce qu'elle foutait aussi, toute seule dans cette immense bicoque, cette gamine, nom de Dieu !

Il sait que derrière la colère de Marc se cache une réelle empathie pour les victimes, une sensibilité à fleur de peau. C'est à se demander comment ce dernier a fait pour arriver au plus haut sommet de la hiérarchie policière. En fait, Flair le sait… Il dissimule sa sensibilité sous un flot d'énergie, il la masque derrière des colères épiques et la transforme, en définitive, en un puissant moteur pour combattre le crime. Aidé en ça par une intelligence instinctive et des intuitions fulgurantes.

— C'est la troisième victime, Flair, la troisième. Les journalistes ont commencé à sentir l'odeur du sang. Bientôt, les détails vont fuiter et on ne pourra plus retenir la meute. Dans trois jours, demain peut-être, c'est une véritable psychose qui va s'abattre sur Paris. Trois jeunes femmes, moins de trente ans, minces, jolies, très jolies… Enfin, avant… J'ai mis un excellent flic sur le coup, un type d'expérience. Parce que là, il va falloir aller vite et avoir plus que de l'intuition.

Chameroy se lève, se dirige vers un meuble de notaire, en ouvre la partie haute, s'empare d'un dossier vert pâle et retourne s'asseoir. Il ouvre la chemise cartonnée, en retire une enveloppe kraft avec un nom marqué au feutre noir : « Constance de Phallard ». Il se saisit d'un cliché en couleur et le jette sur son bureau.

— Regarde ce qu'il ou elle a fait de cette fille ! Tu sais, Nicolas, j'ai beau être habitué, je crois que je ne m'y ferai jamais. Quel paquet de merde on a dans le crâne pour faire un truc pareil ?!

Nicolas prend la photo et regarde les couleurs crues. Ce blanc, ce rouge, ces draps souillés, les yeux bleus encore ouverts et ce cri muet figé pour toujours par la mort. Il voit les bras tranchés qui gisent sur le matelas, à côté du tronc. Il observe avec attention les blessures profondes et multiples sur le bas-ventre, les jambes écartées, les sous-vêtements arrachés, tachés de sang et d'urine. Il observe cette scène avec une attention intense, se nourrit de chaque objet, de la position des draps, du regard vide de la jeune femme.

— Il ne l'a pas violée, n'est-ce pas ?

Flair a posé la question et pourtant il connaît déjà la réponse. Lorsque Marc lui a envoyé son SMS ce matin, il a juste écrit : « On en a une troisième... » Il a fait appel à lui dès le deuxième meurtre. Mode opératoire identique, même violence, même sauvagerie. Il sait que Nicolas peut l'aider sur ce genre d'affaires. Il l'a déjà fait, au moins à deux reprises. Flair se souvient d'ailleurs très bien du premier coup de fil qu'il avait reçu, il y a trois ans.

— Docteur Flair, Marc Chameroy à l'appareil. Mon nom vous dit quelque chose ? Je suis le directeur de la police judiciaire mais ce n'est pas pour ça que vous me connaissez...

— Je sais qui vous êtes, monsieur. Vous êtes le mari de Catherine Chameroy qui est une de mes patientes. Il ne lui est rien arrivé, j'espère ? C'est assez rare que les conjoints de mes patients m'appellent...

— Non, non, rassurez-vous. Simplement... Bon, je ne vais pas y aller par quatre chemins, docteur. Voilà, ma femme a vu une dizaine de psychiatres en vingt ans. Elle est en analyse permanente depuis son adolescence.

Il n'avait pas pu s'empêcher de sourire.

— Ce n'est pas si grave, vous savez...

— Bien sûr que je le sais ! Si je vous appelle, c'est que, depuis qu'elle vous voit – ça fait quoi, un an ? –, elle ne cesse de me dire à quel point vous êtes formidable... En fait, elle dit que vous avez... une sorte de don. Je sais, ça paraît idiot... Elle dit que vous arrivez à lire en elle comme dans un bouquin.

À comprendre des choses sur lesquelles elle n'arrivait pas, depuis des années, à mettre des mots.

Cette fois, Nicolas avait presque ri.

— C'est un peu ce qu'on attend d'un psychiatre, vous savez. Je fais mon job, tout simplement.

À ce moment-là, il s'était tu. Puis il avait perçu, dans le combiné, comme un bruit de feuilles, comme si Chameroy consultait des documents.

— Moi aussi, j'ai fait mon travail et j'ai appris ce que vous avez fait pour la police allemande, il y a neuf ans…

Flair avait effectué une partie de ses études de médecine, ainsi que sa spécialisation, à la prestigieuse université technique de Munich. Lorsque Marc Chameroy avait prononcé les mots « police allemande », une onde glacée avait parcouru son dos. Ses mécanismes de protection s'étaient immédiatement mis en place et il avait répondu d'une voix tout à fait calme :

— Et vous pensez, je suppose, que je pourrais refaire ça pour vous ? Écoutez-moi, cher monsieur, cet épisode m'a coûté bien plus cher que ce que vous pouvez imaginer. Je mets aujourd'hui mes compétences et… disons, mes qualités particulières au service de mes patients, uniquement. Je suis désolé.

— Vous pourriez l'être encore plus… Je viens de vous envoyer un mail, docteur, lisez-le attentivement et rappelez-moi.

Il avait regardé le message qui contenait un texte assez court et quelques photos. Le type qu'ils avaient arrêté était soupçonné d'avoir enlevé et séquestré deux fillettes, deux sœurs âgées de huit et dix ans. On avait retrouvé l'ADN des gamines dans sa camionnette.

Pourtant, après quarante-huit heures d'interrogatoire, il continuait à nier toute implication dans l'affaire. Évidemment le policier avait joint la photo des petites filles dans son e-mail. Deux petites brunes, dont l'une offrait un grand sourire édenté au photographe pendant que l'autre lui faisait des oreilles d'âne. Flair y avait également trouvé la photo du suspect. Un type brun au visage d'une pâleur terrible, aux lèvres minces et aux yeux clairs et cernés, fatigués par deux jours de garde à vue. Il y avait de la lassitude dans ce regard, de la peur et aussi une étrange lueur de défi. Il avait su, à ce moment précis, que le suspect ne parlerait pas et que, s'il n'intervenait pas, les fillettes étaient perdues. Quand on les avait retrouvées vivantes le lendemain, leur père était tombé dans ses bras en pleurant. Lui avait conscience qu'il avait franchi la limite qu'il s'était pourtant promis de ne plus jamais dépasser.

En regardant Marc puis, de nouveau, la photo de la fille assassinée qu'il tient dans ses mains, il sait que cette affaire va l'obliger à retourner encore une fois dans des zones qu'il s'est interdites. Pourtant, il prend le dossier et demande simplement :

— Tu me trouves un bureau, s'il te plaît ?

Marc sourit, s'approche et lui donne une petite tape sur l'épaule, à la fois virile et protectrice. C'est sa manière à lui de dire merci.

9

Je m'appelle Axelle, j'ai vingt et un ans, et je ne me suis jamais sentie aussi mal.

Je n'ai plus froid. Et je n'ai plus de larmes. Je suis bien au-delà. Pourtant la soif et la faim sont toujours présentes. Comme des bêtes tapies au fond de mon ventre, de ma gorge, de ma tête, qui hurlent à la mort pour qu'on les nourrisse. Je n'ai pas de montre. Je n'aime pas être prisonnière du temps. Je n'aime être prisonnière de rien. Surtout pas des autres. Mes relations amoureuses n'ont jamais duré plus de un mois ou deux. Après ça, naît une espèce d'interdépendance qui me terrifie. L'autre est là, à vous regarder, attendant que ses espoirs et ses attentes soient déçus. Moi, pour éviter la déception, je préfère ne rien attendre. Et partir tôt ! Mais comme je déteste la solitude et que j'aime le sexe, je ne reste pas seule très longtemps. J'ai couché avec plein de garçons, avec des filles aussi. Moins. Je ne sais pas vraiment ce que je préfère, c'est juste différent. Je suis d'une génération qui ne fait pas de discrimination, c'est cool non ? Avec le dernier, Cyril, au lit c'était top. Pour le reste, c'est devenu un cauchemar au bout d'à peine quinze jours. Il était jaloux et ça, c'est juste pas possible avec moi.

Voilà, je suis enfermée comme une bête dans cette pièce puante, enchaînée comme une esclave, le corps en vrac et l'esprit en miettes, et je pense à mes histoires de cul. J'y pense sûrement pour m'occuper la tête. Pour m'échapper de cet enfer. Pour ne plus ressentir mes douleurs, mes blessures et cette soif qui me tenaille. J'ai mal à la mâchoire aussi, j'ai la bouche grande ouverte et je n'arrive toujours pas à la refermer, mes dents s'enfoncent dans une matière plastique sans saveur. J'ai peur d'étouffer. Je ne pleure plus. J'en ai envie mais je ne veux pas ajouter le désespoir à la souffrance. Ici ça sent la poussière et la sueur, ça sent aussi l'urine et la peur. Je ferme les yeux et repose mon corps meurtri contre le mur, juste derrière moi. J'ai envie de pisser, je me retiens. Pour l'instant j'essaie de rester digne. Je fixe le fond de la pièce et je n'y vois rien. C'est d'abord le bruit qui me terrifie. Le bruit caractéristique d'une clef dans une serrure. Je pousse des petits cris animaux. Il y a peu de chances pour que la personne qui va bientôt ouvrir cette porte vienne me sauver. Il n'y a même aucune chance pour que ce soit le cas. Je veux quand même signaler ma présence. Dire que je suis vivante. Pour l'instant.

La lumière qui entre dans la pièce m'éblouit moins que celle qui me brûle les yeux lorsqu'il actionne l'interrupteur. Je ne vois rien ou presque, juste une ombre. Une silhouette se trouve dans l'encadrement et elle ne bouge pas. Je m'habitue lentement et commence à mieux distinguer ce qui m'entoure. Et ça me terrifie. Mes jambes sont couvertes de sang séché et ma main gauche est entourée d'un bandage d'un rouge sombre. La chaîne qui court de ma cheville jusqu'au mur est lourde, épaisse et ancrée solidement dans la pierre derrière moi. Mon ravisseur, ça ne peut être que lui, s'avance lentement dans ma direction. Il porte une cagoule noire, un blouson de cuir, un jean, des gants gris et un grand sac de sport. Je me recroqueville contre la paroi froide, essayant de mettre le plus de distance possible entre nous deux. Tout cela est vain. Où pourrais-je me cacher, m'enfuir ? Il s'agenouille devant moi et défait la fermeture éclair de sa grosse besace. Il se saisit d'abord d'une grande bouteille d'eau qu'il pose à proximité. En la voyant, j'agite ma main vers elle en poussant un vagissement. La soif, à nouveau, est devenue insupportable. L'homme repousse brutalement ma main puis continue à sortir des objets qu'il pose sur le sol. Il y a des sandwichs sous vide, des paquets de chips, des serviettes hygiéniques, du papier-toilette… Enfin, il fait glisser à côté de moi un grand seau en plastique vide. Je devine que ce sont désormais mes toilettes. Je devine aussi que je suis là pour quelque temps et surtout qu'il ne compte pas me tuer. Pas tout de suite. Il met alors un doigt sur sa bouche pour me faire signe de me taire puis approche ses mains de mon visage. Les passant derrière ma tête, il actionne un cadenas avec une toute petite clef et ouvre ainsi le cercle de métal qui m'enserrait le crâne. Dans le même temps, il libère ce qui se trouvait dans ma bouche et bloquait ma mâchoire. C'est une boule de plastique rouge, comme celles qu'on voit dans les sex-shops sadomasos. Elle est reliée au collier que l'homme vient de me retirer. Je bouge ma mâchoire de haut en bas, sur le côté, et cela me fait horriblement mal. Lui ne bronche pas, ne fait aucun geste. Je tends timidement la main vers la bouteille qu'il pousse alors dans ma direction. Je l'ouvre tant bien que mal avec ma main blessée et, enfin, je bois. Boire est une véritable félicité quand vous avez soif, vraiment soif. Quand votre gorge ressemble au désert de Gobi et que votre langue est devenue un morceau de chair morte et dure. Il me reprend la bouteille en me l'arrachant presque. À ce moment-là – peut-être est-ce tout ce liquide qui m'envahit le corps, la colère de me voir retirer la bouteille, la peur d'éprouver à nouveau cette soif inextinguible –, je me mets à hurler :

— Qu'est-ce que vous me voulez, espèce de…

Je n'ai pas le temps de terminer : le coup part avec une vitesse et une force hallucinantes. Je prends son poing en pleine tête, juste près de l'oreille. Les images autour de moi se mettent à tourner à toute vitesse et je m'effondre sur le sol. Au bout de quelques secondes, j'ouvre à nouveau les yeux. Ce salopard me regarde en secouant la tête, comme s'il réprimandait un enfant. Puis il se penche vers moi et me remet sa muselière de taré. Je n'ose pas faire le moindre geste, un prochain coup pourrait me tuer. J'ai le crâne sur le sol et je me force à ne pas bouger, à rester parfaitement immobile, soumise. Je me suis habituée à la lumière crue diffusée par l'énorme ampoule du plafonnier. J'arrive à distinguer le tas d'objets qui encombrent le coin de la petite pièce qui me sert de geôle. Et quand je comprends enfin ce que sont les morceaux de tissu qui sont posés près d'un tabouret aux pieds de métal, je suis obligée de m'enfoncer les ongles dans la paume pour ne pas gémir de terreur.

Là, devant moi, à quelques dizaines de centimètres, se trouvent des sous-vêtements féminins souillés de sang, comme autant de reliques des victimes qui ont dû me précéder dans cet enfer.

Je m'appelle Axelle, j'ai vingt et un ans, et maintenant je sais que je vais mourir.

10

13 décembre 2003

Le petit garçon a quatre ans. Aujourd'hui, c'était l'anniversaire de son papa. Il lui a fait un joli dessin avec des étoiles de toutes les couleurs et le Père Noël, il a même écrit « PAPA » sans modèle. Il serre entre ses petits doigts son doudou, celui qui l'accompagne depuis sa naissance. C'est son père qui le lui a acheté au cours d'un de ses nombreux voyages. C'est une peluche très spéciale. Sa maman lui a dit qu'elle avait des pouvoirs magiques. Celui de faire partir les méchants, par exemple. Elle lui a expliqué :

— Si tu crois qu'il y a un monstre dans ta chambre, tu la serres très fort et elle fera de la lumière, c'est de la lumière de fée, ça marche à tous les coups.

En plus, elle est très jolie, sa peluche. Parfois il se dit que ça fait fille mais il s'en fiche. Éthan s'est moqué de lui, une fois, à son anniversaire.

— T'as vu ton doudou, c'est une licorne ; c'est pour les filles, les licornes, ma sœur Sarah elle en a une aussi, pareille que toi !

Il se souvient bien qu'il a été triste au début. Après,

il lui a dit que sa sœur avait de la chance d'avoir la même que lui. Et il s'était remis à jouer. Ça avait été plutôt un bon anniversaire.

Pourtant, depuis quelque temps déjà, la magie ne fonctionne plus. La nuit, il entend les cris des monstres et il a beau serrer son doudou, lui chuchoter des mots d'encouragement pour qu'il les chasse, rien n'y fait. Ce soir, il est blotti sous sa couette et ose à peine respirer. Cela fait au moins une heure qu'il a commencé à entendre les bruits. Ça vient de l'intérieur de l'appartement, il le sait, et ça le terrifie. Il a aussi horriblement envie de faire pipi mais il n'ose pas se lever. Il ne veut surtout pas les voir… Il n'en peut plus, si ça continue, il va uriner dans son lit, et ça, il ne le veut pas. Il est trop grand, bien trop grand. Il ne veut surtout pas affronter le regard de son père demain, quand sa mère lui dira qu'il a mouillé ses draps. Il ne veut pas le décevoir, pour rien au monde. Il trouve qu'il ne le voit pas beaucoup, son papa, donc, quand il est là, il faut que tout se passe bien. Une fois, il lui a dit qu'il trouvait qu'il ne rentrait pas assez à la maison. Son père l'avait pris sur ses genoux et l'avait embrassé sur les joues en souriant :

— Je sais, mon petit lapin, je sais. Comme ça, je te rapporte de jolis cadeaux. Où que je sois dans le monde, partout, tout le temps, tu es là, dans mon cœur.

Et il s'était frappé la poitrine en le serrant très fort contre lui. Presque trop fort. Le petit garçon n'avait rien osé dire parce qu'il ne voulait pas que ça s'arrête, jamais.

Il croise les jambes et se tortille dans tous les sens. S'il n'y va pas tout de suite, il va y avoir une catastrophe. En plus, il ne les entend plus… Il a l'impression que c'est fini. Peut-être qu'ils sont partis. Il se lève et serre très fort sa peluche, qui émet une petite lumière bizarre. Il faudra changer les piles, c'est sûr. Parce que la magie, c'est chouette, mais ça marche mieux avec des batteries… Il se redresse tout doucement et pose un pied sur le parquet, puis un deuxième. Il marche avec précaution car dans ce très vieil immeuble, dans cet immense appartement, tout grince. Les portes, le sol, même les interrupteurs font un bruit terrible ! Impossible d'être discret et, de toute façon, le temps n'est plus à la discrétion. Il se dit que s'il fait pipi, là tout de suite, par terre, tout le monde le saura. Il ouvre la porte en grand et allume la lumière du couloir. Il est si long. Parfois ils y font du skate avec les copains et maman n'aime pas. Il prend une grande inspiration et se met à courir le plus vite possible vers les toilettes qui sont tout au fond. Il doit longer la rangée de placards, ceux dans lesquels maman entasse plein de choses bizarres qui ne servent à rien. L'un d'entre eux est entrouvert et il accélère quand il passe à côté. Dieu sait ce qui pourrait en sortir ? La sorcière Cornebidouille avec son gros ventre et son nez plein de vers de terre, ou même le loup. Il arrive enfin aux toilettes, où il se précipite. Il s'assoit sur la cuvette parce que c'est mieux. Maman lui a dit qu'il fallait faire pipi assis et qu'elle n'était pas la « boniche de service ». Il ne sait pas ce que ça veut dire mais il a bien compris qu'il devait lui obéir. Quand il ressort, la lumière du couloir s'est éteinte et ça l'embête parce qu'il n'y a pas d'interrupteur à côté des W-C. Il faut faire plusieurs mètres pour aller appuyer sur le petit bouton qu'il ne voit même pas. Il n'y a pas de lune ce soir, on dirait qu'elle a été mangée par la nuit. Tout est si noir. Il se remet à courir le bras en avant en se disant que, s'il n'y avait rien à l'aller, il n'y a pas de raison pour qu'il rencontre quoi que ce soit au retour. Il se dit même qu'il ne va pas s'arrêter pour allumer, qu'il va continuer tout droit jusqu'à sa chambre. C'est quand il passe devant le bouton électrique que son pied heurte quelque chose. Il s'étale de tout son long et pousse un cri de surprise. Il fait un roulé-boulé, comme Julien, son professeur de judo, lui a appris. Sauf que dans le dojo il y a des tapis de sol et les murs sont loin. Lorsque sa tête frappe contre une des portes de placard, ça fait un grand *boum* et il pousse un nouveau cri.

— C'est toi, mon chéri… Où es-tu ? Attends, ne bouge pas, j'arrive.

C'est la voix de maman, c'est sa voix bizarre. Il s'appuie contre la cloison et il attend qu'elle vienne. Il la devine plus qu'il ne la voit, elle a du mal à marcher. Quand enfin elle arrive près de lui, elle le serre dans ses bras.

— Excuse-moi, mon bébé, je m'étais assise dans le couloir, je… je n'arrivais pas à dormir. Tu n'as rien ?

Il la serre à son tour très fort et respire son odeur.

— Non, non ça va, tu veux bien me ramener dans mon lit ? S'il te plaît ?

Elle soulève l'enfant et le porte jusqu'à sa chambre. Lorsqu'elle le recouche dans son grand lit blanc, il voudrait qu'elle lui lise une histoire.

— Non, non, on est en plein milieu de la nuit. Tu vas te rendormir tout de suite, promis ?

Il a très envie qu'elle lui raconte l'histoire de la fée des pouces. En plus, ils ne l'ont pas finie. S'il y avait de la lumière, elle ne dirait pas non, c'est certain.

Alors, d'un seul coup, il allume sa petite lampe. Elle pousse un cri terrible et donne un grand coup dedans.

— Éteins ça ! Éteins tout de suite… je… je t'ai dit que tu devais dormir.

Elle se lève d'un bond et s'en va en dissimulant son visage dans ses mains. Mais le petit garçon a vu ce qu'elle cachait. Il le savait bien, lui, que les monstres étaient venus cette nuit.

11

— Ah, entrez, monsieur Caplain ! Alors, comment allez-vous ce matin ? Vous avez réussi à dormir ? Est-ce que notre nouveau traitement fonctionne ?

Basile s'assoit sur une chaise spartiate qui contraste avec le vaste et luxueux fauteuil de cuir du professeur Michel Lescure. Il ne sait pas quoi lui répondre. Il hésite à se relever et à lui hurler au visage, à deux centimètres de son grand nez aquilin, son angoisse, sa fatigue et sa peur. Il repense à la nuit qu'il vient de passer. Une heure de sommeil au plus, entre 2 et 3 heures du matin, et puis le retour au réel. Un cri, un hurlement, le sien. Il s'est levé, a appuyé sur le bouton et la lumière a inondé sa chambre. Il était tellement persuadé d'être couvert de sang qu'il a tangué jusqu'à la douche pour nettoyer son corps des scories de son cauchemar. Puis il s'est recouché, terrassé par la fatigue. Mais la lumière trop vive lui a interdit tout repos. Tant mieux, tant pis… Il ne sait plus. Ce qu'il sait, c'est que s'il n'arrive pas à dormir, il va devenir fou. Il a l'impression de vivre dans du coton, dans de la glaise, tout est plus lent, les mots, les phrases résonnent dans son crâne comme s'il se trouvait dans une immense cathédrale. Il redresse la tête et regarde le médecin avec une lassitude infinie.

— Non, docteur, rien de mieux… Votre traitement ne fonctionne pas. Et depuis quelques semaines c'est pire, les cauchemars sont de plus en plus terribles, de plus en plus réels. Je suis une épave, vous m'entendez, une épave ! Il faut que je dorme, vraiment, ça devient vital…

Le professeur Lescure n'aime pas l'attitude de ce patient. De manière générale, il n'aime pas les plaintes de ces malades qui ne se rendent pas compte à quel point l'intervention de la médecine moderne leur a été bénéfique.

— Oui, bien sûr… Bien sûr. Cependant nous avons aussi des raisons de nous réjouir. Vous avez très bien supporté la greffe et, à part ces petits problèmes de sommeil, vous supportez très bien le traitement. Vous le savez, monsieur Caplain, sans ce nouveau cœur vous seriez mort, sans aucun doute. Nous n'avions plus d'autre option. Vous avez eu de la chance, beaucoup de chance.

Basile regarde au-dessus de la tête de son toubib. Des rayons de soleil matinaux traversent la persienne de la baie vitrée entrouverte sur le parc et un jeu d'ombre et de lumière dessine sur le mur blanc des arabesques mouvantes. Il les fixe avec attention. Il entend, très loin, les phrases de son médecin ; elles n'ont plus aucun sens pour lui. Il sent qu'il est en train de basculer, de sombrer. Il aimerait se rattacher au monde qui l'entoure, il serre ses mains sur les accoudoirs de la chaise, il tente de dire quelque chose, pourtant aucun son ne sort de sa gorge. Les ombres sur le mur sont en train de changer, de prendre forme. Il ne les quitte pas des yeux, à la fois fasciné et révulsé. Son interlocuteur ne le voit pas mais, juste derrière lui, des pattes crochues tentent de surgir du néant. Elles veulent naître à la réalité, comme des fœtus monstrueux tentant de s'extraire d'un ventre maléfique. Et elles sont en train d'y parvenir. Dans un effort surhumain, Basile arrive à se concentrer sur le bureau du médecin ; il y a là des feuilles, des ordonnances, un clavier d'ordinateur, des stylos… Et puis, il aperçoit une lame qui scintille un instant sous un rayon de soleil furtif. Partagé, écartelé entre l'abîme d'un sommeil sans repos qui l'attire comme un trou noir et l'atroce vision qui est en train de prendre forme sous ses yeux, il doit mobiliser ses forces, mais c'est tellement difficile. Il se lève brusquement, pousse un cri terrifiant et se saisit en un instant du coupe-papier.

— Qu'est-ce que vous foutez, bon sang, Caplain !

Le professeur Lescure a juste le temps de se jeter sur le côté tandis que son patient saute sur le bureau puis se précipite sur le mur. Basile se met à donner de violents coups dans le plâtre blanc avec l'arme improvisée dont il vient de s'emparer. À chaque choc, il pousse un cri de désespoir qui glace le sang du professeur. Lescure se précipite vers la porte de son cabinet tout en se félicitant d'avoir validé les crédits nécessaires à l'instauration d'un service de sécurité, assuré par deux vigiles expérimentés, au sein de sa clinique. À l'époque, certains de ses collègues s'étaient moqués de lui. Pour finir par suivre son exemple. Sale époque… Il se jette dans le couloir et se met à crier :

— Sécurité, sécurité, vite !

En à peine trente secondes, deux types en uniforme gris, sur lequel le logo de la compagnie de sécurité s'affiche comme une décoration militaire, encadrent le médecin.

— Allez, calmez ce patient ! Et ne lui faites pas de mal… Attention, il est armé. Enfin, il a pris mon coupe-papier…

Les deux vigiles entrent dans le bureau et marquent un temps d'arrêt. Devant eux s'offre le triste spectacle d'un homme gémissant, le visage baigné de larmes, s'acharnant en vain contre un mur désespérément vide.

— Monsieur… Monsieur ! Posez votre arme s'il vous plaît… Monsieur, vous m'entendez ?

D'un seul coup, Basile cesse de s'agiter. Il se retourne lentement vers ses deux interlocuteurs. Son regard est vide et il semble ne même pas les voir. L'instant d'après, il se jette sur eux en levant le bras. C'est le plus jeune des deux types qui réagit en premier. Écartant son collègue d'un geste, il se saisit de son taser et, au moment où Basile arrive à son niveau, lui administre une violente décharge dans le cou. L'effet est immédiat : Basile s'effondre à ses pieds, secoué de terribles spasmes.

Le médecin se précipite vers lui et le met en position de sécurité. Après avoir vérifié que ses fonctions vitales ne sont pas défaillantes, il prend son téléphone et appelle un numéro préenregistré.

— Oui, c'est le professeur Lescure. Vous me préparez une chambre, tout de suite, nous avons une urgence.

12

Lorsque l'inspecteur général de police Rémi Dubois a senti son iPhone vibrer dans la poche de son gilet en tweed, il a tout de suite su qu'il ne répondrait pas avant d'avoir terminé l'incroyable dessert que le chef Guy Lassagne venait de lui faire servir. Il a aussi eu la détestable intuition que ce coup de fil était annonciateur d'emmerdements sans fin. Et quand, une fois son somptueux déjeuner achevé, il se décide enfin à regarder qui a bien pu avoir l'outrecuidance de le déranger, son sentiment est confirmé. Car, fait connu de tous, les mardis et jeudis, entre 12 et 15 heures, il est impossible de le joindre. Et comme il n'a donné son numéro de portable à personne en dehors de la Grande Maison, il sait que cet appel va chambouler son emploi du temps.

Il lit d'un œil suspicieux le nom de l'individu qui lui a laissé un message : Pierre-Henri de Lassignac… Le chef de cabinet du ministre de l'Intérieur. Un type qui aime les restaurants étoilés et l'Opéra. Deux caractéristiques qui l'autorisent à entrer dans le cercle très fermé des politiques que Dubois peut supporter. Sans même écouter le message, il décide de le rappeler tout de suite.

— Oui, Lassignac. C'est Dubois…

L'inspecteur général s'est emparé d'un macaron qu'il engouffre avec volupté.

— Merci de me rappeler, monsieur l'inspecteur général. Je sais que vous préférez ne pas être dérangé sur ces plages horaires mais… l'affaire est d'importance.

Dubois ne peut s'empêcher de sourire. « L'affaire est d'importance. » Qui utiliserait ce genre de formule, à part de jeunes aristocrates fraîchement sortis de l'ENA, la tête encore pleine des grandes œuvres classiques et des belles tournures de diplomates ayant marqué l'Histoire ?

— Tiens donc… Eh bien, narrez-m'en donc la nature, monsieur le chef de cabinet.

Lassignac a senti la pointe d'ironie dans la réponse de son interlocuteur, il connaît le bonhomme et ne s'en offusque plus.

— C'est à propos du projet Nostradamus. Nous venons, je le crois, de toucher au but, et les résultats sont tout à fait incroyables !

Le projet Nostradamus… Rémi Dubois soupire. Depuis qu'il s'est retiré des affaires, enfin, du terrain, on lui a confié la responsabilité lointaine d'un certain nombre de dossiers que le ministre qualifie avec pudeur de « prospectifs ». Ce qui signifie, en clair, que ces affaires absorbent goulûment des crédits de l'État pour des résultats plus qu'incertains. Cela lui donne l'envie de reprendre un macaron… À partir du moment où il a occupé ses nouvelles fonctions, il a commencé à avoir un embonpoint considérable qu'il accepte avec philosophie. Il n'a personne à qui plaire et cela lui va très bien. Il se remet en tête les éléments du dossier Nostradamus. Un programme informatique, une sorte de logiciel permettant de créer un portrait-robot d'un suspect à partir des éléments recueillis sur une scène de crime. Un truc d'apprenti sorcier piloté par le professeur Jason Crumley et à la tête duquel on a placé un gamin de dix-neuf ans. « Un véritable prodige », avait promis le professeur. Il fallait au moins ça pour travailler sur un projet aussi absurde. Il se demande bien comment un truc aussi rocambolesque a pu aboutir à quelque chose. Il finit sa dernière bouchée de macaron au citron vert avant de reprendre :

— Des « résultats incroyables »... Ce qui serait vraiment incroyable, mon vieux, ce serait que l'on arrête de jeter l'argent des contribuables par les fenêtres pour des projets aussi tordus !

— Non, vraiment, c'est tout bonnement ahurissant ! Pour l'instant, le programme n'a été testé que sur des dossiers bouclés et pour lesquels les coupables étaient déjà identifiés. C'est déjà... bluffant.

Pour que le baron Pierre-Henri de Lassignac aille jusqu'à utiliser un anglicisme, même légèrement ringard, ça doit l'être en effet.

— Nous souhaitons aujourd'hui passer à des choses plus opérationnelles, tester l'algorithme sur des affaires non résolues. Et comme c'est vous qui supervisez ce programme, nous avons pensé que le choix d'un dossier vous revenait de droit.

Si le chef de cabinet utilise ce « nous » grotesque, cela signifie sans doute que c'est le ministre lui-même qui a dû lui dire, entre deux portes : « Demandez donc à Dubois de ressortir une affaire dans laquelle on n'a pas trouvé de coupable, ce n'est pas ce qui doit manquer dans le parcours de cet électron libre… » Rémi connaît le ministre de l'Intérieur ; il ne l'apprécie pas beaucoup mais c'est un type qui sait prendre des décisions et qui connaît le boulot. Il repense rapidement à sa propre carrière. C'est vrai qu'il a toujours été enclin à mettre son intelligence et son intuition au service d'affaires qu'il choisissait lui-même de résoudre. Parce qu'elles lui paraissaient intéressantes ou parce que les victimes l'avaient particulièrement touché. Il a donc parfois eu tendance à laisser de côté des crimes et délits qu'il estimait trop communs, suscitant la colère et les foudres de ses supérieurs hiérarchiques. Les réels succès qu'il a connus dans des dossiers très complexes et souvent très médiatisés lui ont toutefois permis d'accéder à son poste actuel. De toute façon, après sa dernière affaire, il n'est plus question pour lui de retourner sur le terrain. En se redressant sur sa chaise, il ressent un violent élancement qui vient lui rappeler sans ménagement la terrible conclusion de l'affreux infanticide qu'il a résolu six ans plus tôt. Sans Michaud, l'inspecteur avec qui il a travaillé sur l'enquête, il ne serait plus là pour se goinfrer des délicieuses mignardises qui accompagnent son café. Cela fait bien trop longtemps qu'il ne l'a pas croisé, d'ailleurs. Il se promet de le rappeler prochainement. C'est un étrange personnage, atypique, qui a systématiquement refusé les promotions qu'on lui proposait – promotions auxquelles Dubois n'était pas étranger. Il le revoit, la clope au bec et le regard en coin, une casquette vissée sur la tête, avec son imperméable d'un gris douteux.

— Qu'est-ce que tu veux que je m'emmerde à

passer commandant, Dubois ? Je me fais déjà suffisamment suer avec des rapports à la con en n'étant que capitaine… Si c'est pour m'en goinfrer encore plus, merci bien. Et puis quand je te vois toi, sauf ton respect, ça donne pas envie de grimper les échelons… On dirait que t'as bouffé un Zodiac depuis que t'es dans les bureaux.

Rémi avait rigolé et Michel Michaud avait écrasé sa cigarette dans le cendrier posé sur son bureau. En dépit de toutes les législations et de tous les blâmes qui lui avaient été adressés, il continuait à fumer.

— Vous pensez à quelque chose, un dossier en particulier, monsieur Dubois ?

L'inspecteur général ne répond pas. Si tant est que ce logiciel fonctionne vraiment, il sait exactement quelle affaire il va lui soumettre. Et le simple fait d'y repenser fait naître un goût amer dans sa bouche, lui gâchant presque le plaisir de son somptueux déjeuner.

13

Nicolas Flair ne dit pas qu'il ne s'est jamais servi de son don pour manipuler des gens. Ce n'est pas de la télépathie ni de la magie, il appellerait plutôt ça de la persuasion, de l'observation, de l'opportunisme, une extrême sensibilité… OK, parfois cela a relevé de la manipulation. Mais, souvent, il l'a fait pour la bonne cause, et seulement pour ça. Il se souvient du kidnappeur des deux fillettes – impossible d'oublier son regard. Il y avait dans ces grands yeux clairs cernés par la fatigue et l'attente un air de défi, accentué par le demi-sourire de ce type de cinquante ans qui ressemblait davantage à un chef scout qu'à un prédateur sexuel. Pourtant, on avait retrouvé les traces ADN des gamines dans sa camionnette et ça, il ne pouvait pas le nier. Le problème, c'est qu'il ne le niait pas, il affirmait juste ne pas savoir comment elles étaient arrivées là.

— C'est ma camionnette de travail, avait-il répondu aux policiers, je la laisse souvent ouverte et je stationne un peu n'importe où dans le quartier. J'ai plusieurs chantiers en cours, moi. Elles ont très bien pu grimper dedans, pour jeter un coup d'œil. C'est curieux, les gamins, quoi…

Aussi improbable que parût sa théorie, il s'y accrochait comme un diable et, pendant ce temps-là, les heures qui s'écoulaient rapprochaient les deux enfants de la mort. Quand Flair était entré dans la pièce attenante à la salle d'interrogatoire, il avait observé le suspect sur l'écran de contrôle pendant de longues minutes. Il avait aussi lu avec attention les différentes retranscriptions des longues heures d'interrogatoire qu'il avait déjà subies. Il ne s'était pas contenté de ça. Il avait eu peu de temps, c'est vrai, mais tous les moyens lui avaient été donnés par Marc Chameroy, le patron de la PJ. Et il avait ainsi réussi à s'entretenir avec pas mal de gens qui connaissaient Cédric Muller, et plus particulièrement avec la seule personne qui allait pouvoir les aider. Il s'était donc assis en face de Muller et s'était mis, lui aussi, à sourire. Il n'avait rien dit, se bornant à le regarder. Au bout de quelques secondes, le suspect s'était penché vers lui et avait pris la parole.

— Vous êtes nouveau, vous, je ne vous ai jamais vu… Vous allez me poser les mêmes questions que les autres. Je préfère vous prévenir, je n'ai pas prévu de changer mes réponses.

Puis il s'était adossé contre le dossier de sa chaise et avait croisé les bras. Flair avait répondu avec douceur :

— Je n'ai pas de questions, pour l'instant. Je voudrais juste parler de quelqu'un avec vous. D'une personne avec qui j'ai pu échanger longuement, tout à l'heure. Une femme que vous connaissez bien, Cédric, très bien. Et qui vous connaît aussi. Sûrement celle qui vous connaît le mieux au monde. Je voudrais vous parler de votre mère.

La respiration de Muller s'était suspendue immédiatement, pendant deux longues secondes, puis Nicolas avait distingué sur son visage une succession de sentiments d'une rare intensité. La surprise, bien sûr, avec ses yeux bleus qui s'étaient agrandis d'un seul coup et ce léger mouvement de recul. Puis, juste après, l'incrédulité, cette petite bascule de la tête de droite à gauche, laissant place, très vite, à la colère. Ses lèvres s'étaient imperceptiblement retroussées et ses narines s'étaient dilatées alors que le sang, propulsé par l'accélération brutale des battements de son cœur, affluait à son cerveau. Puis la bouche du suspect s'était entrouverte et Flair avait perçu le léger tremblement de son visage qui, dans le même temps, devenait plus pâle. Quand enfin des gouttes de transpiration s'étaient mises à perler sur les tempes de Muller, le psychiatre avait su qu'il touchait au but et qu'il pourrait sauver ces gamines. Après la surprise, l'incrédulité et la colère, ce salopard était submergé par la peur.

— Vous avez l'air inquiet, ça ne va pas ? Vous voulez me dire quelque chose à propos de Pauline et de sa sœur, la petite Chloé ?

Le psychiatre savait que Muller ne parlerait pas, pas tout de suite… Nicolas Flair avait déjà commencé par ancrer dans son esprit l'image des deux enfants. Doucement, il avait pris dans sa poche la photo des deux sœurs et l'avait posée sur la table, juste devant lui. Le type avait fait semblant de ne pas la regarder mais il y avait pourtant jeté un coup d'œil.

— Qu'est-ce que vous avez dit à ma mère ? Je ne veux pas ! Elle n'a rien à voir là-dedans, faut la laisser tranquille, elle est malade. Faut la laisser, hein !

L'agressivité avait remplacé l'angoisse. Flair pouvait la sentir, transpirant par tous les pores de la peau de son interlocuteur.

— Je lui ai parlé de Chloé et de Pauline, vous savez… Je lui ai décrit les regards, les sourires, la joie et l'insouciance de ces gamines sur la photo. On a aussi parlé de vous, Cédric. Votre maman vous aime. Elle vous connaît si bien. Elle m'a dit qu'elle allait mourir, bientôt…

L'homme avait enfoui son visage dans ses mains. Il était resté quelques instants dans cette position, les épaules secouées de faibles tremblements. Lorsqu'il avait relevé la tête, ses joues étaient baignées de larmes.

— Vous avez pas le droit de lui parler. Et elle ne va pas mourir, le docteur a dit qu'il y avait une chance, qu'on devait y croire. Qu'il fallait continuer à la soigner.

Sans cesser de sourire, Flair avait commencé à s'adresser à lui doucement. Il s'était même autorisé à poser sa main sur son avant-bras.

— Non, Cédric, il n'y a pas d'espoir. J'ai aussi appelé le docteur Merquel… Bien sûr, il a fallu que je lui explique pourquoi je prenais contact avec lui, pourquoi je devais savoir pour votre mère… De toute façon, elle était d'accord. Il m'a envoyé un mail. Vous voulez que je vous le lise ?

— Non, c'est pas vrai ! Et le docteur, il n'a pas le droit de faire ça !

— Non, pas vraiment, mais s'il l'avait fallu, on

aurait pu l'obliger. On n'en a pas eu besoin, vous savez. Elle est en phase terminale, le cancer a métastasé partout, reins, cerveau, pancréas, foie… Je suis désolé, Cédric. Il ne lui reste que quelques jours à vivre. Voici le mail du médecin.

Il lui avait tendu le papier. L'autre ne l'avait pas pris. L'homme sanglotait à présent comme un enfant. Grâce aux fichiers de la DGSI et à ceux des flics, Flair avait pu contacter des gens qui le connaissaient. Ils avaient raconté la relation de ce garçon à sa mère, l'absence du père… Un de ses anciens instituteurs avait même évoqué une relation incestueuse. Non avérée, mais c'était un élément à prendre en compte, évidemment.

— Je voudrais la voir avant… avant qu'elle s'en aille. Il faut que je la voie. Faut que je sorte ! Faut me laisser sortir.

— Calmez-vous, Cédric, vous savez que ce n'est pas possible. Pas pour l'instant… J'ai dit à votre maman que nous vous retenions ici à cause des deux enfants, qu'elles avaient disparu et que nous pensions que vous saviez quelque chose.

Il avait redressé la tête et, en un instant, Flair avait senti qu'il se refermait.

— C'est pas moi ! J'ai rien fait, je l'ai déjà dit aux autres, à vos collègues. C'est pas moi, je vous jure !

— Ce n'est pas la première fois, n'est-ce pas… ? En fait, j'ai eu beaucoup plus de mal à retrouver votre demi-sœur, Céline. Céline et Cédric, c'est joli, non ? C'est votre petite sœur, n'est-ce pas ? Elle avait quoi, sept ou huit ans, quand on l'a placée dans une famille d'accueil ? Le même âge que Chloé… Vous, vous aviez dix-sept ans à l'époque. Vous vous souvenez de la raison pour laquelle elle a été placée ?

Muller l'avait regardé avec une totale stupéfaction, il ne semblait pas comprendre un seul mot de ce que le psychiatre lui disait. Et puis, lentement, la colère était réapparue, puis la peur, encore et toujours.

— J'ai pas revu Céline depuis plus de trente ans ! Elle était folle de toute façon, elle racontait n'importe quoi. Une folle, je vous dis !

— Elle ne m'a pas paru folle, à moi, pas du tout. Et elle se souvient très bien de ce qui s'est passé, elle. Cela lui a demandé du temps pour se reconstruire, et aujourd'hui elle peut en parler. On ne l'a pas crue à l'époque. Je pense aussi que votre mère vous a défendu, elle vous aime tant.

Il voyait cet homme, si sûr de lui lorsqu'il était entré dans la pièce, submergé par le doute. Une vague d'angoisse, une oppression lourde et dense s'était emparée de tout son être ; il regardait de tous les côtés comme si quelque chose pouvait surgir du néant pour le sortir de là. Il était temps de lui porter l'estocade. Flair avait alors sorti son téléphone portable de sa poche.

— Je voudrais vous faire écouter un message, Cédric. C'est un message de votre maman. Elle a quelque chose à vous demander.

Muller l'avait regardé avec méfiance mais l'envie d'entendre sa mère était plus forte que tout. Le psychiatre avait fait une petite manipulation et lui avait tendu le portable. L'autre avait écouté sans prononcer un mot puis il avait laissé tomber le téléphone sur la table. Il était d'une pâleur épouvantable et semblait chercher son souffle.

— Je vais… Je vais vous dire où elles sont. Elles

sont pas mortes… Elles sont pas mortes ! Vous le direz, hein, vous le direz à ma mère !

Deux heures plus tard, on avait retrouvé les fillettes. Cédric n'avait jamais revu Mme Muller, elle était morte le soir même. Sa sœur aussi était morte, depuis longtemps. Elle s'était suicidée à l'âge de vingt ans, laissant une lettre sans équivoque. Une lettre que sa mère adoptive avait lue à Flair au téléphone, entre deux sanglots.

Ce soir, en se rappelant cet épisode, Nicolas se dit que manipuler des criminels pour sauver la peau de leurs victimes peut sembler légitime. En soupirant, il se plonge à nouveau dans les photos des scènes de crime que Chameroy lui a passées la veille. Il y a quelque chose qui cloche dans ces terrifiants tableaux, il ne sait pas encore quoi. Il va falloir qu'il se rende sur place, qu'il rencontre les proches… Cette simple idée le remplit d'angoisse. En quittant le nouveau bureau qu'il occupe depuis déjà quarante-huit heures, il éprouve un sentiment de malaise qui ne le quittera pas jusqu'à ce qu'il s'endorme, au petit matin.

14

Basile s'est à nouveau réveillé en hurlant. Devant lui, le professeur Lescure se frotte le visage. Il ne sait plus quoi faire. Voilà trois jours que son patient est gavé d'hypnotiques et de drogues mais, dès que l'effet des médicaments s'estompe, il est réveillé par de terribles cauchemars.

— Monsieur Caplain, tout va bien, vous êtes dans ma clinique. Je dois vous avouer que je ne comprends pas ce qui se passe. J'ai souhaité vous plonger dans une cure de sommeil pour vous permettre de récupérer, disons, un certain équilibre psychologique, mais, dès que vous échappez à l'emprise des médicaments, vous recommencez à délirer. Vous avez essayé de vous libérer des entraves que nous avons été obligés de vous imposer comme… comme à un forcené. C'est terrifiant, vous savez. Ces rêves épouvantables que vous faites, ils sont à l'orée de votre esprit et ils surgissent à la moindre occasion. Il faut que nous fassions un travail approfondi, monsieur Caplain. Je vais vous adresser à un de mes confrères, le docteur Dumond, c'est l'un des meilleurs psychiatres de sa génération. Un spécialiste du sommeil et des rêves.

Si lui ne peut rien pour vous, personne ne pourra quoi que ce soit.

Basile le regarde, incrédule : « Si lui ne peut rien pour vous, personne ne pourra quoi que ce soit. » Il aimerait ne pas avoir bien compris cette dernière phrase, pourtant, à ce moment-là, il est suffisamment réveillé pour en mesurer la portée. Il se sent nauséeux et sale. Il se redresse sur son lit et jette un œil autour de lui : la chambre est claire et lumineuse mais il n'a aucune idée de l'heure qu'il est. Il regarde son poignet nu et sa blouse d'hôpital puis revient à son médecin.

— Bien, docteur, puisque vous ne pouvez pas m'aider, je crois que je vais rentrer chez moi. Où sont mes affaires, s'il vous plaît ?

Basile dévisage Michel Lescure, dont l'embarras est vite remplacé par un excès d'humeur.

— Je n'ai pas dit que je ne pouvais rien faire, monsieur, je constate juste que la voie thérapeutique que nous avons tentée est un échec. Je me tourne donc vers d'autres pistes. Le cerveau humain, l'esprit, est un mystère que la médecine moderne ne prétend pas circonscrire. Il y a des choses qui nous échappent. C'est aussi ce qui fait le sel de ce métier, n'est-ce pas ? Enfin rassurez-vous, je ne vous abandonne pas et je vous confie à un excellent praticien, le meilleur ! Et si vous voulez nous quitter, vous le pouvez. Il y aura quelques formalités à remplir et je vous prescrirai quelque chose de suffisamment puissant pour que vous puissiez tout de même sombrer dans le sommeil assez longtemps.

Basile hoche la tête, incapable de pousser plus loin cette conversation inepte avec Lescure. Il ira voir ce médecin, après tout il n'a rien à perdre, au point où il en est. Et puis il a cette envie dévorante, ce besoin irrépressible de raconter à quelqu'un ce qui s'est passé avec Ali. Il sait pourtant que personne ne pourra le croire, qu'on le prendra pour un fou. Mais après tout, les psys doivent avoir l'habitude d'entendre ce genre d'histoires. Enfin, pas forcément celle qui le ronge depuis le soir où son esprit a basculé, cette soirée où le gérant de la station-essence a tenu à lui faire part de sa découverte. Il s'en souvient parfaitement…

Il était en train de prendre les deux sandwichs et la bière qu'il venait de payer quand Ali lui avait saisi la manche avec, dans les yeux, cette lueur d'excitation que Basile lui connaissait si bien.

— Attends, Baz, ce coup-ci il faut vraiment que je te raconte ! Je te jure, la vérité, c'est pire que tout ce que tu peux croire. Et c'est arrivé chez nous ! Enfin, ici, quoi ! Dans notre ville ! Les journaux, ils en parlent pas, mais moi j'ai mes sources…

Il s'était dégagé avec douceur, partagé entre son immense lassitude et son besoin d'entretenir la seule relation quasi normale qu'il avait avec un être humain.

— Je crois pas, Ali, c'est pas franchement le moment. Tu sais que je ne dors pas bien… Enfin, que je ne dors pas, en fait. Je t'ai déjà expliqué… Alors tes histoires épouvantables, là, je suis pas sûr.

Ali avait souri puis était allé chercher deux grandes canettes de Kronenbourg dans le rayon et les avait ouvertes en rigolant.

— Tiens, c'est ma tournée, Baz ! Et t'inquiète, mon frère, ici tu crains rien. Je suis ouvert toute la nuit moi, je veille sur toi. Je vois tous ceux qui rentrent ici, dans l'immeuble. Ils sont obligés de passer devant la boutique. S'il y a des types chelous, je les gaze direct. Et si tu fais un putain de cauchemar, viens me voir, je bouge pas de là.

Basile était toujours étonné par l'attention de tous les instants que son nouvel ami lui prodiguait avec tant de générosité. Après une telle déclaration, il n'avait pas eu le cœur à refuser de l'écouter. Il s'était assis sur le grand congélateur des glaces en buvant une gorgée de bière.

— Bon, OK, vas-y.

Il n'avait pu s'empêcher de sourire en voyant la mine réjouie du gérant qui avait pris une posture solennelle avant de commencer son récit.

— Tu connais les tours Beaugrenelle, dans le quinzième ? C'est là que c'est arrivé, mon vieux. Ils ont même mis une photo sur le site, je te montrerai. Ça a sans doute eu lieu au milieu de la nuit et au petit matin, ce qu'on a retrouvé de la fille, c'était pas beau à voir. Ils disent que ça a dû se passer comme ça. Je te raconte…

Au fur et à mesure qu'Ali était entré dans les détails de ce meurtre sordide, qu'il avait mis des mots sur l'horreur et sur la mort, Basile avait eu l'impression de sombrer dans un gouffre sans fond. Un précipice dans lequel il régnait un froid terrible qui transformait son souffle en givre et son sang en glace. Il avait le sentiment effrayant de déjà connaître cette histoire et, même, d'en avoir été le témoin.

15

Paul Vignaud gare sa Zoé à quelques pas de l'entrée de l'immeuble cossu de sa mère. Dès qu'il a eu dix-huit ans, il a passé son permis de conduire. C'était un graal pour lui. Retrouver de l'autonomie, être libre enfin. En plus, les places réservées aux personnes handicapées sont le plus souvent inoccupées, ce qui lui procure le « privilège » de presque toujours trouver un emplacement, même dans le septième arrondissement de Paris. Le plus compliqué n'est pas de conduire une voiture équipée de commandes au volant – accélérateur, frein, pas d'embrayage (bien entendu, c'est une automatique). Non, le plus pénible, c'est de faire passer au-dessus de sa tête son fauteuil, du siège passager à l'extérieur, avant de le déplier, de s'extraire de la voiture et, enfin, de s'asseoir sur sa chaise roulante. Même ultralégère, celle-ci reste encombrante, et les grands bras de Paul entravent ses mouvements.

Il suit une rééducation pénible et lourde depuis des années, s'accrochant à l'espoir de pouvoir remarcher un jour. Mais plus le temps passe, plus cette perspective s'éloigne. Il a pourtant retrouvé une légère sensibilité dans la jambe droite et il parvient parfois, au prix d'une immense concentration, à agiter le gros orteil. C'est une victoire considérable. Mais que de chemin à parcourir pour un jour pouvoir se tenir sur ses jambes. Et ce qui le mine le plus, c'est que ce handicap manifeste vient s'ajouter à ce qu'il considère aussi comme une tare sociale : son intelligence hors du commun. Tout cela l'éloigne tant des gens de son âge, des sorties, des filles… À presque dix-neuf ans, il n'a jamais connu d'aventures amoureuses, ou si peu…

Juste avant l'accident, il allait avoir treize ans, il avait entretenu une relation plutôt sérieuse avec Louise, la fille de leur voisine de palier. Déjà, à cette époque, il était en terminale alors que sa petite amie passait son brevet des collèges. Cela donnait souvent un étrange décalage à leurs conversations et à leurs centres d'intérêt. Pourtant, ils se retrouvaient sur certains sujets. La musique, les séries, l'absurdité du monde adulte, une volonté de fuir le quotidien et de vivre pleinement leur adolescence. Cette envie commune n'avait abouti qu'à de chastes baisers et à de timides caresses. Ainsi qu'à des lettres, un nombre infini de courriers. À l'ère de l'usage en masse des SMS et des messageries privées des réseaux sociaux, Louise et Paul avaient adopté la posture désuète et légèrement snob de communiquer par courrier papier, la proximité de leurs deux appartements leur permettant de bénéficier d'une forme d'instantanéité qui les rapprochait de leurs contemporains. Il n'était pas rare que plusieurs enveloppes soigneusement cachetées soient glissées sous les portes palières dans la même journée.

En repensant à ce qu'il faut bien appeler sa seule histoire d'amour, Paul est pris d'une profonde nostalgie qui l'accompagne toujours lorsqu'il téléphone à sa mère. Il doit s'y reprendre à deux fois. À la première tentative, il est dirigé vers le répondeur au bout de dix sonneries. Puis, à la seconde, il entend enfin une voix endormie lui répondre.

— Oui, maman, c'est moi, je suis en bas. Tu viens m'ouvrir, s'il te plaît ?

— … Ah oui, bien sûr, mon chéri, bien sûr. Donne-moi quelques minutes, je descends.

Il regarde sa montre : il est 12 h 30, l'heure à laquelle Catherine Vignaud se réveille en général. Il sait qu'il va devoir commander chez le japonais qui fait l'angle de la rue s'il veut manger quelque chose. Il pourrait se débrouiller pour ouvrir le portail qui donne sur la cour, entrer dans le hall et monter dans l'ascenseur, il peut le faire tout seul. Mais il tient à ce que sa mère se lève, se prépare, même de manière superficielle, et vienne à sa rencontre. Il ne veut plus avoir à la réveiller, devoir contempler le visage bouffi d'une femme qui a été si belle, entendre le bruit d'une bouteille vide qui cogne contre la roue de son fauteuil. Il veut bien attendre cinq minutes dehors si cela peut lui épargner ce spectacle. Elle ouvre enfin la lourde porte qui donne sur la rue. Elle a enfilé un manteau noir et s'est vaguement coiffée. Il devine la chemise de nuit blanche qui dépasse des pans de son pardessus de laine sombre.

— Ah, Paul, je suis si contente de te voir, ça faisait longtemps que tu n'étais pas venu, non ? Dix jours ? C'est trop long, tu sais, quand je suis seule.

L'exiguïté de la cabine oblige sa mère à se presser contre lui. Elle sent la transpiration et l'alcool. Cette odeur lui colle à la peau depuis presque cinq ans, depuis l'accident. Elle ne buvait pas avant, presque jamais. Quand elle était avec le père de Paul, il lui arrivait d'être parfois légèrement ivre au cours des innombrables soirées auxquelles il l'emmenait ou lors des réceptions à la maison. Mais il ne l'a alors jamais vue saoule, il n'a pas eu honte… Même pendant les périodes si difficiles qui ont précédé le divorce, elle ne buvait pas. Et, quand ils se sont séparés, elle a mené une vie plutôt plus calme, bien plus rangée que celle que son mari, Yves, lui proposait auparavant. Elle était très belle mais elle ne fréquentait personne, personne en particulier. Il lui arrivait de temps en temps de sortir le soir, elle embrassait Paul et puis elle lui disait : « Ne t'inquiète pas, je serai sage. » Il attendait toujours qu'elle soit rentrée pour dormir. De toute façon, il n'avait pas besoin de beaucoup de sommeil. Il faisait des exercices de mathématiques jusqu'à ce qu'il entende le bruit des clefs dans la serrure. Parfois, elle ouvrait la porte de sa chambre et lui disait en plaisantant : « Éteins la lumière, Einstein, il est tard », et il s'endormait en souriant. C'est lorsqu'il est rentré de l'hôpital que les choses ont empiré. Ça s'est passé doucement. Elle a d'abord arrêté de travailler ; elle n'en avait plus besoin et souhaitait s'occuper à plein temps de Paul. L'argent dont son fils avait hérité suffisait amplement à leur assurer un train de vie tout à fait confortable. Plus que confortable. Quand Paul est allé à l'université puis à l'étranger pour parfaire son cursus, tout s'est dégradé. Il l'a réalisé en rentrant d'Oxford, après avoir passé un trimestre au Mathematical Institute. Il se souvient d'avoir été étonné de ne pas la voir à l'aéroport. Quand il l'a appelée, elle lui a dit qu'elle était désolée, qu'elle avait oublié. Et, lorsqu'il est arrivé à la maison, il l'a trouvée étrange, trop enjouée, et il y avait cette odeur qu'il n'identifiait pas encore. Le soir, au dîner, c'est vrai, il a constaté qu'elle buvait, mais il ne lui a pas semblé que c'était avec excès. En fait, il ne s'en rendait pas compte. Il ne la voyait pas se resservir lorsqu'elle allait dans la cuisine. Et puis il a trouvé les bouteilles vides, cachées maladroitement dans les placards, sous son lit. Il n'a pas su comment lui en parler, il n'a fait que constater sa longue déchéance.

Aujourd'hui, il s'est promis de le faire – sa proximité grandissante avec Clara, qui a le même âge que sa mère et qui pourtant est si différente, si radieuse, n'est sans doute pas étrangère à sa résolution. Et c'est le cœur serré par l'angoisse qu'il entre dans l'appartement familial, Catherine titubant légèrement derrière lui. Il sait que toute son intelligence et tout son amour pour cette femme ne seront pas forcément suffisants pour l'aider.

16

Je m'appelle Axelle et je n'ai jamais éprouvé une telle honte…

Je suis pourtant seule dans cette pièce sans fenêtre et je suis submergée par la honte alors que je satisfais mes besoins naturels dans ce seau en plastique à la con. Lorsque j'ai terminé, je repousse le pot de fortune aussi loin que je peux. Mon ravisseur a laissé les sandwichs sous vide à ma portée. Mais il m'a aussi laissé ma muselière. Comme pour mieux me torturer. Il a joué avec son couteau avant de me laisser… Le sang a coulé, à nouveau. À l'intérieur de mes cuisses. Je regarde les nouveaux stigmates qui partent de mon sexe puis descendent jusqu'à mes genoux. De fins sillons de chair et de sang qui ne me font même plus souffrir. Enfin, plus comme au début, maintenant c'est devenu permanent, je m'y habitue. On s'habitue à tout, non ? Ce qui m'inquiète le plus, c'est ma main. C'est de là que vient la plus grande de mes douleurs. Je sais que je dois absolument regarder, mais j'ai si peur de le faire. Je remonte tout doucement mon bras gauche à hauteur de mon visage et contemple le spectacle navrant du bandage sanguinolent qui enserre mes doigts. Je regarde ça comme si ce n'était pas mon corps, pas ma souffrance. J'approche ma main droite et me saisis délicatement du morceau de tissu. Mes mains ressemblent à deux animaux qui se découvrent et qui craignent chacun la réaction de l'autre. Je préfère ça, imaginer que ce sont deux entités distinctes de moi, n'être qu'une observatrice clinique de ce que je vais découvrir. Comme si je disséquais des petites bêtes.

Je commence par découvrir mon pouce, puis mon index, que je bouge avec prudence. À chaque mouvement la douleur me lance mais au moins, ce n'est pas cassé. Mon majeur est indemne aussi et je continue à dérouler le bandage, libérant mon annulaire que je trouve étrangement enflé. Celui-là, peut-être, est cassé. Je suis presque arrivée à la fin et je souffle lentement par le nez, pour me calmer. Il ne me reste plus que quelques centimètres de pansement et puis, d'un seul coup, je me retrouve avec tout le tissu dans ma main droite. Je ne comprends pas immédiatement. Je sais bien que je devrais voir autre chose, mon cerveau me hurle que ce n'est pas fini, qu'il y a forcément autre chose après le quatrième doigt de la main. Et puis, en une fraction de seconde, je comprends. À la place de mon auriculaire, il n'y a plus rien, rien d'autre qu'un moignon écarlate. C'est la première fois que je prends conscience à ce point de la fragilité de mon corps, du caractère éphémère de ma vie. Voilà, on m'enlève un bout de moi comme on le ferait d'une poupée de plastique, avec autant de facilité. Avec autant de facilité mais avec la souffrance et l'épouvante en plus. Je mords comme une folle dans la boule enfermée dans ma bouche, je voudrais la couper en deux, l'expulser de moi pour mieux hurler mon désespoir. Au lieu de ça je me mets à gémir et je me recroqueville sur moi-même avant de sombrer dans le néant comme l'animal blessé que je suis devenue.

Lorsque je reviens à moi, l'homme est là. Accroupi, il m'observe derrière sa cagoule noire. Je distingue à peine ses yeux sombres qui sont totalement fixes. Il ne prononce aucun mot. Il s'approche et m'enlève mon bâillon. J'expulse aussitôt la sphère de plastique pleine de salive et me mets à tousser sans pouvoir m'arrêter. Mon ravisseur me fait signe de me taire. La dernière fois qu'il a fait ça, je sais comment ça s'est terminé pour moi. Alors j'essaie de me retenir, j'ai si peur de ne pas y arriver. J'attrape la bouteille d'eau et bois avec avidité. Cela fait passer ma toux mais pas ma faim. Je tends ma main avec timidité vers le premier sandwich, il ne dit rien. Je m'en saisis donc et me recule avec rapidité. Je déchire le plastique et dévore la nourriture sans pouvoir m'arrêter. Ça a le goût des trucs de l'autoroute sur le chemin des vacances avec mes parents. Si ma mère me voyait… Elle serait bien capable de me dire : « Tu vois, Axelle, je t'avais prévenue, il ne faut pas monter dans les voitures des inconnus. » Je me mets à chuchoter :

— Va te faire foutre, maman ! C'est tout ce que tu trouves à me dire, là, tout de suite…

J'ai déjà terminé les deux sandwichs de pain suédois au poulet tandoori. J'en voudrais d'autres, j'ai encore faim. Il y a un paquet de chips juste à côté de l'homme, qui n'a toujours pas bougé. Je m'approche et tends le bras. Je ne suis plus qu'à quelques centimètres du paquet de plastique rouge mais, juste avant que je ne puisse l'attraper, il saisit ma main et me repousse violemment. Je ne peux pas retenir un cri.

Juste un petit cri de rien du tout. Cela suffit pourtant à déclencher sa fureur. Il me saute dessus et me remet le cercle de métal autour de la tête. À nouveau l'odeur de plastique dans ma bouche, cette difficulté à respirer. Il m'allonge sur le ventre et j'entends son halètement, de plus en plus fort, de plus en plus rauque, au fur et à mesure que son excitation augmente. Je sens aussi la lame froide du couteau qui court sur mes jambes puis remonte vers mes fesses, s'y attardant avant d'explorer mon dos. Je sens la brûlure du poignard qui entre dans mes chairs, la chaleur du sang qui coule sur ma peau. Je tente de toutes mes forces de détacher mon esprit de mon corps qu'on torture, j'essaie de ne plus réagir, de n'être rien d'autre qu'une masse de chairs inertes entre les mains d'un boucher. Mon ravisseur, lui, veut autre chose et il me le fait savoir en enfonçant un peu plus son poignard dans ma cuisse.

Dès mon premier gémissement, je sens que le type s'agite sur moi, il me saisit par les cheveux et se met à me frapper le dos avec ses poings. Chaque coup m'arrache un cri de douleur étouffé par ma muselière. J'ai l'impression que ça dure des heures. Et puis tout s'arrête. Il se relève et je sens l'odeur du sperme. Je n'ose pas le regarder, je voudrais juste qu'il parte. J'entends le bruit de la fermeture éclair du grand sac et je reçois quelque chose sur mes épaules. C'est chaud et doux ; le type vient de me donner une couverture. Un immense espoir est en train de naître en moi. Quelque chose de dingue. Si je lui accorde ce qu'il veut, si je ne résiste pas, peut-être qu'il me gardera en vie ? Combien de temps vais-je pouvoir tenir, combien de coups ?

Je m'appelle Axelle, j'ai vingt et un ans, et je suis soumise à mon bourreau.

17

Nicolas Flair est d'abord passé à l'institut médico-légal pour voir le corps. Déjà, à la faculté, les cours de médecine légale et les dissections le mettaient plutôt mal à l'aise. Il a toujours préféré, à la mise à nu des corps, celle de l'esprit. Et il aime mieux aller fouiller au fond du cerveau de ses patients sans avoir à leur découper la boîte crânienne. Ce qu'il découvre par l'écoute est souvent bien plus riche que ce que révèle l'étude au microscope de leur matière cérébrale. Il ne nie pas l'intérêt de cette partie de la médecine mais trouve parfois que ceux qui la pratiquent sont plutôt étranges. De toute façon, il faut l'être pour ne s'occuper que de patients morts. D'ailleurs, peut-on toujours les appeler ainsi ? Ce mot bizarre, sur lequel les principaux intéressés s'interrogent si peu, dérivé du latin *patiens*, « celui qui souffre », n'est vraiment plus adapté pour les corps sans vie qui se retrouvent sur la table d'un médecin légiste. « Celui qui a beaucoup souffert » conviendrait davantage. Notamment pour la jeune Constance de Phallard, dont la dépouille a atterri sur l'acier froid du docteur Balbuzard. Un homme très grand et mince, maigre en fait, les épaules voûtées, les yeux enfoncés dans leurs orbites, le nez busqué. D'une laideur presque inquiétante. « Il a vraiment le physique de son patronyme », a pensé Flair lorsque le légiste est venu lui ouvrir la porte de la salle de dissection.

— C'est vous, le type envoyé par la PJ ? On m'a dit que vous étiez psychiatre… Je me demande bien ce qu'un psy vient foutre ici !

Il a soufflé puis a secoué la tête de droite à gauche en disant ces quelques mots. Il lui a serré la main de façon très brève, comme s'il craignait tout contact physique. Une poigne molle et moite. Il s'est retourné brusquement et l'a invité à le suivre. Puis il s'est dirigé vers l'un des grands casiers en inox qui recouvraient le mur et l'a ouvert sans ménagement.

— C'est elle, la petite Phallard, ou plutôt ce qu'il en reste. Je vous préviens, ce n'est pas beau à voir.

Sans lui laisser le temps de répondre, le médecin a ôté d'un geste sec le drap posé sur la victime. Flair a d'abord eu du mal à reconnaître ce qui gisait sur le plateau. Cela a fait naître en lui une sourde angoisse, laquelle s'est aggravée quand il a enfin compris ce qu'il avait devant les yeux. Certes, il avait vu les photos de la scène de crime, mais la blancheur de la peau, maintenant nettoyée, et la netteté clinique des blessures infligées sont venues s'inscrire dans sa rétine comme les flashs d'un cauchemar. Les bras et les jambes avaient été séparés du tronc et des os blancs apparaissaient comme des icebergs surgis d'un océan de chairs à vif. Sur l'une des mains, Flair a remarqué que l'annulaire avait été sectionné. Le bas-ventre avait été lacéré, comme labouré par un soc acéré. Le plus atroce restait sans doute le visage. Elle avait dû être belle, un jour… Rien ne restait de cette beauté. Il n'y avait plus que terreur, souffrance et supplice sur les traits déformés de cette fille. On lisait sur cette bouche ouverte en un cri muet et dans ces yeux vitreux aux paupières écarquillées les terribles tortures qu'elle avait dû endurer.

— Merci, vous pouvez remettre le drap… s'il vous plaît.

Il a deviné sur le visage de son confrère la sotte satisfaction ressentie en constatant que sa petite mise en scène avait eu sur lui l'effet escompté.

— Et qu'est-ce que vous pouvez me dire sur le mode opératoire, il y a des spécificités, des choses qui vous ont intrigué ?

Balbuzard a refermé le tiroir et l'a regardé d'un air blasé.

— Vous savez, plus rien ne m'intrigue, plus rien ne me surprend dans la capacité de l'homme à commettre de telles atrocités. Le type qui a fait ça… Je dis le type parce que, bon, il faut quand même pas mal de force pour trancher un bras ou une jambe. Même avec un très bon couteau. Surtout si on n'y connaît rien en anatomie, comme c'est le cas de notre tueur… Quand vous découpez le poulet du dimanche, il y a parfois des morceaux qui ne se détachent pas tout seuls, pas vrai ? Et pourtant, il est cuit et plein de matières grasses, alors imaginez le boulot sur un corps humain, disons à température ambiante. Bon, ça pourrait aussi être une femme particulièrement forte. Il lui a fallu des muscles et de la colère, de la rage même. Le bras gauche a littéralement été arraché pour finir. Quant au « travail » sur le périnée, c'est de l'acharnement.

Je ne reconnaissais même plus certains organes… Il y a de la fureur là-dedans, oui, de la fureur.

Oui, a pensé Flair, mais d'autres sentiments pouvaient faire naître une telle frénésie.

— Merci. Vous voudrez bien me faire parvenir le rapport d'autopsie, s'il vous plaît ?

Le médecin légiste a secoué à nouveau la tête, avec un agacement non dissimulé. Agacement qui n'aurait de toute façon pas échappé au psychiatre.

— Oui, ben, il suivra le parcours normal, vous n'aurez qu'à le demander au juge d'instruction.

Flair a estimé qu'il avait fait preuve de suffisamment de patience avec cet individu. Il a presque regretté de ne pas avoir plus de temps pour essayer de comprendre cette agressivité et aller chercher au plus profond de ce grand type les éléments, les fêlures, les échecs et les déceptions à l'origine de cette affreuse personnalité. Mais il a tenu à marquer le coup.

— Écoutez, docteur, je préfère que vous me l'envoyiez, je gagnerai du temps. Voilà mon mail. Faites-le. Parce qu'il serait tout de même dommage que je vous fasse convoquer, dès demain, au siège de la PJ pour que vous me l'apportiez en main propre. Je pense que vous avez vécu suffisamment d'humiliations dans votre existence pour ne pas vous en infliger une nouvelle. Ça a commencé à l'école, non ? Évidemment… Trop grand, trop maigre, trop étrange… Et puis ça a continué à l'université, n'est-ce pas ? D'échecs amoureux en déceptions amicales, une spécialisation que vous n'avez pas choisie… Vous vouliez être chirurgien ou gynécologue pour approcher enfin toutes ces femmes qui vous fuyaient… Passez donc me voir à mon cabinet si vous souhaitez en parler, je serai ravi d'en discuter avec vous.

Alors qu'il s'apprête à appuyer sur l'interphone de l'hôtel particulier des Phallard, Flair repense à la tête du légiste au moment où il a prononcé ces mots, juste avant de quitter l'institut. À son regard d'abord surpris, puis à cette haine mêlée de désarroi et, finalement, d'une immense amertume. Il sait qu'il a frappé au bon endroit et s'en veut un peu. Juste un peu. L'autre l'a bien cherché après tout. Et maintenant qu'il a vu le corps de Constance, ce corps supplicié, éclaté, détruit, il se demande ce qu'il va pouvoir découvrir chez les parents de cette jeune femme. Sûrement rien sur l'identité et le profil du meurtrier, mais sans doute beaucoup sur ceux de sa victime. Il appuie longuement sur le bouton en cuivre.

18

Clara aime être chez elle pour déjeuner. Elle préfère être seule pour ça. Elle est rentrée encore tout excitée par la formidable découverte de Crumley et de Paul. Elle a du mal à y croire mais la photo qu'elle conserve dans la poche de sa veste est là pour lui confirmer qu'elle n'a pas rêvé. Elle a vu, incrédule, le visage du coupable se dessiner sur l'écran de l'ordinateur. Cette découverte va révolutionner les enquêtes criminelles. Elle en est persuadée. Et c'est ce jeune homme d'une gentillesse si parfaite, d'une ingénuité parfois si confondante qui en est l'auteur. Elle adore ce garçon. Si elle pouvait avoir un enfant, elle aimerait qu'il soit comme Paul. Il y a entre eux une complicité qui est née presque dès le premier instant, lorsque le professeur Jason Crumley les a présentés.

— Paul, je te présente Clara Vandamme, notre ingénieur en chef de la police technique et scientifique. C'est elle qu'il va falloir convaincre que nous ne jetons pas l'argent par les fenêtres.

Clara avait rigolé et répondu, en regardant Paul d'un air malicieux :

— Si vous me dites en dessous de quelle fenêtre

il faut que je me mette pour récupérer un peu du fric qu'on vous accorde, dites-le-moi, ça m'intéresse.

Le jeune garçon s'était mis à rire de bon cœur et ils avaient tout de suite accroché. Seul son clébard super baveux est resté un sujet de discorde sans importance.

Elle prend une escalope de dinde dans le frigo presque vide et se met à la cuire doucement, sans matière grasse. Puis elle attrape la salade qu'elle a nettoyée la veille au soir. Enfin, elle s'empare d'un yaourt zéro pour cent et se fait chauffer un thé. Ce repas frugal lui aurait semblé une véritable orgie il y a encore une quinzaine d'années. Aujourd'hui, elle arrive enfin à gérer son rapport à la nourriture. Sans grand plaisir mais sans souffrance non plus. Et ça, c'est une incroyable victoire sur la maladie. En regardant par la fenêtre de la cuisine, elle aperçoit une jeune fille qui se promène dans le parc. Elle a seize ou dix-sept ans, de longs cheveux bouclés et une peau mate. Elle sourit, les écouteurs de son téléphone plantés dans les oreilles. À part ce détail, cette jeune fille pourrait être elle il y a vingt-cinq ans. En fait, non, parce qu'à cet âge-là Clara passait déjà son temps dans les hôpitaux. Elle se souvient de son adolescence, de l'appartement de ses parents, de son grand-père…

Elle se regarde dans la glace de la salle de bains pour la centième fois de la journée. Elle plonge dans ses yeux verts en amande, observe sans les voir vraiment ses cheveux châtains et bouclés. Enfin, ce qu'il reste de cette magnifique chevelure dont elle était, il y a longtemps, si fière. Elle a pris des laxatifs. Elle se sent mieux, maintenant qu'elle a purgé son corps, qu'elle s'est débarrassée de ce qu'elle a bu. Le thé vert c'est parfait, mais il ne faut surtout pas le garder parce que sinon il vous fait grossir, lui aussi. Comme tout le reste. Même l'air que l'on respire, même ça, elle est sûre que ça peut la faire grossir. Il faudrait qu'elle réfléchisse sérieusement à moins respirer.

Son reflet la terrifie. Là, en haut de sa cuisse, à droite, à la naissance de ses fesses, il y a encore de la graisse. Cette bosse ici, c'est sûrement à cause de ce qu'elle a mangé la semaine dernière, au cours de sa dernière crise. Pourtant elle a tout rejeté, elle en est certaine. Elle n'y arrivera jamais... Elle sent cette colère immense, incontrôlable, qui s'empare de son corps, de son esprit. Elle se met à hurler devant le miroir, s'accrochant au rebord de l'évier, serrant ses mains si fort que ses doigts se mettent à blanchir. Elle se saisit du verre qui se trouve devant elle et dont elle se sert lorsqu'elle se lave les dents, sans dentifrice bien sûr. Elle se retourne vers la grande glace de la porte, contemple quelques secondes ce corps qu'elle hait tant. Elle n'y voit que bourrelets difformes et excroissances, qu'un monstre effrayant et dégoûtant. Dans un geste absurde et désespéré, elle lance le verre contre la glace qui se brise avec fracas.

Sur le sol il y a de grands éclats de verre. Elle sait ce qu'elle pourrait faire avec ça. Elle sait très bien ce qu'elle devrait faire. Elle se baisse et ramasse le plus grand des morceaux. On dirait un poignard. Il doit être très tranchant. C'est fascinant de regarder les éclats de lumière lorsqu'elle fait jouer le bout de verre devant le spot qui éclaire la salle de bains. Et puis son regard se porte à nouveau sur la porte. Tout n'est pas brisé et, à vrai dire, la plus grande partie de son corps se reflète toujours dans le miroir. C'en est trop pour Clara, sa raison vacille et elle appuie la lame aiguisée comme un rasoir sur son poignet. Elle ne sent presque rien et est étonnée de voir le sang jaillir avec autant de force de ses veines. Elle est si faible qu'elle perd connaissance au bout de quelques minutes. Elle n'entend pas son père tambouriner contre la porte puis se mettre à hurler son prénom.

— Clara, qu'est-ce qui se passe ?! Ouvre cette foutue porte, bon Dieu, ouvre tout de suite ! Qu'est-ce que tu as fait ?

Rien... Il n'y a pas un bruit, pas une réponse. Fou d'angoisse, il veut enfoncer la porte. Il ne sait même pas comment faire, il ne sait pas s'il peut y parvenir. Il se précipite de tout son poids contre le panneau de bois. Heureusement, ce n'est pas du chêne massif. Dans ces logements collectifs du milieu des années 1980, on n'utilise pas ce genre de matériaux. À la troisième tentative, et alors qu'il ne pense plus y arriver, le verrou est arraché et la serrure vole littéralement en éclats. Il trébuche presque sur sa fille et se met à crier lorsqu'il voit le sang. Ce n'est pas seulement l'acte désespéré de son enfant qui le terrasse. C'est aussi la vision de ce corps famélique, de ce squelette à la peau parcheminée qu'elle est devenue. Il ne l'avait plus vue nue depuis longtemps, elle se cachait de lui, de sa mère, camouflant sa maigreur dans de larges étoffes. Et ce qu'il aperçoit le fait presque sombrer. La dernière chose à laquelle il pense avant de se précipiter pour appeler les secours, c'est à ce film sur les camps de concentration. Un film sur les survivants de l'Holocauste, ces femmes et ces hommes que l'on voyait sortir des baraquements, hagards, rachitiques, la mort peinte sur le visage. Des ombres libérées de l'enfer par des Alliés bouleversés par ce spectacle d'horreur totale.

Après cet épisode, l'hospitalisation a été longue, mais pas aussi longue que le chemin de la guérison. « On ne vainc pas l'anorexie, jamais complètement, on apprend à vivre avec et un jour, à la dominer », lui avait expliqué un psychiatre. Oui, se dit-elle en mâchonnant son déjeuner. Elle a sans doute réussi à la dominer mais cette saloperie a gagné sur un point : elle n'aura pas d'enfants… Le bourdonnement de son portable la fait sursauter. Elle a reçu un SMS qu'elle s'empresse de lire, c'est toujours ça de gagné sur le repas.

> Chère amie, vous savez que c'est l'inspecteur général Rémi Dubois qui supervise le projet Nostradamus. Il va vous apporter une affaire classée sans suite sur laquelle il a travaillé il y a quelques années. On va voir ce que ce programme a dans le ventre, comme on dit ! Bonne chance. PH de Lassignac.

Pour que le chef de cabinet se fende d'un SMS, c'est que l'importance du dossier ne lui a pas échappé. La petite note qu'elle a fait passer sur l'incroyable expérience qu'elle a vécue la veille dans le laboratoire de la police a déjà produit son effet. En plus, elle connaît Lassignac. Elle a eu l'occasion, lors de sa prise de fonction, de lui faire visiter les laboratoires de la police judiciaire et il s'est entiché d'elle. Le franc-parler de Clara, son humour distancié, son allure chic et décontractée ont « tapé dans l'œil » de Pierre-Henri, en tout bien tout honneur, évidemment.

Elle a par ailleurs entendu parler de Dubois et elle a hâte de connaître ce personnage dont les étranges élégances et la farouche indépendance sont connues de tous à la PJ. Elle aime les caractères entiers et les chemins de traverse. Elle ne va pas être déçue.

19

Rémi Dubois se souvient surtout du visage de la mère. Il s'en souviendra toute sa vie : l'incarnation brute, totale, absolue, de la détresse et du chagrin. Ce masque de désolation n'a pas quitté cette femme d'une trentaine d'années pendant toute la durée de l'enquête. Il se revoit, jeune commissaire de police – à l'époque on les appelait encore comme ça –, un type de trente ans plein de certitudes et d'illusions. Des illusions qu'il a, avec le temps et les épreuves, appris à perdre. La découverte des trois corps des enfants a été une de ces épreuves. La pire sûrement. Le garçon, l'aîné, était âgé de douze ans, et ses deux sœurs avaient sept et neuf ans. Le père avait signalé leur disparition au bout de trois heures de recherches infructueuses dans la forêt qui jouxtait la maison familiale : « Ils allaient souvent jouer dans les bois, Jean avait fait une cabane dans les arbres. Il aidait ses petites sœurs à grimper. Il n'y a jamais eu de problème… Il faut les retrouver, monsieur, s'il vous plaît. » Sa voix s'était brisée sur ces derniers mots, comme s'il savait déjà que le pire était arrivé.

Une battue a été organisée avec les gendarmes. Et

ils les ont retrouvés. Tous les trois dans une clairière, à une dizaine de kilomètres du domicile familial. Des petits corps suppliciés. Le jeune garçon attaché à un arbre avec du fil de fer et ses deux sœurs gisant sur le sol à quelques mètres de lui, à moitié nues. Les enfants avaient été étranglés. D'après le médecin légiste, il était possible que le garçon ait assisté au viol de ses deux sœurs avant d'être assassiné. Le tueur avait mis en scène son crime avec une cruauté épouvantable. Les mains bleuies des gamines étaient attachées dans le dos par le même fil de fer bon marché. Personne n'a eu le temps d'empêcher leur père, qui participait à la battue, de contempler cette horreur. Les hurlements de désespoir qu'il a poussés ont arraché des larmes à certains des hommes qui procédaient aux recherches et ils résonnent toujours dans la tête de Dubois. C'est lui qui a dû annoncer à la mère l'épouvantable vérité. Elle s'est évanouie dans ses bras avant qu'il ne puisse terminer sa phrase. Et lorsqu'elle est revenue à elle, elle s'est mise à pleurer pour ne plus s'arrêter. Jusqu'à ce qu'elle mette fin à ses jours. Elle s'est pendue trois ans plus tard, quelques semaines après que le dossier a été classé, faute de suspect et de nouvelles pistes.

Ils avaient pourtant mené des investigations sans égales, interrogé l'ensemble des habitants du village et des hameaux alentour, recherché le passage de tous les criminels reconnus ou suspectés dans les environs de la scène de crime, prospecté dans le passé du père, de la mère, des oncles et tantes… Ils avaient relevé des empreintes de bottes sur le sol, près des corps. C'étaient les seules traces que le tueur avait laissées. À l'époque, les analyses ADN en étaient à leurs balbutiements et les prélèvements qui avaient été réalisés n'étaient pas exploitables. Plus tard, ceux effectués sur les scellés des enfants, à la demande de Dubois et malgré un coût exorbitant, n'ont pas donné un résultat plus encourageant, malgré les progrès de la science. Pendant un temps, ils avaient cru tenir un suspect solide, un brocanteur connu dans la région qui avait fait de la prison pour agressions sexuelles sur une mineure. Il avait passé quelques jours dans un village voisin à l'époque des faits. Cette théorie n'avait pas résisté aux éléments matériels, tenaces et solides. Le type souffrait d'une telle arthrose qu'il avait même de la peine à tenir un stylo. On l'imaginait mal en train de ligoter ses victimes avec du fil de fer.

Et puis plus rien de nouveau. Les procès-verbaux et les dossiers qui s'étaient accumulés ont été oubliés dans les archives d'un juge d'instruction. Il a appris par hasard la mort de la mère et cela a ravivé chez lui la blessure de cet échec. Une blessure qui se rouvre de temps en temps et qui le fait encore souffrir, bien qu'avec moins d'acuité qu'il y a quelques années. Pourtant, il y a toujours le regard de cette maman. Il sait qu'il ne peut pas l'enfouir assez profondément dans sa mémoire pour qu'il ne revienne pas parfois le hanter. Le père, lui, a fini par disparaître de la circulation, sans doute pour essayer de se reconstruire une vie ailleurs, loin.

Aussi, lorsque Rémi Dubois arrive à Levallois au laboratoire de la police scientifique, il ignore toujours si le programme Nostradamus fonctionne ou non, mais il sait, en revanche, quelle enquête il va lui soumettre. Après avoir passé les différents contrôles et portiques, il appuie sur le bouton du petit visiophone de la lourde porte qui donne accès au laboratoire. Près de l'appareil, il y a un autocollant sur lequel on aperçoit la figure d'un vieil homme barbu vêtu de noir et portant une collerette blanche. Juste à côté, un panneau « Attention chien baveux » tient lieu d'avertissement. Un bourdonnement s'élève du boîtier.

— Oui, vous êtes qui ?

Des aboiements sourds et un « Tais-toi, imbécile » rigolard s'ensuivent.

— Bonjour, je suis l'inspecteur général Dubois. C'est moi qui ai la responsabilité de ce… ce programme. Si vous pouviez avoir la bonté de m'ouvrir.

D'abord le silence, puis des chuchotements pour le moins perceptibles : « C'est qui ce type, tu le connais, toi, Clara ? Responsable de mon programme, n'importe quoi… » Puis un rire de femme. « Allez, ouvre-lui, on ne fait pas attendre un inspecteur général, même quand on est un petit génie. » Lorsque la porte s'ouvre enfin, Rémi Dubois se masse légèrement les tempes avant d'entrer dans l'arène.

20

Je m'appelle Axelle et je n'ai pas envie de crever…

— Il me faut quelque chose pour soigner ma main, monsieur, il me faut des médicaments, des antibiotiques… S'il vous plaît.

J'ai parlé tout doucement, je ne veux pas qu'il me remette ma muselière, pas tout de suite. J'ai mangé mes sandwichs, bu de l'eau, en abondance. Toujours le même rituel. Dans quelques instants il se jettera sur moi, me passera son poignard sur le corps, éjaculera sur moi… Je ne sais même pas depuis combien de temps je suis là. Une semaine, dix jours ? Ce que je sais par contre, c'est que je suis au-delà du désespoir. Maintenant, j'en suis à la survie. À tout prix. L'homme me regarde, toujours silencieux, ses yeux sombres dans sa cagoule noire ne montrent aucun signe d'intérêt. Ils sont fixes, inexpressifs, morts. Puis il se lève et se dirige avec son sac de toile vers le robinet rouillé qui se trouve près de la porte de métal. Il ouvre sa besace et en sort un tuyau jaune qu'il fixe au robinet. Avec précaution, il clipse un ustensile sur le flexible de plastique puis ouvre l'eau en grand. Au bout d'une ou deux secondes, elle jaillit en un long jet lourd sur le sol de béton et se vide dans la grille d'écoulement. Il resserre l'embout et le jet devient plus fin, bien plus fort aussi. Se retournant vers moi, il le dirige sur mon corps nu. Je ne peux même pas crier, la froide morsure de l'eau glacée me paralyse et m'empêche de respirer. C'est comme si des milliers d'aiguilles me perçaient la peau. Mon ravisseur s'approche et se met à viser ma main gauche. Cette fois, un hurlement m'échappe. C'est comme si une décharge électrique m'avait traversé tout le corps. Ce cri, je le sais, est une faute. Je n'ai même pas le temps de me protéger. Le premier coup de pied percute mes côtes et me coupe instantanément la respiration. Le second arrive sur ma tempe, et je sombre immédiatement dans le noir total…

Je ne sais pas depuis combien de temps je suis évanouie et lorsque je reviens à moi le monstre est parti. Je tremble de tous mes membres et j'attrape la couverture propre que m'a laissée mon ravisseur pour me réchauffer. Au bout de plusieurs longues minutes, j'arrive enfin à calmer les soubresauts qui agitent mon corps. Je reprends lentement mes esprits et observe ma prison. Sur le tabouret, je vois deux petites boîtes en carton. Et en m'approchant, je ne peux m'empêcher de ressentir une vague de soulagement. Ce sont des médicaments ! Il y a des antalgiques et ce que je pense être des antibiotiques. Je pourrais presque pleurer. Impossible d'avaler quoi que ce soit pour l'instant avec cette putain de boule dans la bouche, mais je sais qu'au prochain repas il me laissera en prendre. Je n'ose pas regarder ma main martyrisée. Je sens qu'elle me lance et le souvenir de ce qu'il m'a fait subir me fait tressaillir d'effroi. Pourtant, lorsque je porte mes yeux sur mon bras gauche, je m'aperçois que la bande de tissu qui entoure ma blessure est neuve. Le pansement est grossier, mais au moins ça a l'air propre.

S'il fait tout ça, c'est qu'il veut que je reste vivante. Pour combien de temps ? Le soutien-gorge et la petite culotte souillée qui sont posés sur le sol, contre le mur du fond, sont les augures funestes de ma destinée. Est-ce que la fille qui les a portés a, elle aussi, cru qu'elle pourrait s'en sortir ? Est-ce que ses parents, ses amis se demandaient où elle pouvait bien être ? Est-ce qu'ils ont collé sa photo dans leur quartier, fait un post sur Facebook, est-ce qu'ils ont eu peur, est-ce qu'ils s'en voulaient ? Moi, je ne sais pas quand on va vraiment s'inquiéter… Cyril ? Ce n'est même pas certain. Après tout, je ne le connais pas depuis si longtemps et je crois bien l'avoir traité de gros connard la dernière fois qu'on s'est vus. Quant à ma mère, il est trop tôt pour qu'elle s'alerte. Nous sommes déjà restées si longtemps sans nous appeler, sans nous parler. Là, tout de suite, dans ma prison de bête, je me jure que, si je m'en sors, je changerai. Je le promets à qui veut l'entendre et, si je le pouvais, je le hurlerais. Je ne serai plus cette sale nana obstinée et têtue qui pense qu'elle pilote seule sa vie et qu'elle n'a pas besoin d'un GPS. Qu'il s'appelle maman, Cyril, Pierre, Paul, Stella ou Jacques. Je ne le serai plus jamais… Peut-être aussi que je ne serai plus rien… Juste une fille disparue, anonyme, mon corps déglingué pourrissant sous la terre humide d'une forêt perdue. Je regarde ma cheville, l'anneau de métal qui l'entoure et le cadenas qui me condamne à la captivité. Je tire dessus, sans conviction ; il est certes petit mais neuf, sa dorure insolente narguant mes espoirs de liberté.

Je remonte la chaîne jusqu'au mur, juste derrière moi. Elle est fixée à un cercle de métal faisant lui-même partie d'une plaque d'acier rivetée à la pierre. Je tire à nouveau, rien ne bouge. Je n'utilise que ma main droite pour tenir la laisse de fer. Je l'entoure autour de mon bras et puis je pose mes deux pieds contre le mur. Je respire lentement, profondément, j'essaie de concentrer toute mon énergie, de la fixer sur cette saloperie de plaque de métal. Je ne suis pas un Jedi, la seule force dont je dispose est celle d'une fille de vingt et un ans qui ne bouffe qu'un sandwich par jour depuis des semaines et qui se fait tabasser au quotidien par un taré de psychopathe. Quand je me sens prête, je tends tous mes muscles et, poussant une sorte de vagissement de bête, je pousse le plus fort possible sur mes jambes en projetant tout mon corps en arrière. La chaîne m'arrache la peau du bras, je ne veux pas céder. Mes yeux exorbités fixent le carré de métal sur le mur. C'est un vieux truc rouillé ; pourtant, malgré tous mes efforts, rien ne bouge. Je m'arrête de tirer, exténuée, m'étouffant à moitié en tentant d'inspirer par le nez l'oxygène qui me manque. J'ai envie de chialer, de frapper comme une malade sur ce mur pour le réduire en miettes, de courir dans la rue, de me jeter dans les bras de ma mère… Je crois que je suis en train de sombrer. Je pourrais creuser dans ce mur autour des rivets, mais avec quoi ? Avec mes ongles rongés jusqu'au sang ? Je regarde autour de moi, désespérée. Je tombe à nouveau sur le soutien-gorge de la pauvre fille qui a dû me précéder dans cet abominable cauchemar… Malgré mon dégoût, je m'en empare. Il y a une petite chance pour que je puisse trouver ce que je cherche dans ce truc. Je ne peux pas me servir de mes dents ni de ma main gauche. Alors je coince le soutien-gorge entre mes genoux et, avec ma main valide, je commence à déchiqueter la dentelle blanche, arrachant le tissu pour dégager l'armature. Lorsque, enfin, j'aperçois l'acier qui la constitue, je pousse un cri de joie. Je me retourne et montre d'un poing rageur ma découverte à la plaque de métal qui retient ma chaîne.

Je m'appelle Axelle, j'ai vingt et un ans, et je ressens un truc étrange… De l'espoir.

21

— Ben merde, où t'étais passé, Baz ? C'est pas que tu me manquais, mais bon, il y a des soirs, je me sens seul. Mon rayon de Pringles va déborder !

Ali se met à rigoler comme s'il venait de sortir la meilleure blague de l'année, va dans le frigo, sort deux grandes Kro et les pose devant lui sur le comptoir.

— Bon, il faut fêter ça. Le retour du meilleur client de la station, ça mérite de boire un coup, non ?

Basile s'avance vers son ami. Il se sent de plus en plus fatigué. Ces deux jours passés à la clinique, gavé de drogues, entre des phases de coma médicamenteux et des cauchemars plus puissants que jamais, l'ont complètement mis K-O. Pourtant, ce soir, il est tout de même heureux de revoir Ali.

— Avec toi, tous les prétextes sont bons pour picoler, Ali… Moi qui croyais que les musulmans ne buvaient pas d'alcool… Et sinon, moi aussi je suis content de te voir.

Le gérant de la station se met à rire en ouvrant les deux canettes dans un jaillissement de mousse.

— Je picole pas, Baz, je picole pas, là, je fête le retour d'un ami. Ça n'a rien à voir ! Et c'est que les bons musulmans qui picolent pas, les autres ils font comme tout le monde. Bon, où t'étais passé, vieux ?

Basile ne souhaite pas lui raconter l'incident chez son médecin ni les dernières quarante-huit heures dans cette clinique. Pourtant il lui doit bien un peu de vérité, à ce type.

— Toujours mes problèmes de mauvais rêves, Ali. Mon toubib a tenté de me plonger dans ce qu'ils appellent une cure de sommeil et ça n'a pas marché. Donc me revoilà, avec un ticket gratuit pour aller chez un psy.

Son ami le regarde, les yeux écarquillés. Il avale deux grosses gorgées de bière avant de poursuivre la conversation.

— Une « cure de sommeil »… Qui c'est qui fait des ordonnances pour ce truc, Baz ? File-moi l'adresse de ce toubib que j'aille y faire un petit tour. Je vais prendre une semaine, juste une petite semaine à roupiller tranquille sans me taper les odeurs d'essence et la viande saoule du week-end. Au fait, je pense à quelque chose. C'est pas mon histoire de la dernière fois qui t'a travaillé les méninges, des fois ? Parce que bon, c'est vrai, c'était gratiné, hein. Non, je dis ça parce que apparemment le type aurait recommencé… Je veux pas t'embêter avec ça.

Basile porte rapidement la canette à sa bouche pour cacher son embarras. Comment pourrait-il lui expliquer que le meurtre atroce de cette jeune femme, dans un ascenseur d'un immeuble parisien, il l'a rêvé, dans ses moindres détails, la veille de la découverte du corps ? Comment expliquer une chose pareille sans passer pour fou ? Il regarde Ali qui, les yeux brillants d'excitation, le fixe en attendant le feu vert pour raconter sa nouvelle histoire.

— Non, enfin je ne crois pas qu'il y ait un rapport. Je dois aller voir un spécialiste, il paraît que c'est le meilleur. Bref, ma dernière chance en gros. C'est ce que mon médecin m'a dit.

— Il est sympa, ton toubib, là. Il pourrait faire gaffe, quand même, on dit pas ça à un mec malade… Ça craint. Bon, sinon, la nouvelle victime, ils l'ont retrouvée dans une vieille baraque isolée, du côté de Saint-Germain-en-Laye, pas loin de Paris. Une vraie boucherie, le type l'a carrément coupée en morceaux. J'ai pas réussi à savoir s'il l'avait violée ou s'il l'avait bouffée mais ça m'étonnerait pas. En plus, ce taré, il leur coupe toujours un doigt ! Et on le retrouve pas. T'imagines, c'est dingue. Tu crois qu'il le mange ? En plus il a dû se régaler parce que quand tu vois la baraque, je te jure, t'as déjà l'impression d'être dans un film d'horreur. Regarde ça !

Ali, au comble de l'excitation, lui tend sa tablette Samsung sur laquelle s'affiche la photo du lieu du crime, un cliché qu'il a déniché sur un de ses sites favoris. Un cliché en haut duquel on peut lire, en lettres de sang, un sinistre et ringard « Bienvenue dans le manoir de l'horreur ». Basile contemple la longue allée bordée de cyprès qui mène à la vaste demeure sur la façade de laquelle on ne dénombre pas moins d'une vingtaine de fenêtres. Il s'attend presque à voir l'une d'elles s'allumer, à entendre un cri de panique et de souffrance s'échapper de la maison. Il a l'impression que le sol se dérobe sous ses pieds. Et de nouveau ce froid glacial qui l'envahit comme si une tempête de glace soufflait sur son âme. C'est ici, dans ce même endroit, qu'une créature monstrueuse poursuivait l'homme qui s'est jeté du haut d'un escalier pour lui échapper, c'est cette demeure qui est restée gravée dans ses yeux quand il s'est réveillé en hurlant deux nuits plus tôt. Il doit l'avoir vue auparavant, ce n'est pas possible autrement. Il veut se raccrocher à cette idée, pour ne pas s'effondrer.

— Elle est connue cette maison, Ali ? Je veux dire, on peut la visiter, c'est la maison de quelqu'un de célèbre ?

— Non, je crois pas. Enfin, si en fait, c'est la baraque d'un ministre, celui des Affaires étrangères y paraît. C'est quand même pas un château de la Loire, hein, on la visite pas. Sauf maintenant, remarque, pour se faire peur !

Il l'a certainement déjà vue aux informations, c'est la seule explication. Basile n'a plus soif. Il repose la bière et s'apprête à quitter la station.

— Remarque bien, la nana, il paraît qu'elle avait même pas fermé la baraque à clef ! Quand les flics sont arrivés tout était ouvert : le portail en grand, la porte d'entrée aussi. Après, faut pas s'étonner, hein !

Basile se précipite à l'extérieur pour vomir. Lorsqu'il reprend enfin son souffle, il aperçoit Ali qui le regarde en secouant la tête. Et ce que voit le gérant, à ce moment-là, ce sont les traits d'un homme qui a vécu l'indicible et qui le porte en lui, comme un cancer.

22

Il ne sait plus depuis combien de temps il est enfermé dans cette pièce sans fenêtre. Il sait simplement que c'est petit parce que, dans l'obscurité, il lui a suffi de tendre les bras pour toucher les quatre murs, tout autour de lui. Et il y a cette odeur aussi, cette odeur atroce qui le submerge, jusqu'à la nausée. Il ne sait même pas s'il pourrait s'allonger sur le sol, si l'étroitesse du lieu pourrait le lui permettre… Et même s'il le pouvait il n'en a pas envie de toute façon. Il n'arrive pas à identifier ce qu'il y a par terre, il a l'impression que ses pieds s'enfoncent dans une matière molle. Comme de la terre humide, comme de la boue.

Il essaie, avec ce qui lui reste de santé mentale, de se souvenir de la manière dont il a atterri ici. Il a quitté sa tanière, son repaire. Cette fois il n'est pas passé près de la petite maison rouge. Il émane de cette bicoque des ondes maléfiques, quelque chose de vraiment mauvais. De plus mauvais que lui. Et puis il y a eu cette fille, ça, c'est certain. Comment pourrait-il l'oublier ? Cette blonde avec des yeux incroyables, plus bleus et plus brillants que le plus pur des saphirs.

Il l'avait tout de suite remarquée dans le grand magasin, elle vendait des parfums et des produits de beauté. Il n'y avait qu'elle dans cette galerie, lui ne voyait qu'elle en tout cas. C'était assez étrange parce que les autres clients semblaient s'évanouir dans le néant lorsqu'ils passaient près d'elle. À un moment donné, ils étaient là, ils marchaient, parlaient, riaient aussi, puis ils disparaissaient. Et personne ne s'en rendait compte. C'était mieux comme ça, beaucoup mieux, parce que ainsi ils ne l'empêchaient pas de la regarder, elle. Ils pouvaient bien se fondre dans l'atmosphère, dans les lumières étranges et colorées des stands et des boutiques, être anéantis en particules évanescentes, ils ne servaient à rien, tous. Au bout de plusieurs heures – ou étaient-ce des minutes, des secondes ? le temps passait si bizarrement dans cet endroit –, il n'y avait plus eu de passage, plus personne. Il ne restait que lui et la fille. Les lumières s'étaient éteintes, une à une. Une voix désincarnée avait annoncé en boucle la fermeture du grand magasin, sans jamais vouloir s'arrêter : « Chers clients, chères clientes, notre magasin ferme ses portes. Il faut partir, il faut quitter cet endroit, vous devez partir avant que les portes ne se referment, personne ne doit rester ici, personne ! Chers clients, chères clientes, notre magasin ferme ses portes. Il faut partir... » La jeune femme avait rangé précipitamment ses crèmes et ses parfums, les jetant dans un immense tiroir. Elle avait l'air très inquiète mais il ne comprenait pas pourquoi. D'un seul coup, elle s'était mise à courir. Elle s'enfuyait à toute vitesse le long de l'immense allée centrale. Il avait presque failli la perdre ! Il entendait le bruit de ses talons qui claquaient sur le sol de marbre devant lui. Il s'était mis à courir aussi. Il criait : « Mademoiselle, arrêtez-vous, il faut que je vous parle... Je voudrais vous voir, voir vos yeux, arrêtez-vous... » Bientôt il n'aurait plus pu parler, il se sentait tellement essoufflé. Il y avait cette douleur dans sa poitrine qui le brûlait comme si on avait allumé un feu ardent dans ses poumons. Il fallait qu'il la rattrape, tout de suite, sinon il la perdrait pour toujours. Et c'est au moment où il croyait avoir été distancé qu'il l'avait aperçue. Elle s'était arrêtée au milieu de l'allée, près d'une petite porte bleue contre laquelle elle s'était adossée. Elle massait sa jambe, comme si elle avait une crampe. En l'entendant arriver, elle avait plongé son incroyable regard dans ses yeux puis lui avait souri. Son sourire était le plus merveilleux qu'il ait jamais vu, il illuminait son visage et faisait rayonner l'air autour d'elle. C'était quelque chose d'incroyablement beau qui lui serrait le cœur et mettait son cerveau en ébullition. Mais, alors qu'il se rapprochait d'elle en tendant ses mains en une supplique qu'il espérait amicale, son visage s'était mis à changer. D'abord de manière subtile, un léger froncement de sourcils, un sourire moins franc, et puis, en quelques secondes, ce sont tous ses traits qui s'étaient brutalement transformés. Ses yeux étaient devenus plus sombres, il avait l'impression que d'immenses cernes se dessinaient sous ses paupières. Elle ne souriait plus du tout. Elle avait ouvert la bouche de manière démesurée et, alors qu'il pouvait presque la toucher, elle s'était mise à hurler. C'était un cri atroce, comme si mille femmes avaient poussé le même cri primal. Il était sur le point de perdre la raison, il fallait qu'elle s'arrête tout de suite s'il ne voulait pas devenir fou. Il n'avait pas le choix : il avait posé la main sur sa bouche puis avait ouvert la petite porte et s'était précipité avec elle dans la pièce... Il se souvient maintenant. C'est là qu'il est depuis si longtemps, mais elle, où est-elle passée ? Qu'a-t-il fait juste après ? Il essaie de se souvenir mais il n'y a rien, rien dans sa mémoire, à part le cri de cette fille qui résonne toujours dans sa tête et lui vrille les tympans. Il se met alors à explorer les murs, à l'aveugle, il passe ses mains sur les surfaces nues, de plus en plus vite, de manière frénétique, comme si sa vie en dépendait. Et soudain, il sent ce qu'il cherche. C'est lisse avec une petite excroissance, c'est sa délivrance. Il appuie sur l'interrupteur et une lumière intense lui brûle les rétines. Pendant quelques secondes, il ne voit rien d'autre qu'un halo blanc, avant que, petit à petit, il ne se mette à nouveau à distinguer les formes et les couleurs. Les murs sont gris et l'interrupteur sur lequel il a appuyé est placé étrangement haut ; il comprend mieux pourquoi il ne l'a pas trouvé tout de suite. Lorsqu'il se décide enfin à regarder le sol, il a le souffle coupé. Ses pieds baignent dans une mare de sang... Il en a jusqu'au-dessus des chevilles, à quelques centimètres à peine de ses genoux. Il veut ouvrir la porte, il appuie comme un forcené sur la poignée mais elle ne bouge pas. Il lui semble que l'odeur pestilentielle est toujours plus forte.

Il pousse un premier cri quand il sent une main se refermer sur sa cheville gauche. Un cri de terreur absolue. La deuxième main surgit du bain d'hémoglobine et s'agite vers lui. Il voit avec horreur le corps de la fille émerger de cette puanteur ensanglantée comme si elle naissait à nouveau. Elle se met à genoux devant lui et lève son visage pour le regarder. Ses yeux sont toujours aussi bleus mais il y a dedans une étrange lueur, quelque chose d'infiniment maléfique. Sa tête est inclinée de façon étrange, impossible. Sur son cou, une cicatrice profonde s'ouvre largement, laissant apparaître sa colonne vertébrale. Elle prend une grande inspiration qui fait un horrible bruit de glaires. Avant qu'elle ne puisse dire quoi que ce soit, il la frappe de toutes ses forces et elle retombe en arrière. Il se retourne vers la porte et recommence à essayer de l'ouvrir avec l'énergie du désespoir. Il n'arrive presque plus à respirer et s'est mis à pleurer comme un enfant. Il entend d'ignobles bruits de gargouillis puis, à nouveau, le sifflement encombré de la femme. Il n'a pas la force de lui faire face. Un flot écarlate éclabousse la porte en même temps que la créature se précipite sur lui : elle a saisi son cou et il peut sentir son souffle fétide alors que sa bouche se rapproche de son visage. Totalement paralysé par la terreur, il fixe la porte comme on contemple la mort. Les traces de sang prennent soudain des formes étranges – des signes qu'il commence à reconnaître. Et, alors que les mains qui enserrent son cou se mettent à lui déchirer les chairs, il peut enfin lire le message : « RÉVEILLE-TOI ! »

23

13 décembre 2008

Le petit garçon a neuf ans. Il a déjà fini ses devoirs. Il sait que son papa et sa maman vont se séparer. Il l'a compris depuis longtemps. Mais aujourd'hui c'est l'anniversaire de son papa, alors ils vont à nouveau faire semblant. Les regards de sa mère sur son père ne trompent personne. Il y a tant de colère dans ses yeux, ces mêmes yeux qui peuvent être emplis de tant d'amour quand ils se posent sur lui. Bien sûr, il est comme tous les enfants du monde, il voudrait que ses parents ne se séparent jamais, il voudrait qu'ils soient tous heureux ensemble, comme avant. En vérité, il n'est pas tout à fait comme les autres enfants. Et lui sait qu'il faut que son père s'en aille, loin, très vite. Pourtant, il l'aime de tout son cœur et il veut que cet homme si grand, si élégant, à la voix si particulière, capable de charmer l'assistance et d'emporter l'adhésion de tous, le prenne dans ses bras et lui raconte des histoires, qu'il le fasse encore rire. Mais ici, dans cet immense appartement, cela fait bien longtemps que le rire de sa maman n'a plus résonné sous les hauts plafonds aux élégantes moulures du grand salon. Il y a tant de tristesse sur son visage, tant de souffrance. Il faut que ça s'arrête, ça lui fait même peur. Alors, aujourd'hui, il a décidé de parler à son papa. Il sait qu'il l'écoutera, il en est certain.

Il se dirige vers le bureau. Il est pieds nus, même s'il sait que ça énerve sa mère qui lui dit toujours qu'il va se mettre des échardes. Il fait en sorte de ne pas la croiser. La porte du bureau est fermée. Cela veut dire que l'on ne doit pas le déranger, qu'il travaille, comme d'habitude. Pourtant, aujourd'hui, c'est un jour spécial, alors il appuie sur la poignée et ouvre. Dans le grand bureau, pas de parquet. On a posé une épaisse moquette grise, le mobilier et la décoration sont très modernes. Sur le mur de gauche, il y a une peinture représentant un homme sur un pont qui se tient le visage ; au-dessus de lui, le ciel est tout orange. Le jeune garçon n'aime pas cette peinture, elle l'inquiète. Son père lui a dit que ça s'appelait *Le Cri* ; drôle de nom pour un tableau. En tout cas, lui le trouve assez moche. Il pense que son copain Nathan qui dessinait si bien quand ils étaient petits aurait sûrement fait mieux. Il entend son père qui parle anglais au téléphone. Il comprend ce qu'il dit, il comprend les mots mais le sens des phrases lui échappe. Ça parle finance, actions, acquisitions, fusions… Quand il raccroche enfin, son père se retourne et sursaute en l'apercevant.

— Tu es là ? Tu m'as fichu la trouille… Tu sais que je n'aime pas que tu viennes dans mon bureau. Sauf si je t'y invite… Et je ne crois pas l'avoir fait.

Son père a pris une voix sévère mais au fond le garçon sait qu'il n'est pas vraiment en colère. Quand il est réellement fâché, son visage est très, très différent…

— Oui, je sais. Excuse-moi, papa… Je voulais te parler de quelque chose. De quelque chose d'important. C'est à propos de toi et maman.

Le regard de l'homme d'affaires s'assombrit. Son fils voit passer comme une ombre sur son visage. Pas vraiment une inquiétude, juste une contrariété, un agacement profond.

— Et qu'as-tu à me dire, exactement ?

— Eh bien, je crois que maman est triste, et moi ça me rend triste aussi. Pourquoi on doit rester ensemble même si on ne s'aime plus ?

Le père se lève brusquement et s'approche de l'enfant qui ne peut s'empêcher d'avoir un mouvement de recul. Sa voix est très grave et très sourde, comme s'il peinait à contenir sa colère.

— Tu ne dois pas dire ça. C'est maman qui t'en a parlé ? Qu'est-ce qu'elle t'a dit exactement ?

Il continue à s'avancer vers le garçon qui se retrouve coincé contre la grande bibliothèque. Il n'a plus d'échappatoire et il sent son cœur qui s'accélère dans sa poitrine. Il sent aussi une chose étrange, qu'il déteste. Pour la première fois, son père le terrifie.

— Arrête, papa, je suis désolé, je ne voulais pas te mettre en colère. Arrête… J'ai peur.

Le visage de l'homme se détend soudain. En un dixième de seconde, ses traits ont changé. Il affiche de nouveau un grand sourire et il prend son fils dans ses bras puis l'embrasse sur le front.

— Excuse-moi, mon lapin, je suis juste fatigué, le travail, tu sais… Quant à maman et moi, ça ne doit pas t'inquiéter, nous t'aimons très fort, tu le sais.

Quoi qu'il arrive, nous t'aimerons toujours… Dis donc, tu es sacrément costaud. Bientôt je ne pourrai plus te porter. Allez, file dans ta chambre, je vais me préparer pour le dîner. J'espère que tu m'as fait un beau cadeau !

Lorsque l'enfant referme la porte, il est à la fois soulagé d'avoir pu dire à son père ce qu'il avait sur le cœur et frustré de ne pas avoir obtenu de réponse à sa question. Il sait que, ce soir, le repas de fête n'en sera pas un et que les larmes couleront à nouveau sur le visage de sa mère. Il n'a pas vu son père décrocher le téléphone et composer un numéro.

— Oui, bonjour maître, c'est moi. Bon, il va falloir accélérer les choses. Je ne sais pas ce qu'elle raconte à mon fils, je crois que ses délires commencent à devenir très inquiétants. Je veux entamer la procédure le plus vite possible et je veux la garde exclusive. J'espère que c'est clair !

En raccrochant, le père du garçon pousse un cri de fureur, attrape une paire de ciseaux et la plante avec brutalité dans le bois fragile et ouvragé de son bureau.

24

— Ne vous inquiétez pas, il est très gentil.

Dubois a d'abord pensé abattre l'ignoble clébard qui s'est précipité sur lui et qui a, de son interminable et immonde langue rose bonbon, souillé le magnifique manteau en cachemire qu'il vient de recevoir de la maison Hermès. Il ne porte jamais rien d'ostentatoire bien entendu, mais du sur-mesure en tout cas. Pour le clinquant, il a ses voitures de collection et ses montres… Beaucoup de montres. Toutes plus sophistiquées et plus chères les unes que les autres, de véritables bijoux qui le fascinent par la qualité et la précision du travail des horlogers. Il choisit les modèles en fonction de ses humeurs et des saisons. Le temps nuageux l'a poussé vers quelque chose d'assez simple, une Audemars Piguet au mécanisme complexe, en or gris, avec bracelet noir en croco. Le fond du cadran a la même couleur que les nuages lorsque le soleil tente une timide apparition et fait ressortir leur blancheur. Bien sûr, ce ne sont pas les émoluments, même confortables, que lui octroie l'administration qui peuvent satisfaire ce genre de caprices. La richesse très confortable du père décédé de ce fils unique, célibataire de surcroît, l'autorise à ne rien se refuser. Et surtout pas les restaurants étoilés dont il fait une consommation déraisonnable et dans lesquels il est accueilli comme un hôte de marque. Il pourrait d'ailleurs se mettre à la retraite de la Grande Maison, il en a le droit. Certains pensent même qu'il en a le devoir… Mais il ne leur donnera pas ce plaisir et se dit que l'arrêt de toute forme d'activité professionnelle entraînerait inéluctablement une prise de poids encore plus conséquente. Et ça, il ne peut plus se le permettre. Chaque fois qu'il se regarde dans un miroir, l'image du Zodiac, chère à Michaud, revient l'assaillir.

— Est-ce que vous pourriez avoir l'amabilité d'enfermer ce chien quelque part avant qu'il ne dévore entièrement mes chaussures ?

Des Berluti toutes neuves données en pâture à ce monstre, quel gâchis ! Le jeune homme pivote sur son fauteuil électrique et siffle bruyamment entre ses deux doigts. Aussitôt le clébard se met à faire des bonds de droite à gauche puis, au deuxième sifflet, il file dans une pièce au fond du laboratoire.

— C'est impressionnant ce dressage, ça marche à tous les coups ?

Le garçon le regarde du coin de l'œil.

— Ben oui, enfin, quand c'est moi qui siffle. Je peux aussi le faire revenir… Vous êtes monsieur Dubois, c'est ça ? Je ne crois pas qu'on se soit déjà rencontrés. Je suis Paul Vignaud. J'ai conçu Nostradamus. Enfin, avec le professeur Crumley. Et elle, c'est Clara Vandamme, l'ingénieur de service, flic à ses heures perdues. Enfin pas tout à fait flic, c'est la police scientifique.

Il se met à rire, mais Dubois est presque gêné pour

la grande et jolie femme qui se tient juste derrière ce petit mec insupportable. Pourtant, elle se met, elle aussi, à rigoler.

— Fais gaffe, Paul, je pourrais aussi bien dégonfler les pneus de ton fauteuil. C'est à la portée d'une scientifique comme moi, tu sais... Bonjour, monsieur Dubois, nous avons une connaissance commune je crois, Pierre-Henri de Lassignac, le chef de cabinet de notre ministre. Il m'a dit que vous alliez nous rendre visite... Avec un cadeau pour Nostradamus !

Elle lui serre la main de manière énergique. Puis c'est le jeune garçon qui avance vers lui un bras interminable au bout duquel de longs doigts fins viennent à la rencontre des siens. Paul lui retient la main puis le regarde droit dans les yeux avec une lueur d'intérêt.

— Finalement, ça ne paie pas si mal, en fin de carrière, la police. Tu vois Clara, faut pas que tu désespères.

Ses deux interlocuteurs le dévisagent sans comprendre. Paul secoue à nouveau la main de Rémi Dubois.

— C'est une très belle montre, monsieur, une Jules Audemars, je crois. Simple et élégante, bon choix... Mon père était un grand amateur de ce genre d'objets mais lui, il était trader... Et moi, je préfère les Swatch. Chacun son truc.

Le policier dégage sa main avec un peu de brusquerie même si, au fond, il est assez épaté que Paul Vignaud ait reconnu la marque et le modèle.

— C'est un héritage. Et si un jour vous vendez celles de votre père pour vous payer vous-même vos petits joujoux informatiques hors de prix, faites-moi signe, je pourrais être acheteur.

C'est Clara qui reprend la parole et réoriente la conversation.

— Les investissements du contribuable n'ont pas été inutiles, monsieur Dubois, loin de là. Avec Nostradamus, nous tenons un outil absolument incroyable. D'ailleurs, si vous nous avez apporté les éléments que nous vous avons demandés, nous pouvons commencer tout de suite la démonstration.

Dubois sort de la poche de son manteau une clef USB dans un petit étui en cuir.

— Oui, je crois que tout y est. Enfin, tous les éléments que j'avais à ma disposition. Photos, rapports d'autopsie, interrogatoires, plans, relevés ADN, empreintes, historique des crimes dans le périmètre… Des centaines de documents, des milliers de pages. Ça risque d'être long de faire le tri.

Clara passe la clef à Paul qui l'introduit dans l'unité centrale et se retourne d'un air triomphant.

— Ne vous inquiétez pas, cette bécane peut traiter des milliards d'informations par seconde… On appelle ça des pétaflops, c'est rigolo, non ?

Ce jeune type énerve passablement Dubois. Malgré tout, il ne peut s'empêcher de trouver son énergie et son enthousiasme rafraîchissants. L'ordinateur se met à faire un bruit sourd. Mais le visage de Nostradamus n'apparaît pas sur l'écran. Clara a réussi à convaincre Paul de supprimer sa petite animation. Et plus elle regarde la tête de Dubois, plus elle se dit qu'elle a bien fait. Soudain, Paul s'agite sur son fauteuil.

— Ça y est, ça commence, regardez !

L'inspecteur général n'en croit pas ses yeux. Sur l'écran noir s'inscrivent peu à peu des traits, des ombres, des contrastes. Progressivement, le visage d'un individu se dessine, comme par magie.

— Et maintenant, tintintin, la touche finale !

Plusieurs vagues de couleur passent et repassent sur le visage et, au bout de quelques secondes, la photo d'un homme d'environ trente ou trente-cinq ans s'affiche devant eux. Paul reprend avec espièglerie :

— Alors, monsieur l'inspecteur, vous pensez toujours que l'argent des contribuables a été gâché ?

Mais Rémi Dubois ne répond pas. Il regarde l'écran, incrédule, et Clara l'entend très distinctement murmurer : « Pas lui, ce n'est pas possible… » Et il sort précipitamment du laboratoire sans dire un mot de plus.

25

Une voix sans timbre, froide, impersonnelle s'échappe de l'interphone.

— Je vous ouvre, monsieur Flair, le ministre vous attend.

Il pénètre dans un immense hall d'entrée d'où part un large escalier en marbre blanc. Un homme en costume sombre a ouvert la porte. Il a un visage lisse et pâle. Il le débarrasse de son manteau et l'invite à emprunter les marches.

— Monsieur est dans son bureau, suivez-moi, s'il vous plaît.

Flair trouve ça surréaliste. Il a l'impression d'avoir été transporté au XIXe siècle. Un hôtel particulier, un majordome au regard compassé qui a du mal à cacher son mépris pour son attitude décontractée, son jean délavé, son vieux caban H&M et ses baskets Vega aux couleurs passées. Ce léger pincement de nez, ce mouvement de retrait quand il lui a tendu son manteau, ces sourcils froncés en regardant ses chaussures… Le type transpire littéralement le dégoût. En attendant, c'est lui qui ouvre la porte et s'efface pour le laisser pénétrer dans l'immense bureau. Le psychiatre ne peut s'empêcher de lui souffler :

— Pourriez-vous passer un coup de brosse sur mon manteau pendant mon entretien ? Vous seriez bien aimable.

Sans lui donner le temps de répondre, il s'avance dans la pièce et laisse le majordome abasourdi. Au fond, devant une baie vitrée dont les rideaux sont tirés, une silhouette massive se tient debout dans l'ombre. Des volutes de fumée l'entourent et, de temps en temps, une main agite un cigare.

— Bonjour, monsieur Flair, on m'a beaucoup parlé de vous… Je ne sais pas ce que je dois croire de ce qu'on m'a raconté. Je suis… j'étais un homme rationnel. Mais ça, c'était quand j'évoluais dans un monde normal, pas dans celui où l'on massacre des jeunes femmes comme si elles étaient moins que des bêtes, où l'on torture ma fille avant de la découper en morceaux…

La voix de l'homme s'est brisée sur ce dernier mot. Toute sa silhouette vacille, il est même obligé de se tenir à son fauteuil. Flair s'approche avec précaution. Il sait que, lorsqu'un individu est dans un tel désarroi, il faut être prudent, attentif. Toute cette émotion est comme une bombe prête à exploser. Les yeux du ministre sont rougis et humides, ses traits tirés, ses lèvres pincées. Ses épaules sont secouées de sanglots secs qui agitent sa grande carcasse, comme le ressac de l'immense chagrin qui le submerge. Nicolas commence à lui parler, avec beaucoup de douceur.

— Écoutez, je suis désolé pour ce qui est arrivé à votre fille. Je ne sais pas ce qu'on vous a dit sur moi mais je vous assure que je ferai le maximum pour aider la police à retrouver le coupable.

Emmanuel de Phallard redresse la tête et le scrute de son regard bleu délavé. Il porte son cigare à sa bouche puis laisse la fumée s'échapper et former autour de lui un brouillard épais.

— On m'a dit que vous étiez psychiatre et que vous aviez une sorte de don… Que vous étiez un « mentaliste », je crois que c'est comme ça qu'on vous appelle… Et je vais vous dire, vous pourriez être un magicien ou un putain de super-héros, je m'en fous. S'il y a la moindre chance pour que vous puissiez retrouver le salopard qui a fait ça à ma fille, je me fiche de la manière dont vous y parviendrez ! Je veux que vous me teniez au courant de l'avancée de vos investigations. Pas à pas ! Je vais vous donner deux numéros de téléphone, monsieur Flair. Le premier, c'est mon portable, je suis toujours joignable dessus, toujours, vingt-quatre heures sur vingt-quatre. Le second est un numéro spécial. Ne l'utilisez que si vous rencontrez des difficultés, de grosses difficultés. Dites simplement où vous êtes et ce dont vous avez besoin… On viendra vous aider. Je mettrai tout en œuvre pour vous faciliter la tâche, tout…

Flair prend la petite carte que le ministre lui tend. Le premier numéro est en noir, le deuxième en rouge avec le mot « intervention » écrit à côté.

— Merci, monsieur… « Mentaliste », vous savez, c'est un mot à la mode. Ça n'a rien de magique en fait. J'ai juste beaucoup travaillé et mis en pratique des capacités d'observation, d'analyse et de synthèse un peu supérieures à la moyenne. Vous me permettez de vous poser une question ?

Phallard hoche la tête.

— Que faisait votre fille dans votre résidence de Saint-Germain-en-Laye ? Je sais bien qu'à vingt-trois ans elle ne devait pas forcément vous rendre compte de son emploi du temps. Mais elle habitait chez vous, ici, je crois. Alors pourquoi se rendre seule dans cette maison isolée, en pleine nuit ? Elle avait l'habitude d'y aller, comme ça ?

Dans un geste d'énervement, le ministre balaie d'un revers de main la fumée autour de lui et s'avance vers Flair.

— Elle faisait ce qu'elle voulait, je ne lui demandais rien, j'avais confiance en elle. Intéressez-vous plutôt au fait de savoir pourquoi elle n'en est jamais repartie. Maxime va vous raccompagner.

Étonnamment, le majordome n'a pas passé la brosse sur son manteau. C'est tout juste s'il ne le lui a pas balancé au visage avant qu'il ne quitte l'hôtel particulier. Ce que Flair ne comprend pas, c'est la réaction du père de Constance de Phallard. Cette colère, cette fureur presque, quand il lui a demandé pourquoi elle se trouvait là-bas. Pourtant, il lui paraît justifié d'essayer de savoir si elle n'avait pas un rendez-vous dans cette immense maison, si elle n'était pas attendue, si elle n'y est pas allée accompagnée… Les nombreux appels, au moins une dizaine, échangés entre le père et la fille le soir du meurtre ne sont sans doute pas étrangers à ce comportement. Il faudra bien que le ministre s'explique sur ce point.

26

Je m'appelle Axelle et je ne sais même plus si je suis toujours vivante.

Depuis combien de semaines, combien de mois, d'années, de siècles suis-je prisonnière de ce monstre silencieux ? Il ressemble à un personnage de cauchemar, ceux que je faisais enfant. Mais mes rêves étaient moins effrayants. Et me faisaient moins mal. Il vient tous les deux jours je crois, parfois plus. J'ai appris la survie. J'ai appris la faim et la soif, ce sont devenues mes compagnes de captivité. Avec la souffrance bien sûr, celle qui est la plus proche de moi, mon ennemie intime. J'ai compris la soumission aussi. Cette soumission totale, absurde, qui me permet de rester en vie. Il me torture, il me saigne, il jouit de ma souffrance, de mes cris étouffés, de ma panique et de ma douleur. Quand il a fini il me regarde me laver, me soigner, me désinfecter sans un mot. Grâce aux antibiotiques je crois que j'ai échappé à la gangrène… Pour l'instant je prends des analgésiques dans des quantités phénoménales ; il m'en rapporte, de temps en temps. Il les jette sur le sol et me regarde les ramasser comme si c'étaient des putains de diamants.

Pareille à une bête affamée à qui on donnerait enfin de la nourriture.

Une ou deux fois il m'a apporté des vêtements. Un pantalon de jogging beaucoup trop grand et un sweat-shirt trop petit, avec un dessin pour enfant. Un canard débile avec une bouée qui dit : « Moi aussi je dois apprendre à nager. » Je n'ai même pas pu l'enfiler, ça me fait un coussin. Et puis il a sorti des tee-shirts de son grand sac de sport. Trois, les trois mêmes, blancs. Enfin, ils étaient blancs au début. Maintenant ils sont tachés de sang et de sperme, de larmes et de glaires. J'en enfile deux l'un sur l'autre quand j'ai froid. Et puis il y a ma couverture. C'est comme une protection, un truc magique. Je me mets dessous et je ferme les yeux. J'arrive même à rêver. Je n'aime pas ça parce que quand je me réveille je suis toujours là, une conne attachée à un mur avec une boule de plastique dans la bouche, des cicatrices sur mon corps et mes pleurs comme seuls bruits humains. Je ne me souviens plus de quand j'ai eu mes règles pour la dernière fois dans le monde des vivants. Une semaine de menstruations, depuis, plus rien. Pourtant je suis sûre qu'elles auraient dû revenir. Je le sens, je le sais… J'essaie de compter les jours, je n'y arrive pas. Ça aurait au moins pu me permettre de savoir depuis combien de temps je suis là. Je ne sais plus, je perds la mémoire… Je perds tout, ma dignité, mon apparence, ma conscience d'avoir été un jour un être vivant, libre et, de temps en temps, heureux.

Mon corps pue. Malgré les lingettes, malgré les véritables séances de karcher que ce salopard m'impose et qui me laissent sonnée et transie de froid, tous les pores de ma peau exhalent une odeur de peur et de mort qui me donne envie de dégueuler.

Aujourd'hui il est déjà venu. Le sang a fini de couler sur mes jambes et je suis certaine qu'il ne reviendra pas. Il ne revient jamais dans la même journée. J'ai souvent envie de le tuer. J'ai tout le temps envie de le tuer. Avant, je me demandais parfois comment font les gens pour en arriver à tuer quelqu'un. En fait, c'est facile, il suffit d'en avoir vraiment envie. J'imagine que je me jette sur lui et que j'enfonce mes doigts dans ses petits yeux sombres, que je sens mes ongles perforer ses globes oculaires et s'enfoncer lentement jusqu'à son cerveau malade. Je l'imagine en train de hurler de douleur et ça me fait sourire. Un jour, j'ai lu un truc sur un syndrome qui porte le nom d'une ville, en Suède. C'est un phénomène qu'on observe chez des gens qui ont été retenus longtemps en otage et qui finissent par développer une sorte d'empathie pour leurs ravisseurs. De ce côté-là, je suis tranquille. Je dois être immunisée contre ce machin, c'est sûr. Je dois continuer. Je dois faire la seule chose qui m'ait permis de ne pas encore être devenue folle. La seule chose qui me donne encore l'espoir de revenir, un jour, à la vie.

Je m'approche du mur sur ma droite, à côté du tabouret. Entre deux de ses pierres, il y a un interstice. C'est là que je le planque. Quand je le sors de sa cachette, je réalise à quel point cet instrument de métal est dérisoire. Je l'ai fabriqué avec l'armature du soutien-gorge, je l'ai patiemment consolidé en le pliant et le repliant jusqu'à obtenir quelque chose de suffisamment rigide. Je me souviens que j'ai failli pleurer de joie quand enfin j'ai réussi à transformer cette chose en une sorte de pic, de piolet minuscule. Et puis cette joie sauvage, intense, quand j'ai commencé à gratter la pierre autour de la plaque de métal, celle qui retient ma chaîne. Je pourrais aussi graver les jours dans la pierre, comme le font les prisonniers dans les films. Mais si je fais ça et qu'il le voit, il me frappera et exigera que je lui dise comment j'y suis arrivée. Donc je continue à ne pas savoir depuis combien de temps je suis là… Mais j'ai un repère maintenant, je mesure le temps qui passe à la profondeur des deux petits trous que je creuse à côté de la plaque, au niveau des vis qui la maintiennent dans le mur. Les premiers jours, j'ai cru que je n'arriverais à rien. Je grattais doucement, sur une toute petite zone, avec une patience infinie, les yeux exorbités, un filet de bave s'écoulant de ma bouche artificiellement ouverte et recouvrant mon menton. Et puis j'ai vu que ça marchait, que la pierre cédait. À ce moment-là, je crois même que j'ai ri. J'ai entendu mon rire et j'ai sursauté. C'était une sorte de gloussement hystérique, le plus beau des sons qu'il m'avait été donné d'entendre depuis des siècles.

Depuis, je continue à creuser, comme un insecte, comme une fourmi qui poursuit instinctivement une tâche dont elle ne comprend pas le sens. C'est vrai, des fois je me mets à l'ouvrage sans vraiment comprendre pourquoi je le fais. Mais pas ce soir ! Parce que là, tout de suite, je viens de dégager la première vis qui fixe cette foutue plaque de fer. Et j'ai envie de hurler, de hurler ma victoire à la face du monde. Un monde que finalement je reverrai peut-être.

Je m'appelle Axelle, j'ai vingt et un ans, et ce soir, pour la première fois, je me sens en vie.

27

Le réveil en sursaut, la sueur froide et l'odeur âcre de la peur et de la transpiration. Quelques rayons de soleil transpercent les stores de la fenêtre de sa chambre et viennent éclairer la paire de chaussures qu'il a laissée traîner au pied de son lit. Il a sur lui son jean et un vieux sweat-shirt à capuche qu'il possède en dix exemplaires, lesquels constituent l'essentiel de sa garde-robe. Il est pris d'une brutale envie de vomir et se précipite dans les toilettes, manquant de s'étaler sur le sol avant de se raccrocher à la cuvette. Il a l'impression qu'il ne pourra plus reprendre son souffle, entre les râles et les crampes d'estomac que lui arrache cette nausée sans fin. Il arrive finalement à retourner dans sa chambre et regarde la boîte d'hypnotiques renversée sur le sol et la bouteille de vodka qui lui a servi à les ingérer. Il ramasse les pilules une à une et les met au creux de sa main. Il a envie de pleurer, de s'allonger par terre et de s'ouvrir les veines pour en finir avec cette vie de cauchemar. Mais est-ce vraiment utile ? À ce rythme-là, avec ce qu'il s'envoie comme médicaments et comme alcool, il arrivera, ce moment béni où il ne se réveillera pas.

Il entend l'alarme de son téléphone ; il se met à ramper pour essayer de le trouver. Il doit chercher pendant plusieurs secondes avant de l'apercevoir sous le lit. En lisant le message d'alarme, il panique. « RDV docteur Dumond 14 h 30. » Il regarde sa montre, il est déjà plus de 13 heures. Il doit se laver, s'habiller, sortir et se rendre dans un arrondissement dans lequel il ne met jamais les pieds et qui est à plus de quarante-cinq minutes de chez lui. Pendant une bonne minute, il se dit qu'il ne va pas y aller, qu'il va finir la bouteille de vodka et avaler tout ce qui lui reste de cachets. Il regarde l'étiquette d'Absolut, tente de deviner la quantité d'alcool qu'il y a encore dans le flacon, ouvre sa main, compte les somnifères, les approche de sa bouche. Son regard croise brièvement celui de sa femme dont la photo, vestige d'un couple explosé, anéanti par son calvaire, se trouve sur sa petite table de nuit. Il se redresse, s'empare du cadre en plastique, observe ce visage souriant et se met à lui parler.

— Je vais essayer… Je te le jure.

Lorsqu'il sort de chez lui, trente minutes plus tard, Basile Caplain a la tête dans un étau et d'intenses courbatures le font presque gémir de douleur à chaque pas. Le Uber qu'il a commandé, une 508 noire, l'attend devant la station-essence. Il est trop tôt pour qu'Ali soit déjà arrivé. C'est une femme qu'il connaît vaguement qui est derrière la caisse. Une grosse fille rousse et revêche avec qui il a dû échanger trois mots, pas plus, depuis qu'il habite ici. Elle le regarde en coin et retourne vaquer à ses affaires.

— Bonjour, monsieur Caplain, on va au 17 boulevard Raspail, c'est bien ça ?

Son chauffeur est un type noir d'une vingtaine d'années qui lui sourit avec enthousiasme. Basile acquiesce. Il se dit qu'il n'a pas les moyens de payer cette course mais que, de toute façon, un trajet en métro est inenvisageable. La dernière fois qu'il a pris la ligne 12 il s'est assoupi, et lorsqu'il s'est réveillé en sursaut tout le wagon le regardait d'un air consterné alors qu'il venait de tirer le signal d'alarme. On lui avait dit, après, qu'il s'était mis à hurler en pointant du doigt une vieille dame, passagère infortunée, et en la traitant de sorcière. On avait même cru qu'il allait physiquement s'en prendre à elle. L'arrêt brutal du métro l'avait sorti de son délire. C'est une expérience qu'il ne souhaite renouveler pour rien au monde. Il regarde défiler les rues de Paris en s'enfonçant avec régularité les dents d'une fourchette sur le dos de la main pour ne surtout pas s'endormir.

— Voilà, monsieur Caplain, nous sommes arrivés. Eh bien, bonne journée.

Il murmure un vague remerciement en fermant la porte, tout en se disant qu'il ne sera pas très bien noté par ce chauffeur. Un jour, c'est certain, plus aucun Uber ne voudra le prendre, et il sera obligé de se tourner vers les traditionnels taxis parisiens… Sur la porte d'entrée du psychiatre, il y a un petit mot assez sobre, écrit à la main, qui contraste avec la plaque de cuivre sur laquelle le nom du praticien, « Guillaume Dumond, psychiatre », s'affiche avec solennité. « Entrez sans sonner. » Basile se dirige vers la salle d'attente de ce bel appartement haussmannien. La pièce est pratiquement vide, il n'y a d'ailleurs qu'une seule chaise et, sur une table basse en verre, une dizaine d'exemplaires de *Connaissance des arts*.

Basile s'assoit et commence à feuilleter un des numéros. Il préfère de loin ce qu'il trouve chez son dentiste, au moins il peut lire des journaux automobiles. Les bagnoles ont été une de ses grandes passions, la seule de sa vie si rangée. Avant de tomber malade, avant l'opération, il a même acheté, au grand étonnement de son épouse, une vieille Alpine Renault qu'il sortait parfois les week-ends de beau temps. Il a arrêté de la conduire quand il a ressenti les premiers essoufflements et que le diagnostic est tombé. Malgré les remarques de sa femme, il ne l'a pas revendue. Qui sait, peut-être pourra-t-il un jour à nouveau conduire ? Il en rêve de temps en temps, mais ce genre de rêves se terminent en cauchemars et le plaisir fugace qu'il a pu ressentir est toujours anéanti par les horreurs qui surgissent immanquablement de son esprit malade.

Il entend une porte s'ouvrir à l'autre bout de l'appartement, puis une voix de femme : « Au revoir, docteur, merci. » Il ne perçoit pas la réponse du médecin, peut-être n'a-t-il rien dit. Il repose la revue en entendant les pas qui viennent vers lui.

— Bonjour, monsieur Caplain, je suis le docteur Dumond. Suivez-moi, je vous en prie.

Le médecin ne lui a pas serré la main. C'est un homme de petite taille, assez rond, avec une barbe taillée en pointe qui lui donne des airs de faune. Il l'invite à s'asseoir en face de lui. Un grand bureau de verre sur lequel il n'y a qu'un petit calepin et un crayon de papier les sépare.

— Vous êtes envoyé par le docteur Lescure, c'est bien ça ? J'ai eu votre dossier et le courrier qu'il m'a adressé. Votre cas est intéressant. Enfin, d'un point de vue clinique, bien sûr. Je pense que, pour vous, l'intérêt est très limité.

Il se met à rire, ou plutôt à hennir, de façon aussi brutale que brève, avant de redevenir impassible.

— Excusez-moi… Donc vous faites des cauchemars. À tel point que, même avec les sédatifs les plus puissants, vous trouvez le moyen de délirer et qu'il faille vous attacher à votre lit… Bien, très bien.

Il lisse sa barbe en regardant Basile qui ne voit pas vraiment ce qu'il y a de « très bien » dans sa situation.

— Ça a commencé quand ?

— Environ un an après l'opération… Au début je n'y ai pas vraiment prêté attention, on fait tous des mauvais rêves, non ? Mais c'est devenu de plus en plus fréquent et de plus en plus… réaliste, violent. Je ne veux plus dormir, docteur. Vous croyez que vous pouvez faire quelque chose ?

Le petit homme s'est mis à dessiner sur son calepin de manière frénétique et minimaliste. De toutes petites figures géométriques qui composent une sorte de kaléidoscope. Il s'arrête d'un seul coup.

— Difficile à dire, nous verrons. Si vous êtes réceptif à l'hypnose, je devrais pouvoir vous aider. Vous avez déjà été hypnotisé, monsieur Caplain ?

Basile secoue la tête de droite à gauche en signe de dénégation. Il sent une vague d'angoisse l'envahir. Il regarde le vaste canapé en cuir noir qui se trouve à l'angle du cabinet et il lui semble que sa surface est agitée de mouvements lents et presque imperceptibles. Comme si quelque chose était coincé à l'intérieur du sofa et essayait de s'en extraire.

— Eh bien, commençons, alors. Si vous voulez bien vous allonger et essayer de vous détendre…

Allons, ne vous inquiétez pas, je ne vais pas vous endormir, vous serez juste dans un état modifié de conscience, une sorte de transe. Et si cela est nécessaire, je pourrai vous en sortir instantanément.

En s'allongeant, Basile Caplain a la certitude que les choses ne seront certainement pas aussi simples que le docteur Dumond veut bien le croire.

28

À peine entré dans sa Tesla – lui qui a conduit toutes sortes de bolides thermiques a fini par se mettre au tout-électrique –, Rémi Dubois compose le numéro de Michaud. Finalement ils vont se voir plus vite que prévu.

— Salut, Michel, Dubois à l'appareil. J'ai besoin de te voir… Oui, tout de suite. Où es-tu ? Parfait, je serai là dans quinze minutes. Oui, eh bien commande-moi la même chose.

Michel Michaud… L'absence totale d'à-propos de certains parents dans le choix du prénom de leurs enfants laissent toujours l'inspecteur général perplexe… Mais c'est un type en qui il a une confiance absolue. Pas seulement parce qu'il lui a sauvé la vie à deux reprises, mais surtout parce que le capitaine Michaud ne poursuit aucune ambition personnelle. Sa pugnacité et sa méticulosité ne sont dictées que par le goût du travail bien fait et un sens aigu de la justice. Ils se connaissent depuis plus de trente ans et il ne l'a jamais vu perdre son sang-froid, quelles que soient les circonstances. Pourtant, l'information qu'il lui apporte, si toutefois elle est vraie, devrait lui faire perdre de son flegme.

Il se gare non loin de chez Bourillon-Dorleans, le repaire de son collègue. Un bar à vins d'exception du quinzième arrondissement dans lequel non seulement on boit d'excellents flacons – ce qui est la moindre des choses pour ce genre d'endroit – mais où l'on peut aussi se restaurer presque décemment, un critère capital pour Dubois. Qui plus est, Frédéric, le patron, est un grand type débonnaire et cultivé qui ne tarit pas de bons mots et dont les analyses critiques sur la marche du monde sont frappées d'une clairvoyance tout à fait réjouissante. Lorsqu'il entre dans le bar, Michaud est assis à une table sur laquelle une petite nappe à carreaux rouges et blancs revendique haut et fort le statut de bistrot parisien. Il salue le patron d'un signe de la main et va s'asseoir à côté de son collègue.

— Salut, Dubois. Ben t'as encore pas maigri… Bon, t'as de la chance, aujourd'hui c'est pot-au-feu, régime quoi. Tu bois quoi en attendant ? Je te conseille ça, un blanc de Vouvray cent pour cent chenin. Comment ça s'appelle déjà, Fred, ton truc ?

Le patron ramène sa solide carcasse au-dessus des deux flics. Sorte d'Obélix improbable, il serre la main de Dubois qui, incrédule, regarde celle-ci disparaître dans l'immense paluche de leur hôte.

— Ça, mes bons amis, c'est de l'oppidum, c'est cultivé sur le site d'un ancien village gaulois. C'est pas de la potion magique mais on s'en rapproche quand même. Allez, je suis pas chien, je vous laisse la bouteille, en attendant vos plats.

Une fois qu'il s'est éloigné, Dubois regarde Michaud

et se penche vers lui comme s'il s'apprêtait à lui dire un secret.

— Tu te souviens de l'affaire Pecquerel, les trois gamins, le frère et les petites sœurs, assassinés dans la forêt, près de Nancy ?

— Évidemment, c'est la première fois qu'on bossait ensemble. Ça s'oublie pas. Surtout un fiasco pareil. Si on avait pu coincer le salopard qui a fait ça… Je m'en souviens, ça oui, les corps des gamins dans la clairière… Enfin, on en a attrapé d'autres quand même.

Dubois ressert un verre à son ami et sort de sa poche la photo qu'il a prise au laboratoire.

— Tu le reconnais ?

Michaud regarde avec attention le cliché et son visage s'éclaire.

— C'est le père des trois mômes. Il a disparu, non ?

— Oui… Tu as entendu parler du programme Nostradamus ?

— Oui, on en a discuté une fois à la PJ, ça nous a fait plutôt marrer.

— Eh bien, te marre pas trop, parce que cette photo, là, c'est Nostradamus qui me l'a pondue quand on lui a fait ingurgiter toutes les pièces du dossier Pecquerel. Et les photos des parents ne faisaient pas partie de la base de données. Je l'ai vu, Michaud, j'ai vu ce truc dessiner ce portrait en quelques secondes. C'était incroyable. Maintenant il faudrait qu'on puisse le retrouver. Tu peux t'en charger ?

Michaud secoue la tête et attrape son briquet qu'il se met à allumer et à éteindre de manière frénétique.

— Tu tombes mal, on vient de me foutre sur l'affaire de la fille du ministre qui s'est fait massacrer.

Et c'est pas la seule à y être passée, on a déjà deux autres meurtres du même genre. On dirait bien qu'on a un véritable cinglé qui traîne dans le coin. En plus on m'a mis dans les pattes un type que je sens pas, une sorte de psy. Alors ton affaire, là, et ton truc de magicien, franchement…

— Allez, Michaud, ça te ferait pas plaisir de coincer le mec qui a fait ça ? Et même si c'est bidon, ça vaut le coup de vérifier, non ?

Fred Bourillon apporte les deux assiettes fumantes, les pose sur la table et lance un tonitruant « Bon appétit ! ». Avant de commencer son plat, Michaud range son briquet dans la poche de sa chemise puis, relevant la tête, il demande à Dubois de lui passer la moutarde.

— Merci… Bon, OK, je vais regarder. Je vais voir avec le réseau si on peut mettre la main sur lui. Mais vivement que tu prennes ta retraite. Il y a des mecs qui ont un vrai boulot dans la maison, Dubois…

Rémi sait qu'il pourra, une fois de plus, compter sur son ancien collègue. Il faut qu'il retrouve ce type, qu'il le confronte à ce nouvel élément. Lui reste sceptique, il croit en la science, pas en la magie. Et là, on est plus proche d'Harry Potter que de NCIS. Et si c'était vrai ? Comment cette culpabilité a-t-elle pu lui échapper ? Il se souvient pourtant d'avoir fait son travail ; il n'avait pas écarté les parents de la liste des suspects, mais la mère avait affirmé avoir passé tout l'après-midi chez elle en compagnie de son mari qui, lui, avait repeint la porte du garage. Et puis il y avait eu la détresse et le désarroi du père, ses cris de douleur… Il lui suffit de fermer les yeux pour se les rappeler et, en se remémorant ces instants, il sent comme un poids sur ses épaules. Il n'avait pas eu non plus d'indices matériels qui auraient pu le mettre sur cette piste. Aucune des paires de bottes qu'ils avaient retrouvées dans la maison ne correspondait aux empreintes relevées sur le sol. Quand il avait interrogé la mère, elle était en état de catatonie, indifférente à tout, étrangère au monde, enfermée dans son chagrin. Il n'avait pas pu en tirer grand-chose ; elle avait vaguement confirmé la présence de son époux, et cela lui avait suffi. Il était si jeune, il n'avait pas encore été confronté à toute la complexité de la nature humaine, à toute sa perversité, au mal et aux souffrances que l'homme est capable d'infliger à ses semblables et, parfois même, à ses propres enfants. Aujourd'hui, il aurait certainement procédé différemment, sans se contenter d'impressions ni de témoignages… Enfin, les regrets ne servent à rien, alors si cette machine peut permettre de faire éclater la vérité, même trente ans après, ça rattrapera un peu les choses.

29

Il le regarde s'éloigner dans la rue à travers la porte-fenêtre qui donne sur le balcon de son hôtel particulier. Il n'aime pas ce type – trop malin, trop souriant, trop habile… Pourtant, s'il a le pouvoir de retrouver le meurtrier de sa fille, il faut faire avec et, pourquoi pas, l'aider. Le problème, c'est ce qu'il va découvrir en dehors de l'identité du criminel. Tout ce qu'il verra en fouinant trop loin. Même s'il a fait en sorte que personne ne puisse se demander ce que Constance faisait toute seule à cet endroit. Après tout, c'est leur résidence de famille, et elle avait le droit de s'y rendre quand bon lui semblait. En évoquant son souvenir, le ministre pousse un profond soupir ; il sent comme un immense poids sur son cœur et pose son front contre la vitre. Il était si proche d'elle, bien plus que de ses autres enfants. Deux fils dont il ne s'occupe guère et qui ne s'en plaignent pas. L'un poursuit mollement des études à Londres, quand l'autre s'est mis en tête de prendre une année sabbatique pour faire le tour du monde. Les deux frères financent leurs « projets » grâce à la fortune familiale. Au moins, pendant ce temps-là, il ne les a pas dans les pattes. Sa fille, elle, avait tout de suite adhéré aux projets de son père, à sa vision, à ses ambitions. Elle avait ce sens politique, cette intuition et ce courage indispensables pour mener les combats qui les attendaient.

Les élections présidentielles se dérouleront dans moins de dix-huit mois et il sait que son heure est enfin arrivée. L'actuel président, affaibli par une cohabitation orageuse et par une situation économique désastreuse, ne se représentera pas. Le leader de son parti a tant de casseroles et de dossiers épineux qui lui sont liés qu'il explosera en vol avant le premier tour. Il s'en assurera. Seul le Premier ministre est un candidat dangereux susceptible de lui voler la victoire. Mais dix-huit mois, c'est très long. Le poste de chef du gouvernement est une fonction très exposée qui vous rend particulièrement sensible aux aléas et à la versatilité du peuple.

Il prévoit lui-même de donner sa démission juste avant les vacances d'été, dans deux mois à peine. Le timing est parfait. Les réformes que préparent ses collègues pour la rentrée sont certes courageuses mais tout à fait impopulaires. Et lui n'y sera pas mêlé. Le parti qu'il a créé cinq ans auparavant, parti de centre droit jouant sur une base de populisme assumé et sur la vision d'une France forte et indépendante, obtient d'excellents sondages, et les dernières élections législatives ont marqué une progression remarquable du nombre de ses députés. Sa fille n'est pas étrangère à ces succès ; son intelligence remarquable, son brillant parcours académique, sa douceur et son calme lui ont permis de manœuvrer auprès des médias, des élus locaux et de l'opinion publique pour donner une image renouvelée et assagie de son père. Elle a été une formidable responsable de la communication pour son parti. Et elle a été bien plus. L'année qu'elle a passée à l'École des hautes études en sciences économiques de Moscou lui a permis non seulement de parfaire sa maîtrise du russe, mais aussi de se constituer un réseau aussi puissant qu'utile. Créer un parti et préparer des campagnes électorales demande la mobilisation de capitaux qui dépassent ses propres capacités financières. De toute façon, le strict encadrement législatif qui limite les possibilités de financement et les montants des dépenses oblige à faire preuve de beaucoup d'imagination et d'entregent pour avoir les moyens de ses ambitions. Grâce à la filière russe, Constance a su donner à son père les bons outils et les bonnes relations pour asseoir son pouvoir et préparer son élection à la magistrature suprême. Au prix, bien sûr, de quelques accords secrets et de petites compromissions rendus possibles par son poste de ministre des Affaires étrangères. Lorsqu'il a appris la mort de sa fille, il a tout de suite pensé aux Russes. Que ce soit la mafia moscovite ou le pouvoir politique en place, ils sont capables de mettre en scène un meurtre aussi sauvage pour faire passer un message. Le coup de téléphone qu'il a reçu de l'ambassadeur de Russie en France la veille a pourtant écarté cette piste :

— Monsieur le ministre, je tenais à vous dire que nous nous associons à votre chagrin et que nous vous garantissons notre soutien dans cette épreuve. Vous savez que vous pouvez compter sur l'appui de mon pays, en toutes circonstances.

C'était du langage diplomatique, un langage qu'il maîtrisait assez bien pour comprendre que les Russes n'y étaient pour rien et qu'il fallait chercher ailleurs les causes de la mort de sa fille. Pourtant, le soir de son assassinat, elle devait voir un de ses contacts, émissaire d'une banque moscovite, et recevoir une aide « massive » de sa part afin de préparer la démission de son père. Le banquier ne s'est jamais présenté à la villa, ce qui a occasionné de nombreux échanges entre le ministre et sa fille. Pour la première fois, il a senti de l'angoisse dans la voix de Constance. Peut-être que cette immense baraque isolée, l'énorme enjeu de la somme attendue, la réputation plutôt trouble de ses contacts soviétiques, la clandestinité et l'illégalité des missions qu'elle devait assumer, peut-être que tout cela a fini par vaincre la maîtrise et le contrôle dont elle faisait habituellement preuve. Il a appris ensuite que le contact en question avait été victime d'un malaise cardiaque et avait dû être hospitalisé… Il se souvient de la dernière phrase prononcée par sa fille, il entend encore sa voix si familière, qui trahissait une tension inhabituelle :

— Tu sais, papa, je ne crois pas que je vais pouvoir continuer comme ça… Et puis ces types sont de plus en plus exigeants, presque menaçants. Ils me font peur…

Un long frisson parcourt le dos du ministre lorsqu'il se rassoit à son bureau. Cette frayeur qu'elle a ressentie ce soir-là était sans doute aussi la triste prémonition de sa mort si proche et si brutale. Il va laisser ce type faire son boulot en espérant qu'il pourra mettre la main sur le salopard qui a massacré sa fille. Il faut néanmoins s'assurer qu'il ne fourre pas son nez au mauvais endroit. Il se saisit de son téléphone et compose rapidement un numéro.

— Il s'appelle Flair, Nicolas Flair, c'est un psychiatre.

Le patron de la PJ lui a demandé son appui sur le meurtre de Constance. Laissez-le travailler mais assurez-vous qu'il ne fouine pas trop. Et méfiez-vous, ce type est malin.

Après avoir raccroché, il ouvre sa boîte de cigares et s'empare de l'un d'eux avant de l'allumer et d'aspirer la fumée avec voracité.

30

Basile est assis devant les plaques électriques et l'évier en zinc de la kitchenette qui donne sur son modeste salon. Il a ouvert le robinet et regarde l'eau couler et disparaître dans le trou sombre de l'évacuation. Cela fait du bruit mais il n'a pas de voisin, personne pour se plaindre de cet étrange locataire. De toute façon, ce n'est rien à côté des cris et des hurlements qu'il pousse chaque nuit quand ses démons le rejoignent. Il jette un œil à l'horloge murale accrochée au-dessus du petit plan de travail. C'est une horloge toute simple, blanche avec de gros chiffres noirs et ronds. Il n'est que 3 heures du matin et il repense au docteur Dumond, à la séance qu'ils ont eue tout à l'heure. Ça n'a pas duré très longtemps, le médecin lui a dit que c'était simplement pour voir s'il était réceptif à l'hypnose, s'ils allaient pouvoir travailler ensemble. Quand il l'a « réveillé », il a trouvé que le toubib faisait une drôle de tête. Il se fait sûrement des idées. Il se souvient pourtant de l'étrange conversation qui a suivi, quand le psychiatre s'est levé puis s'est frotté le visage.

— Bon, ça suffira pour aujourd'hui, monsieur Caplain. Je pense que nous allons pouvoir avancer mais je ne veux pas aller trop vite. Il y a des zones que nous allons devoir explorer et, pour cela, il faut que je vous place en situation de sommeil plus profond. Aujourd'hui je suis allé à la limite de cet état et, franchement…

— Franchement quoi ? J'ai dit quelque chose ? Qu'est-ce que j'ai vu, docteur ?

Il n'a pas répondu tout de suite. Il est retourné à son bureau et a commencé à écrire sur son petit calepin. Basile s'est levé et s'est approché de lui.

— J'ai parlé… d'elles, des choses que je vois la nuit ? C'est ça, docteur ? Je veux savoir !

— Je ne peux rien vous dire. Lorsque je vous ai demandé d'aller explorer certaines zones, vous vous êtes, disons… agité. Il y avait de la peur, c'est vrai. J'ai préféré arrêter. Pour une première séance c'est bien. Nous allons progresser, monsieur Caplain, j'en suis certain. En attendant de nous revoir, je vais vous prescrire des calmants. Il faut essayer de vous détendre, de vous reposer.

Basile a presque eu envie de rire… « Se reposer »… Ça signifiait dormir, et dormir, c'était rêver, et rêver, c'était souffrir.

— Je ne veux plus trouver le sommeil, vous comprenez ? C'est quand je dors que les créatures viennent.

— Soyez patient (il ricane de son calembour), nous allons les maîtriser. Votre esprit est plus fort que ce que vous croyez et je vous apprendrai à contrôler votre sommeil et les choses qui le hantent… Il faut du temps.

Le temps… Celui qui s'écoule au rythme lancinant

de la trotteuse de l'horloge qu'il contemple dans cette cuisine minable. 3 h 20… Il se lève et se dirige vers la salle de bains. Il ouvre le robinet d'eau froide de la douche, à fond. Il se déshabille et se place sous le jet glacé qui lui lacère le corps telle une lame. Il a le souffle coupé, il sent son cœur accélérer pour envoyer du sang dans ses organes. Il touche la longue cicatrice qui témoigne de son opération et, lorsqu'il commence à ressentir les premières douleurs, il coupe l'eau. Il attrape une grande serviette blanche et rêche qui sent l'assouplissant industriel puis il se sèche. Il regarde son visage dans la glace. Il a l'air d'un cadavre. Ses yeux sont enfoncés dans leurs orbites et ses traits sont creusés par la fatigue. Tout son corps, qui tente de se réchauffer, est agité de longs et terribles tremblements. Il est obligé de se tenir à deux mains sur le bord du lavabo pour ne pas s'effondrer.

Il a fermé les yeux pendant une seconde, pas plus, et quand il les rouvre, il sait que quelque chose a changé dans la pièce. La grande ampoule du plafonnier ne projette plus une lumière blanche et crue, plutôt une sorte de halo pâle et vacillant. Dans le miroir, devant lui, il distingue son visage, mais tout autour de sa tête il y a des ombres mouvantes, comme des oiseaux de nuit rôdant autour de leur proie. Pour ne plus les voir, il se retourne vers la porte. Il était pourtant sûr de ne pas l'avoir fermée en rentrant dans la salle de bains tout à l'heure. Il s'approche de la poignée et, au moment où il veut s'en saisir, elle s'abaisse d'un seul coup. Il se recule précipitamment et se cogne contre la cabine de douche. Il ne peut retenir un cri. Un cri qui se transforme en hurlement quand il aperçoit la main blanche, sépulcrale, qui s'introduit dans la pièce. Les doigts sont ceux d'une femme : longs, fins, les ongles peints d'un rouge carmin et taillés en pointe. On dirait cinq petits poignards qui s'agitent avec impatience en attendant de s'enfoncer dans les chairs de leur victime.

Basile se regarde à nouveau dans la glace et, d'un seul coup, précipite sa tête contre le verre. Le sang jaillit immédiatement de son arcade sourcilière. Il se penche au-dessus du lavabo et fixe les gouttes écarlates qui viennent percuter l'émail immaculé. Des gouttes qui se rejoignent dans des mouvements de moins en moins aléatoires pour finalement former deux mots en lettres de sang : « RÉVEILLE-TOI ! »

Il y a du sang sur la moquette du salon, le sang échappé de la plaie qui s'est ouverte au-dessus de son œil droit. Lorsqu'il arrive enfin à se relever, Basile se traîne dans la salle de bains. Il a l'impression qu'un étau chauffé à blanc lui enserre le crâne. Le carrelage de la pièce est constellé de rouge et dans le lavabo stagne une eau écarlate. Le tiroir du meuble gît sur le sol, éventré, les objets qu'il contenait sont dispersés un peu partout. Le tuyau de la douche a été arraché et le pommeau fracassé. Il y a eu une lutte ici, un combat. Et Basile, en contemplant ce champ de bataille, sait que c'est d'abord un combat contre lui-même qu'il va devoir mener.

31

— Arrête de me lécher, Ram ! Bon sang, t'es vraiment dégueu ! Paul, tu veux bien rappeler ton clebs, s'il te plaît !

Aussitôt qu'elle est arrivée au labo, le jeune basset hound s'est précipité sur Clara pour la couvrir de bave.

— Paul, t'es où ? C'est pas drôle, ton chien est en train de m'engluer !

Elle écarte gentiment mais fermement Ram et se rend dans la chambre du jeune homme. Elle le découvre allongé sur son lit, les yeux ouverts, semblant contempler le plafond. Une inquiétude profonde lui serre les tripes : elle sait que la paraplégie entraîne parfois des troubles respiratoires et des thromboses. Elle se précipite vers lui et le saisit par les épaules.

— Paul ! Paul ! Ça va ? Qu'est-ce que tu as ?

Dans un premier temps, il ne réagit pas. Puis, lentement, un mince sourire sans joie se dessine sur son visage encore adolescent.

— Salut, Clara. Tu essaies de me déboîter les épaules ? Tu trouves que paraplégique, c'est pas assez, tu veux aussi m'ôter l'usage de mes bras ?

Soulagée, Clara sourit. Pourtant elle a du mal à empêcher son inquiétude de se transformer en colère.

— T'es vraiment crétin, ça fait cinq minutes que je t'appelle pendant que Ram me harcèle de son affection humide. Tu fais quoi exactement ?

Il la regarde un instant, hésite, et dit d'une toute petite voix, presque celle d'un enfant :

— Je suis allé déjeuner chez maman…

C'est un sujet que Paul n'aborde que rarement. Elle a remarqué que son visage s'assombrit quand il évoque sa mère. Mais elle l'encourage des yeux à continuer. Elle sait mieux que personne ce que les relations familiales peuvent détruire à jamais.

— Elle était comme d'habitude… Complètement saoule. Elle n'a rien mangé. Si on ne l'aide pas, elle va en mourir, Clara. Je lui ai demandé de faire une cure, de se soigner. J'avais même apporté des adresses de centres, des noms de médecins.

— Tu as bien fait, tu es la seule personne qu'il lui reste. L'alcoolisme est une maladie épouvantable, mais on peut en guérir.

— Je ne sais pas… Quand je le lui ai dit, elle s'est mise à hurler : « Je n'ai pas besoin de cure, je ne suis pas malade, ce n'est pas moi qui suis malade ! Tu me dis de me faire soigner, et toi tu ne sais même pas marcher, c'est qui le malade, hein ? » Tu te rends compte Clara, tu te rends compte de la détresse dans laquelle elle est pour me dire un truc pareil ? Je vais être obligé de la faire hospitaliser d'office, je n'ai plus le choix.

Clara met une main sur le front de son jeune ami et lui caresse doucement la tête.

— Oui, je crois aussi que c'est la bonne décision.

Je ne t'en ai jamais parlé mais puisqu'on en est aux confidences, je peux te le dire. Quand j'étais jeune, adolescente, j'ai traversé une longue période d'anorexie mentale et j'ai fait de nombreux séjours à l'hôpital. C'est un endroit où je me sentais en sécurité. Où ils m'ont soignée. Ta mère sera bien là-bas.

Paul la regarde intensément. Il est à la fois touché et intrigué par la révélation que vient de lui faire son amie. Il ne sait pas comment réagir et se promet de lui en reparler. Il en aura d'ailleurs bientôt l'occasion.

— Je crains qu'elle m'en veuille terriblement. Je lui ai avoué que j'allais être obligé de le faire, de demander qu'on l'enferme… Elle est devenue folle. Elle a crié, pleuré et puis elle m'a dit une phrase étrange, je n'arrête pas d'y penser.

Il hésite, puis il inspire profondément, comme s'il prenait son élan avant de répéter les mots de sa mère sans avoir à s'arrêter.

— Elle a dit : « Tu veux m'enfermer, Paul ? Tu ne sais pas ce que j'ai déjà vécu quand je vivais avec ton père, tu ne sais pas dans quel enfer j'ai été recluse pendant toutes ces années. Si tu me fais interner j'en mourrai, tu m'entends, je me tuerai. » Depuis, je n'arrête pas d'y penser, ça tourne en boucle dans ma tête. Je me souviens de certaines choses, quand j'étais enfant. C'est vrai que mon père était étrange, dur parfois. J'ai comme des flashs. Je vais retourner lui parler de papa. Il y a des réponses que je dois obtenir, tu ne crois pas ?

Clara ne répond pas, elle continue à caresser la tête de Paul. Elle ne sait pas comment lui dire à quel point déterrer du passé les choses que vos proches ont décidé de taire peut être destructeur. Mais aussi salvateur. Elle se souvient de sa confrontation avec sa mère. Elle devait peser à peine trente kilos à l'époque, et pourtant elle avait dix-neuf ans… Elle s'en souvient comme si c'était hier :

— Arrête de dire n'importe quoi, Clara, c'est dans ta tête tout ça. Tu imagines toutes ces choses pour expliquer ta maladie. Ça n'existe pas, ça n'a jamais existé ! Tu penses bien qu'on s'en serait rendu compte. Moi ou ton père. Je ne veux même plus entendre parler de cette histoire. Il faut que tu guérisses, Clara, c'est ça le plus important.

Oui, elle a guéri, malgré cette blessure, malgré le doute et la douleur. Grâce à sa mère et à son père qui ont été si proches d'elle pendant toute cette période. Alors elle n'a plus parlé de cette « histoire », comme sa mère le lui avait demandé. Elle comprend, sans pour autant l'accepter, l'attitude de cette dernière. Comment croire que son propre père ait abusé de sa petite fille chérie ? Comment imaginer que les nombreuses visites chez ce gentil vieillard se soient transformées en cauchemars pour l'enfant qu'elle était ? Elle avait quatre ans quand il était mort et elle-même, avec le temps, se demande si tout ça est réellement arrivé. Aujourd'hui, elle a la possibilité de connaître enfin la vérité. Et elle ne laissera personne l'en empêcher.

— Il faut que tu saches, Paul, vas-y, on ne doit pas se laisser enfermer dans le silence et le mensonge. Je t'aiderai, je te le promets.

32

Marc Chameroy est assis au bout de la grande table noire. Il regarde alternativement les deux personnes qui sont en face de lui. Deux types si différents. L'un est un vieux capitaine de police à l'expérience et au pragmatisme précieux, l'autre un psychiatre renommé dont les compétences sont à la limite du rationnel. Un drôle de duo. Lui y croit. Et puis, dans cette enquête atypique, il faut tout essayer. Il a distribué un dossier à chacun d'eux.

— Messieurs, merci d'être venus si rapidement. Nous avons une nouvelle victime, même mode opératoire. Une jeune femme blonde cette fois, vingt-six ans. Jessica Blondiau, vendeuse dans un grand magasin. On a retrouvé son corps au milieu d'une mare de sang dans le local à poubelles, à deux pas de son lieu de travail. Des mutilations pelviennes identiques, un bras sectionné et la tête à moitié tranchée. Avec la première victime, Mathilde Beauvais, l'étudiante de vingt-deux ans tuée il y a trois mois dans la forêt de Meudon, celle de la tour Beaugrenelle et, enfin, la fille du ministre, ça nous en fait donc quatre… Et ça s'accélère. Mlle Beauvais en septembre,

Élisabeth Marchal en décembre, Constance de Phallard la semaine dernière, et maintenant ça…

Il pose les photos sur la table. Les deux hommes commencent, hélas, à avoir l'habitude de contempler ces horreurs. Michel Michaud, après trente-six ans de carrière dans la Criminelle, possède ce qu'on appelle un blindage coriace. Pourtant, en regardant les clichés de la dernière victime, il ne peut s'empêcher d'être troublé. Une fois de plus, le bas-ventre de la jeune femme est totalement ravagé, et les grands yeux clairs ouverts sur le néant au milieu de ce visage exsangue semblent le fixer d'un regard accusateur.

— On attend les conclusions du labo, dit-il. Mais bon, comme pour les autres, on n'a rien trouvé. Avec toutes ces blessures, elles ont pourtant bien dû se défendre ! Mais non, pas une trace ADN exploitable, pas une empreinte. Rien, nada ! Et les caméras de la grande surface qui étaient en rade le soir du meurtre… La poisse, quoi.

Chameroy se tourne vers Flair qui est resté silencieux. Le psychiatre a jeté un regard rapide aux photos sans s'en saisir. Il n'a pas besoin de les voir pour ressentir l'indicible souffrance des victimes. Chaque fois, il éprouve comme un froid intense qui lui parcourt tout le corps.

— Je suis allé voir le ministre… dit-il. Il est effondré mais il cache quelque chose, j'en suis persuadé. Il sait pourquoi sa fille était là-bas ce soir-là. Il le sait et il se sent responsable de sa mort, en partie. Son chagrin est sincère et je suis sûr qu'il ne connaît pas l'identité du criminel. Sinon il ne se serait pas encombré de mon aide. J'ai lu les autres dossiers… L'assassin doit être un homme, les femmes n'infligent pas ce genre de sévices à d'autres femmes. Je pense qu'il ne connaissait pas ses victimes. Aucun lien entre elles si ce n'est une vague ressemblance physique. Il les choisit au hasard, au gré de ses déplacements. Il les repère, il les traque, attend le bon moment et puis les tue. Peut-être leur parle-t-il, je n'en suis pas sûr. Les mutilations sexuelles auxquelles il les soumet sont assez révélatrices de l'impuissance, mais cet acharnement sur les corps, ces démembrements… Je ne me l'explique pas.

Michaud a très envie de fumer une cigarette. Il n'ose pas sortir son paquet de clopes. Il a conscience du fait que, de temps en temps, il doit se plier à certaines conventions et ça le met en rogne. Vivement la retraite qu'il puisse enfin finir de se cramer les poumons tranquille…

— Ce type-là, si vous voulez mon avis, il a la haine contre les femmes, dit-il. Une bonne grosse haine qui doit remonter à loin. Genre humiliations, sévices, une mère bien gratinée, et là, il se venge. C'est pas plus compliqué que ça.

Nicolas Flair comprend que le capitaine Michaud ne l'apprécie pas beaucoup. C'est un homme pragmatique qui ne fonde ses théories que sur du concret, du visible. Il répond donc avec autant de diplomatie que possible.

— La colère, la haine, oui, c'est probable, capitaine. Il y a aussi d'autres possibilités. Voyez-vous, certains sentiments peuvent aussi déclencher un tel déchaînement. La peur, par exemple. Une peur panique, intense, de celles qui vous font faire des choses qui dépassent l'entendement.

— Peur ou colère, vengeance ou haine, c'est

bien pareil pour ces pauvres filles, répond Michaud. J'espère qu'on va mettre la main sur quelque chose rapidement pour arrêter ces massacres.

La *Macarena* retentit soudain dans le bureau de Chameroy de manière totalement incongrue. C'est le téléphone portable de Michaud qui s'est mis à sonner. Le capitaine de police s'excuse avant de répondre.

— Oui, c'est moi… Bon, parfait. Envoyez-moi les coordonnées. OK, bon boulot, les gars… (Il raccroche.) Messieurs, je suis désolé. Je vais devoir m'absenter un jour ou deux. Je dois me rendre à Bruxelles pour une vieille affaire. De toute façon, on n'aura pas les résultats de la police scientifique avant quarante-huit heures, au moins… Et ce que je vais vérifier là-bas pourrait bien nous être utile.

Michaud se lève et quitte le bureau en saluant de la main Flair et le patron de la PJ. Sitôt dans sa voiture, il appelle Dubois et allume une cigarette.

— Salut Dubois, c'est Michaud. On a finalement retrouvé le père des trois victimes, M. Pecquerel. Il vit à Bruxelles, il est remarié et a un enfant. Sur ce coup-là, je t'accompagne, parce que, franchement, ton Nostradamus, là, j'y crois moyen.

Il raccroche et se met à siffloter et à recracher la fumée de sa cigarette en regardant d'un œil amusé les volutes sombres s'évanouir lentement dans l'espace réduit de son véhicule.

33

Elle a essayé de recueillir tout ce qu'elle a pu retrouver sur son enfance. Elle a scanné des dizaines de documents. Des dessins qu'elle a faits, petite fille, des photos d'elle et de ses parents, des certificats médicaux, les courriers qu'elle a envoyés à sa mère, les notes qu'elle a inscrites sur son journal, les ordonnances du médecin de famille, les actes de décès… Cela ne lui a pas pris trop de temps. Elle avait déjà tout conservé, tout classé en prévision de ce moment. Elle ne savait juste pas, à l'époque, que cela prendrait la forme d'une simple clef USB.

Elle est assise depuis plus de trente minutes devant l'ordinateur. Il est juste 2 heures du matin. Bien sûr, le chien s'est réveillé lorsqu'elle est entrée dans le laboratoire. Il s'est précipité vers elle et elle lui a donné les immondes croquettes en forme d'os dont il raffole. Il est donc en train de se goinfrer dans un beau concert de mastications satisfaites. Paul dort. Il a dû se coucher tard, comme d'habitude. Elle repense à ce qu'il lui a dit sur sa mère, à ce qu'il a décidé de faire. C'est une décision tellement difficile, enfermer sa propre mère… Surtout pour un garçon aussi jeune.

Elle connaît aussi la force et l'intelligence de ce jeune homme. Elle sait qu'il doit lui poser les questions qu'il retient sur son père. Le faire au plus tôt s'il ne veut pas mourir à petit feu d'un secret qui devient chaque année plus lourd à porter. Comme celui qui pèse sur ses propres épaules depuis tant de temps, depuis son enfance. Depuis ces moments qui auraient dû être des instants de tendresse, de partage, d'histoires racontées, de goûters et qui n'ont laissé dans sa mémoire que de la noirceur, une indicible honte et une terrible souffrance. Aujourd'hui, enfin, elle va savoir. Elle enfonce la clé dans le port USB puis met en route le logiciel comme elle a vu Paul le faire. Il n'y a d'abord rien puis les diodes se mettent à clignoter sur la console centrale et elle entend le bruit des supercalculateurs qui mobilisent toute leur incroyable puissance dans la grande pièce qui jouxte le laboratoire. Paul lui a expliqué qu'il y a tout un système de refroidissement liquide qui permet de garder les composants efficaces en évitant la surchauffe. Le bruit des pompes a stoppé net la mastication enthousiaste de Ram. Il s'est mis à gémir comme un chiot et a levé sa grosse tête vers le plafond.

— Tais-toi, imbécile, chut ! Tu vas réveiller ton maître. Finis tes croquettes, tu les adores…

Comme d'habitude avec le basset hound, sa supplique produit l'effet inverse à celui attendu. Le chien se met à aboyer puis à hurler à la mort tout en envoyant valdinguer ses croquettes jusqu'au milieu du laboratoire.

— Que ce chien est con…, soupire-t-elle en entendant le petit sifflement caractéristique du fauteuil électrique de son jeune ami.

— Qu'est-ce que tu fous là, Clara ? Tu as vu l'heure ? Et qu'est-ce que tu as fait à Ram pour qu'il se mette dans un état pareil ? Tu l'as tapé ?

— Nan… Pas encore, mais s'il continue à se prendre pour un cerf en période de rut je pourrais bien me laisser aller à lui botter le train.

Paul va calmer Ram en lui grattant la tête et en lui chuchotant des paroles rassurantes. Aussitôt, il se remet à boulotter les quelques croquettes qu'il n'a pas envoyées valser dans la pièce. Paul se rapproche de Clara.

— En tout cas, ma vieille, t'es pas tout à fait au point pour les missions d'infiltration en milieu hostile. La prochaine fois, pense à lui filer des boulettes de viande farcies aux somnifères, c'est plus efficace.

Il remarque l'ordinateur ; l'écran a commencé à être traversé par des vagues de couleur. Clara essaie de le cacher comme elle le peut à la vue de Paul, sans grand succès. Elle tente même une diversion.

— Primo, je te prierais d'avoir plus de respect pour moi. Je suis certes ton aînée mais en aucun cas « ta vieille ». Secundo, je n'ai pas de leçons d'infiltration à recevoir d'un type qui ne sait pas se déplacer sans être précédé d'un sifflement grotesque et du bruit de ses roues sur le sol.

Paul l'écarte en la poussant sans ménagement avec son fauteuil électrique.

— Super ! Un jour je vais t'enregistrer et je porterai plainte contre toi avec l'association de défense des personnes handicapées. Ça va te faire une sacrée pub, ma vieille. Bon, et maintenant tu me dis ce que tu fous avec Nostradamus ?

Elle a d'abord l'intention de lui raconter une histoire, mais elle a trop de respect pour lui et il y a déjà assez de mensonges autour d'eux pour qu'elle n'en rajoute pas une couche. Elle s'agenouille devant Paul et lui prend la main.

— Quand j'étais enfant, je pense que j'ai été agressée par quelqu'un. Quelqu'un de proche. Je ne me souviens pas, j'étais si jeune. Je suis sûre que mes problèmes d'anorexie viennent de là. Plus tard, j'ai essayé d'en discuter avec ma mère, elle n'a jamais voulu en parler. Elle m'a toujours dit de me taire. Alors, quand j'ai vu ce que pouvait faire Nostradamus, je me suis dit que ça valait le coup d'essayer. Tu comprends, n'est-ce pas ? Tu te souviens de ce que je t'ai dit, qu'il ne fallait pas se laisser enfermer dans le mensonge. Eh bien, c'est exactement ce que je fais.

Paul ne répond pas. Il regarde, fasciné, le grand écran sur lequel apparaît, par vagues, le visage d'un homme. Des rides s'inscrivent sur la peau, des poils noirs puis blancs poussent pour former une barbe, les cheveux reculent sur le crâne jusqu'à disparaître et, lorsque l'ordinateur arrête son travail, la photographie parfaite d'un vieillard impassible s'affiche. Paul se retourne vers Clara qui ne peut pas détacher son regard de cette image. Des larmes se mettent à couler sur ses joues et des sanglots sourds agitent ses épaules. Puis, dans un geste dont Paul ne la pensait pas capable, elle crache sur l'écran.

34

Une fois descendus du Thalys à la gare de Bruxelles-Midi, Michaud et Dubois se dirigent immédiatement vers la station de taxis. En entrant dans la voiture, Dubois se tourne vers son collègue.

— Tu as l'adresse, Michel ?

Michaud, qui a quand même trouvé le temps de fumer une cigarette entre le train et le taxi, exhale une forte odeur de tabac froid.

— Bien sûr que je l'ai, lui répond-il. Tu me prends pour un branque, Dubois ?

Il sort de la poche de son éternelle gabardine un vieux bout de papier froissé qu'il déplie avec minutie.

— Nous allons à Saint-Josse-ten-Noode, au 12 rue Verte.

Puis il demande au chauffeur :

— Excusez-moi, monsieur, c'est loin de Bruxelles, ça, Saint-Josse machin ?

Le chauffeur, un type assez épais et légèrement rougeaud, se retourne vers lui et éclate de rire.

— Non, pas trop, ma foi… Elle est bonne, celle-là.

Michel interroge Dubois du regard. L'autre sourit.

— Bruxelles, ou plutôt Bruxelles-Capitale, est une

région qui comprend dix-neuf communes limitrophes. Saint-Josse serait plutôt un quartier, ou mieux, un arrondissement de Bruxelles, tu vois ? C'est comme si tu demandais si le quinzième c'est loin de Paris, en fait. En plus, il se trouve que c'est en plein cœur de Bruxelles.

Le capitaine se renfrogne et colle sa tête à la fenêtre. Il regarde d'un œil distrait les immeubles et les maisons qui défilent devant ses yeux. C'est la première fois qu'il vient en Belgique. Il se dit qu'il devrait voyager plus. D'autant que personne ne le retient à Paris, ni ailleurs. Cela fait cinquante-cinq ans qu'il passe toutes ses vacances en Bretagne, à côté de Pont-Aven. Dans une station balnéaire un peu snob et très parisienne qui présente l'avantage d'être située entre l'Aven et le Belon, deux rivières qui se jettent dans la mer pour la refroidir encore plus. C'est vrai que c'est beau, ça ne fait aucun doute. C'est même somptueux quand le soleil perce enfin les nuages, que des reflets turquoise viennent jouer sur la mer et que les voiliers s'enfuient vers le large. Il aime aller dans les endroits qu'il connaît et où les gens savent qui il est. Pourtant, il trouve à cette Bruxelles un intérêt grandissant au fur et à mesure que la voiture progresse. Alors, pourquoi pas, au cours de ses prochaines vacances ? Au moins, il ne sera pas dépaysé par le climat, se dit-il en regardant la pluie lourde et drue qui s'abat sur la ville. Quand le taxi s'arrête devant un immeuble sans charme haut de trois ou quatre étages, Michaud descend le premier et se dirige vers la porte d'entrée.

— C'est bon, Dubois, on y est. Regarde, « M. et Mme Pecquerel, troisième étage gauche ». Vu qu'on n'a ni commission rogatoire ni rien de vraiment concret, je te propose d'y aller au feeling.

Dubois acquiesce d'un hochement de tête. Il se méfie un peu du « feeling » de son partenaire mais il a confiance en son expérience. Le capitaine appuie sur l'interphone, attend quelques secondes, puis recommence. Une voix sort de la petite grille métallique.

— Oui, qu'est-ce que c'est, bon sang, laissez-moi au moins le temps d'arriver…

— Bonjour, nous souhaiterions discuter avec M. Pecquerel. Nous sommes de la police française, nous avons juste une ou deux vérifications à faire auprès de lui… Rien de grave.

« Rien de grave »… Il a dit ça sans grande conviction. Pour que des flics français se déplacent jusqu'à Bruxelles afin d'entendre quelqu'un, il doit bien se douter qu'il y a un truc louche.

— Oui, ben, montez… Je vous ouvre, troisième gauche.

Lorsqu'ils arrivent sur le palier, la porte est déjà ouverte et un individu d'une soixantaine d'années les attend. Il est vêtu d'un peignoir et vacille légèrement. Son visage est mangé par une barbe de trois jours, sa peau et ses yeux rougis sont marqués par trop d'alcool et de tabac. Dubois reconnaît à peine l'homme qu'il a rencontré il y a si longtemps. Mais cette expression d'inquiétude et ce regard traqué sont toujours présents chez lui.

— Qu'est-ce que vous voulez ? Vous n'êtes pas venus jusqu'ici pour me parler de ce qui s'est passé il y a plus de trente ans, j'espère… Si je suis parti, c'est pour oublier cette histoire… Vous ne croyez pas que c'est assez dur comme ça ? Que j'ai assez souffert ?

Dubois et Michaud s'avancent vers lui. L'inspecteur général affiche un sourire qu'il veut rassurant.

— Écoutez, nous voulons juste vérifier certains points. Nous croyons avoir une nouvelle piste sur ces meurtres si terribles. Nous avons bien conscience que cela est douloureux pour vous mais nous avons vraiment besoin de vous parler. Pouvons-nous entrer quelques instants ?

Le type s'efface puis les invite à s'asseoir sur un canapé gris et sale dans un petit salon sombre.

— Vous voulez un café… une bière ?

Dubois regarde discrètement sa montre ; 9 h 30, c'est quand même tôt pour un demi.

— Non, rien, merci. Nous avons peut-être négligé certaines choses au cours de l'enquête sur la mort si tragique de vos enfants.

— C'est bien le moment de vous en rendre compte… C'était là-bas qu'il fallait faire votre boulot ! Maintenant, c'est un peu tard pour réveiller un tel souvenir.

Michaud remarque alors, près d'un fauteuil usé jusqu'à la corde, une poupée et un jeu d'enfant.

— Vous vivez seul ici, monsieur Pecquerel ?

Leur hôte les observe, méfiant. Il a de nouveau cet air inquiet de bête traquée.

— J'habite avec ma fille, elle a dix ans. Sa mère… sa mère est morte il y a trois ans. Je veux pas que vous l'embêtiez avec ça, hein, il faut pas lui parler de tout ça.

Dubois regarde Michaud, ils savent l'un et l'autre qu'ils n'ont aucun moyen de contraindre leur principal suspect d'accéder à leurs demandes. L'inspecteur général décide de tenter le bluff.

— Écoutez-moi bien, monsieur Pecquerel, nous sommes en relation avec nos collègues de la police belge, ils savent pourquoi nous sommes ici et nous pourrions très bien leur demander d'intervenir pour que nous puissions entendre votre fille. Mais je suis sûr que cela ne sera pas nécessaire. Vous voulez bien aller la chercher ?

L'homme hésite, puis il se lève avec lenteur et se dirige vers la porte du petit couloir qui mène au fond de l'appartement.

— OK, c'est bon, j'y vais. Mais vous lui parlez pas des autres…

Il s'éloigne d'un pas lent et franchit la porte. Dubois et Michaud se toisent quelques instants puis, soudain, le capitaine se lève d'un bond.

— Putain, ce qu'on est cons…

Il se précipite à la suite de Pecquerel et pousse un cri lorsqu'il ouvre la porte de la chambre du fond. Dubois arrive juste derrière lui et se rue vers la fenêtre ouverte. Sur le trottoir, une dizaine de mètres plus bas, le corps gît dans une mare de sang ; le peignoir à moitié ouvert laisse apparaître l'os de la jambe qui jaillit de la cuisse, comme une branche d'arbre mort. Il se retourne pour regarder Michaud qui s'est approché du lit. Celui-ci a soulevé la couverture et l'inspecteur général voit dans ses yeux toute la tristesse et la colère du monde quand il découvre une fillette d'une dizaine d'années sur le matelas sale. Elle est nue et ses poignets sont entravés par une paire de menottes. Il y a, dans le regard que cette enfant porte sur les deux hommes, une frayeur et une soumission indicibles.

Michaud remet la couverture sur la suppliciée, il lui caresse doucement la joue, prononce quelques paroles rassurantes et s'adresse à Dubois d'une voix blanche :

— J'ai l'impression que Nostradamus ne s'est pas trompé, sur ce coup-là.

35

13 décembre 2012

Le jeune garçon a treize ans. La perspective de passer une semaine entière aux sports d'hiver avec son père, Yves, l'a tellement excité qu'il n'a pas réussi à dormir les trois nuits qui ont précédé leur départ. Il sait déjà très bien skier. Il a sa flèche d'or depuis deux ans. Cela fait trois longues années qu'il n'est plus parti avec Yves. Depuis que ses parents se sont séparés. Sa mère n'a jamais aimé ça et, de toute façon, elle ne veut plus faire grand-chose. Elle n'est pas triste, non. Elle est même plutôt mieux, plus détendue, plus douce. Pourtant, la séparation a été houleuse. L'enfant sait que son papa a tout fait pour avoir la garde exclusive. Il a remué ciel et terre, fait appel aux avocats les plus retors. Ce qu'il ne sait pas, c'est qu'il a tenté, et presque réussi, à faire passer sa maman pour folle. Elle ne lui en a pas beaucoup parlé. Il admire aussi chez elle cette constante volonté de ne pas le mêler à toute cette histoire, de ne pas dénigrer son père devant lui. C'est grâce à son frère, l'oncle de l'enfant, qu'elle a pu obtenir la garde.

C'est un grand avocat qui a mis sa notoriété et son réseau au service de sa sœur. L'enfant se souvient de la tête d'Yves quand le jugement a été prononcé. Il a vu dans les yeux de son père une lueur de haine et de colère qu'il ne lui connaissait pas. Il passe des vacances et quelques week-ends avec lui, lorsque son géniteur n'est pas, comme souvent, en déplacement professionnel. Il n'a plus perçu cette expression sur son visage.

Avec lui, il vit les meilleures vacances de sa vie. Tout est si simple, si facile. Rien n'arrête son papa et rien n'est trop beau pour eux. Ce matin, ils sont partis en hélicoptère et se sont fait déposer en haut d'un pic avec un moniteur. Ils ont fait plus de trois heures de descente dans la poudreuse. C'était magique, des instants de complicité et de joie rares, uniques. Maintenant qu'ils sont de retour à l'hôtel, son père lui dit d'aller se changer dans sa chambre et de le rejoindre au restaurant. Lorsqu'il revient, Yves est déjà à sa table en train de boire une coupe de champagne.

— Alors, champion, qu'est-ce que tu veux prendre pour ton déjeuner ? On a besoin de quelque chose de solide pour nous remettre de nos émotions, tu ne crois pas ? Regardons ce que le chef nous propose aujourd'hui.

Ensemble, ils se rendent toujours dans des endroits où rien n'est vraiment simple. Lui, il aimerait bien un hamburger et des frites, cela lui paraît tout à fait adapté et parfaitement délicieux, mais il sait que ce ne sera pas facile. D'ailleurs, son papa le regarde en plissant les yeux.

— Ce n'est même pas la peine de tenter le coup du cheeseburger, mon bonhomme. Si tu veux bouffer ce genre de saloperies, fais-le avec ta mère. Ici, c'est un restaurant étoilé, donc ce genre de choses, on oublie.

L'enfant n'aime pas quand il parle comme ça. Même s'il ne le fait pas trop souvent car il voit bien que cela le blesse.

— Excuse-moi, mon canard, oublie ce que j'ai dit sur maman, après tout, chacun ses spécialités… Tu sais ce que nous allons prendre ? Un tournedos Rossini, ha ha ! C'est de la viande avec du foie gras et un petit pain brioché. Comme un hamburger finalement, en plus… subtil. Tu m'en diras des nouvelles.

Lorsqu'ils arrivent au dessert, le garçon croit qu'il va exploser. Il n'a jamais mangé autant. Un instant, son père le regarde dans les yeux puis, posant sa serviette, il se penche vers lui.

— Tu sais, ce soir, je dois voir des amis. Nous faisons une petite fête et tu pourras passer dans ma suite avant d'aller dans ta chambre. De toute façon, elles communiquent, donc si tu as le moindre problème… Tu es grand, maintenant, et je préférerais que tu ne nous déranges pas. D'accord ? Bon, que veux-tu faire cet après-midi ? Retourner skier ?

À cette perspective, l'enfant est à deux doigts de se mettre à vomir, là, sur la blanche nappe de ce restaurant bien trop chic.

— Euh, non, papa, là j'ai eu ma dose. Je crois que je vais aller dans ma chambre regarder la télévision et jouer avec ma console. Franchement, je suis crevé.

— On dit fatigué, pas crevé. Mais je comprends. On a quand même été bons ce matin ! Allez, file.

Quand il arrive dans sa chambre, il s'allonge sur le lit et se met à zapper sur les centaines de chaînes de sa télé. Il s'arrête quelques instants sur un film en italien puis jette son dévolu sur une série britannique. Pour lui, les langues étrangères ne présentent pas de difficulté. Il apprend tout si facilement. Il finit par s'endormir et, lorsqu'il se réveille, la nuit est tombée sur la station. Il fait sombre si tôt en hiver, cela ne veut rien dire. Pourtant, lorsqu'il regarde sa montre, il voit qu'il est plus de 21 heures. C'est dingue, d'habitude il ne fait pas la sieste comme ça. Il soupçonne Rossini de ne pas être complètement étranger à l'affaire et met sur le compte des profiteroles au chocolat ce curieux état de léthargie. Il se lève et va frapper à la porte qui communique avec la suite de son père. Il entend de la musique, des rires. Surtout des rires de femmes. Au début, personne ne répond. Il tape de plus en plus fort. D'un seul coup, son père ouvre la porte. Il a un drôle de regard.

— Je t'avais dit de venir tôt, il est plus de 21 heures ! Tu dis bonsoir, tu prends trois petits-fours et tu vas te coucher. C'est une soirée pour les grandes personnes ici, pas pour les enfants, tu comprends ?

Il opine puis entre dans le salon de la suite. Il y a deux hommes et quatre femmes dans cette pièce enfumée dans laquelle résonne une musique trop forte qui enivre encore plus ses hôtes. Les filles sont si belles, on dirait celles qu'il voit dans les magazines ou les publicités. Elles sourient en le regardant dire bonsoir, l'une d'elles lui fait même la bise. Elle lui dit quelques mots en russe. Cette langue-là, il ne la comprend pas. Elles ont l'air si jeunes, bien plus jeunes que son père et que les deux autres messieurs assis dans le canapé. Il est certain d'en avoir déjà vu un, le moins âgé ; c'est un avocat ou un banquier qui est toujours présent aux soirées chez lui. Peut-être est-il son seul véritable ami, d'ailleurs. Le type pose son verre sur la table basse sur laquelle l'enfant remarque une coupelle en argent contenant un petit monticule de poudre blanche. Il se lève et s'approche de lui en enfournant quelques saucisses apéritives.

— Salut, bonhomme. Alors, il paraît que tu skies comme un dieu ? Enfin, c'est ce que dit ton père, et on sait qu'il a tendance à exagérer…

Il lui ébouriffe les cheveux, esquisse quelques pas de danse et attrape sans ménagement une des filles par le bras. L'enfant voit de la colère puis de l'inquiétude dans le regard de cette jeune beauté.

— En tout cas, s'il y a bien une chose sur laquelle il ne se trompe pas, c'est sur les filles qu'il nous trouve. Toujours plus jeunes, plus belles et plus… dociles. Pas vrai, Machine ?

L'homme commence à embrasser la fille, qui fait ce qu'elle peut pour lui échapper tout en feignant une certaine soumission. C'est son père qui met fin à ce triste spectacle.

— Qu'est-ce que tu fous, Hadrien ! C'est à un gosse que tu parles, là. Essaie de te tenir, sinon, je te jure que je te dégage.

Puis il se tourne vers son fils.

— N'écoute pas ce qu'il dit, il a trop bu, cet imbécile. Va te coucher, s'il te plaît. Je vais te donner un truc à boire, tu veux ? Et emporte ce que tu veux. Viens là que je t'embrasse, mon fils.

Il va lui préparer un chocolat dans la cuisine et le raccompagne jusqu'à sa chambre.

— Allez, bois, ça t'aidera à dormir, et comme ça on se voit en pleine forme demain. On ira sur le glacier.

Il doit être 3 heures du matin quand il entend le

cri. Il s'est endormi assez rapidement malgré sa gigantesque sieste de l'après-midi. Il a un mal de tête qui le lance atrocement. Il réussit tant bien que mal à se lever et se dirige vers la porte de séparation. Il y colle son oreille pour écouter. Un deuxième cri, étouffé, franchit le seuil de sa chambre, puis un troisième. S'ensuivent des bruits sourds et des claquements secs, comme les coups de fouet que les dompteurs donnent aux félins dans les cirques. Il pose la main sur la poignée. Une peur immense l'envahit. Puis il entend des pleurs, comme ceux d'un enfant, des hoquets désespérés et des supplications déchirantes. Il se met aussi à pleurer, d'angoisse et de terreur. Il agite sa main, la porte est verrouillée. Il se met à crier.

— Papa, papa, ouvre, s'il te plaît, c'est moi ! J'entends quelqu'un qui pleure, qu'est-ce qui se passe ?

Soudain c'est le silence. Les pleurs se sont arrêtés d'un seul coup. Puis, lentement, la porte s'ouvre sur le visage de son père. Il ne l'a jamais vu comme ça, c'est à la fois son papa et un parfait inconnu. Un inconnu au visage cruel, déformé par la colère.

— Retourne te coucher, ce n'est rien, c'est une amie qui s'est blessée avec… avec un verre. Et je t'avais interdit de revenir ! Interdit !

Il a presque hurlé ce dernier mot et, pour la première fois, a levé la main dans un geste menaçant. C'est ce geste qui a permis à l'enfant d'apercevoir, de façon furtive, l'intérieur du salon. Et alors qu'il retourne se coucher, il n'arrive pas à s'enlever de la tête l'image de la jeune femme entièrement dévêtue attachée sur le canapé, et celle, plus terrifiante encore, de l'ami de son père qui, torse nu, se tient derrière elle avec, à la main, un fouet aux lanières ensanglantées.

36

En sonnant à l'interphone, Paul repense à tout ce que Clara lui a confié. Sur elle, sur son passé. Il ne sait pas pourquoi elle a décidé de lui dire tout ça. Ou plutôt, il espère que cela signifie qu'ils sont plus que des amis. Elle est devenue comme une grande sœur pour lui. Pas comme une mère, même si elle pourrait l'être. Parce qu'il en a déjà une, et c'est sa voix qui explose dans l'interphone après qu'il a sonné pendant au moins cinq minutes.

— Qu'est-ce que vous voulez, qui est là ?

— C'est moi, maman, c'est Paul, il faut que je te parle…

Un silence pesant, une toux qui ne veut pas s'éteindre… Puis, à nouveau, la voix, larmoyante.

— Si c'est encore pour me dire que tu veux me faire enfermer, ce n'est pas la peine de monter !

— Arrête, je veux juste que tu te soignes. Tu es malade, maman, tu dois te faire aider… Et je ne suis pas venu pour te parler de ça. Je veux te parler de papa. Ouvre, s'il te plaît, inutile de descendre, je vais me débrouiller.

À nouveau le silence, et puis ce petit déclic

caractéristique qui indique que la porte est ouverte. Il parvient sans trop de difficulté jusqu'à l'ascenseur. Lorsqu'il arrive dans l'appartement, elle est assise sur le canapé du double salon. Il n'est pas 11 heures et sont déjà posés devant elle, sur la table basse, un verre de vin et une bouteille à moitié vide. Elle ne se cache même plus. Il ne sait pas si c'est bon signe, mais il en doute…

— Bonjour, maman… Tu ne veux pas que je te fasse un café, plutôt ?

Elle renifle et se ressert un verre de vin.

— Quand tu m'auras enfermée dans une clinique, j'aurai le temps de boire tout le café que je veux. Si je survis…

— Laisse tomber, maman, tu sais bien que je ne le ferai pas contre ta volonté. Je ne désespère pas de te convaincre d'y aller par toi-même. Enfin, regarde-toi, tu n'es même pas habillée, pas coiffée, pourtant tu peux être si belle quand tu veux… Il est 11 heures du matin, maman ! Et tu as déjà bu presque une bouteille de vin !

Elle repose son verre et se redresse lentement.

— Tu ne sais même pas si c'est la première, Paul… Je sais ce que je suis, crois-moi. Et je pense que tous les médecins et tous les psys du monde n'y pourront rien changer. Bon, je croyais que tu voulais me parler de ton père. Ça tombe bien. Figure-toi qu'il n'est pas totalement étranger à cette… cette chose que je suis devenue.

Le jeune homme s'approche d'elle. Il voudrait lui mettre la main sur l'épaule, montrer un signe d'affection mais il craint ses réactions et, comme elle a l'air disposée à lui parler…

— Voilà, maman, j'ai des souvenirs étranges de papa, des choses dont je ne t'ai pas parlé. Tu sais comme ça a toujours été compliqué de discuter de lui avec toi. Ce n'est pas ta faute, ce n'est pas ce que je veux dire. Tout était tellement tendu entre vous. Je comprenais que ça ne marchait plus. D'ailleurs après, quand il est parti, tu étais tellement plus heureuse. Avec moi, il faisait des choses bizarres. Son comportement n'était pas le même lorsque nous étions seuls et lorsqu'il y avait ses copains… Et ses copines. Je suis désolé, maman… Je dois savoir. Tu dois me dire pourquoi vous vous êtes séparés. Tu me dois cette vérité, tu ne crois pas ?

Il y a sur le visage de sa mère une tristesse infinie. Il ne se souvient pas d'avoir vu autant de souffrance sur ses traits depuis bien longtemps. Depuis la mort de son père en fait. Il n'a jamais compris l'immensité de son chagrin lorsqu'il a disparu. Après tout, leur séparation avait été terrible, ils s'étaient livré une véritable guerre. Sa mère reprend son verre et boit une longue gorgée.

— La vérité… Tu crois que tu veux savoir, et moi je te dis que tu regretteras de la connaître si tu la découvres. Laisse tout ça, Paul, ton père est mort. Ce qu'il a pu faire, ça n'a plus d'importance. C'est avant que cette vérité aurait dû éclater, dit-elle en se mettant à pleurer. C'est moi qui aurais dû la dire, moi… Je n'ai pas eu le courage.

Il l'observe avec une intensité incroyable. Il se souvient de ce qu'a dit Clara : ne pas se laisser enfermer dans le mensonge. Et à ce moment précis, il pense n'avoir jamais été aussi près de la vérité.

— Dis-la-moi, maman, dis-la… Je t'en supplie.

Elle ne répond pas et se lève péniblement. Paul observe ses tremblements, ce regard vide qu'il connaît trop bien. Elle se dirige à pas lents et mal assurés vers une commode Louis XVI en acajou. Elle ouvre le deuxième tiroir et en sort une large enveloppe kraft. Elle retourne sur le canapé et vide son contenu sur la table basse. Une liasse de documents sur laquelle il peut lire « Titre de propriété » ainsi qu'un trousseau de clefs chutent sur le verre.

— Si tu tiens tellement à savoir, va voir là-bas. Vas-y ! Mais ne viens pas me dire que je ne t'ai pas prévenu. C'était son appartement parisien, il n'y était pas souvent et je suis certaine que tu pourras y découvrir ce que tu cherches. De toute façon, il est à toi. Moi je n'y suis jamais allée. Je sais trop bien ce que je pourrais y trouver… Ton père n'était pas juste « étrange » ou « bizarre », Paul. Ça, ce sont des mots qu'on réserve pour les gens normaux… Ton père était bien plus que ça… Allez, va voir qui il était vraiment, vas-y puisque c'est ça que tu veux !

Elle a presque jeté l'enveloppe sur son fauteuil roulant puis s'est dirigée vers la cuisine. Lorsqu'il la rejoint, elle est en train d'ouvrir une autre bouteille. Elle le regarde avec des yeux pleins de colère et de honte, puis lui fait signe de partir.

— Va-t'en, Paul, laisse-moi, fais ce que tu as à faire. De toute façon, c'est bien trop tard. Allez, pars !

Paul hésite un instant ; il sait qu'il ne peut plus rien pour elle, du moins pas aujourd'hui. Lorsqu'il quitte l'appartement et que la porte d'entrée se referme, la femme regarde la bouteille à moitié vide, observe un instant son étiquette puis, en hurlant, la jette contre le mur. Le plan de travail se couvre de vin, de gros morceaux de verre jonchent le carrelage. Elle vacille pendant quelques secondes, tente de reprendre ses esprits mais son désespoir est si profond qu'elle s'écroule sur le sol et se met à gémir. Elle avance sa main vers l'éclat de verre le plus proche. Il est long et fin comme un poignard et elle se coupe immédiatement en s'en emparant. Elle regarde le filet de sang qui s'écoule le long de son bras. Anesthésiée par l'alcool, elle ne souffre pas. Elle se demande si elle sentira quelque chose quand le verre tranchera ses veines.

37

— Eh bien, capitaine Michaud, racontez-nous donc dans le détail ce que votre petit week-end bruxellois vous a appris.

Marc Chameroy a fait de rapides présentations pour ceux qui ne se connaissent pas. Chacun, sauf Dubois, a salué avec la déférence requise Pierre-Henri de Lassignac, le chef de cabinet du ministre de l'Intérieur qui, à titre personnel, s'en fiche royalement. Il est juste surexcité par les informations qu'ils s'apprêtent à entendre mais dont il connaît déjà, peu ou prou, la teneur. Le patron de la PJ a aussi remarqué que Clara Vandamme a souri avec beaucoup de naturel et de sincérité au dircab qui lui a rendu la pareille. Visiblement, ces deux-là se connaissent déjà.

Il a eu plus de mal à préciser à Lassignac le rôle de Nicolas Flair, qui est le seul à être resté debout autour de la table de réunion. Ce dernier lui a déjà expliqué que cela lui permettait d'englober la scène et de ne rien rater des changements d'expression et d'attitude des personnes présentes. Et Chameroy a appris à lui faire confiance. Il l'a présenté comme un psychiatre spécialisé en criminologie ; il ne se sent pas encore prêt à utiliser le terme de « mentaliste » comme carte de visite pour Flair. D'ailleurs, le principal intéressé n'est pas non plus un grand fan de l'appellation. « Ça fait vraiment trop série télé, et puis chaque fois c'est la même chose, ils s'attendent tous à voir débarquer un bellâtre au sourire éblouissant et là, forcément, ils sont déçus. » Sans être beau, Nicolas a pourtant un charme certain et il met souvent ses interlocuteurs mal à l'aise. Sa manière de les fixer, de revenir avec insistance sur leurs propos, leurs postures, ses sourires en coin et ses remarques parfois assassines par leur clairvoyance ont le don de les irriter. Et cela amuse le chef de la police judiciaire qui, après tout, l'utilise aussi pour ça. Michaud prend une chemise cartonnée de laquelle il sort quelques feuillets froissés.

— Bon, j'ai pas tout parce que les flics belges sont en train d'enquêter sur place, mais on en a vu assez avec Dubois, pardon, avec l'inspecteur général Dubois, pour se faire une opinion. Tout le monde sait pourquoi on était là-bas, je ne reviens pas sur l'affaire Pecquerel, vous avez tous eu la note de Mme Vandamme sur le dossier.

Michel Michaud agite son briquet dans sa main gauche. Cela fait une bonne demi-heure qu'ils sont dans cette salle de réunion et il a déjà un furieux besoin de s'en griller une. Il a envie d'en finir rapidement et il sait que ça va être compliqué.

— Pour vous dire franchement, sauf votre respect, madame Vandamme…

— Appelez-moi Clara, s'il vous plaît, j'ai peur de mourir de vieillesse avant la fin de votre exposé si vous continuez à me servir du « madame Vandamme ».

Michaud la regarde quelques secondes puis continue.

— Donc, j'y croyais assez moyen à votre truc de Nostradamus, là. Parce que je veux bien qu'on m'explique que la science a fait des progrès, mais de là à basculer en pleine science-fiction… Je vous cache pas qu'il me fallait du concret, c'est pour ça qu'on a décidé d'aller voir le suspect. Et on n'a pas été déçus.

Nicolas Flair se déplace avec lenteur autour de la table. Il observe avec une certaine satisfaction l'attitude du capitaine, mélange de surprise et d'étonnement. Il n'en revient pas lui-même de pouvoir affirmer que l'algorithme fonctionne et il mène une lutte intérieure constante entre sa bonne vieille rationalité et l'évident succès de cette machine.

— Le suspect avait refait sa vie en Belgique, où il vivait seul avec sa fille de dix ans. Inutile de vous dire que la mort accidentelle de sa femme, il y a trois ans, va faire l'objet d'une nouvelle enquête plus attentive de la part de nos copains belges. Ce salopard torturait sa gamine depuis des années. Il prétextait une maladie chronique pour expliquer ses nombreuses absences à l'école. Et comme d'habitude dans ces cas-là, pas un voisin pour s'inquiéter des pleurs, des cris et de la mine de cette pauvre enfant.

Cette fois, c'est Lassignac qui intervient.

— Très bien, monsieur Michaud, venez-en aux faits, s'il vous plaît. Avez-vous pu acquérir la certitude que c'est bien lui qui a tué ses enfants, il y a trente-cinq ans ? Cet élément est déterminant pour nous permettre d'aller plus loin avec Nostradamus.

Le capitaine est à deux doigts de se lever pour aller fumer une clope. On voit bien qu'ils n'ont pas contemplé le visage de la petite fille, eux. Du coin de l'œil, il aperçoit Dubois qui l'encourage à continuer en lui faisant un signe d'apaisement de la main. Un signe qui n'a pas échappé à Flair : pour gagner la confiance de Michaud, il faut conquérir Dubois, se dit-il immédiatement.

— Si le simple fait qu'il se foute par la fenêtre ne suffisait pas à confirmer sa culpabilité, ce qu'on a trouvé dans son ordinateur a drôlement enfoncé le clou, croyez-moi. Outre des photos dégueulasses de gamins, on a aussi déniché un fichier Word dans lequel ce type raconte par le menu ce qu'il a fait subir à ses premiers enfants, en France… Je vais vous dire un truc : s'il ne s'était pas jeté lui-même par la fenêtre, c'est moi qui l'aurais balancé, cette ordure !

Un léger malaise s'installe autour de la table après la sortie de Michaud. Il a oublié qu'il est entouré des représentants les plus éminents de la police et de l'ordre, et que la justice dont il parle n'est pas celle que l'on pratique habituellement en démocratie. En fait, cela ne le gêne pas vraiment.

C'est Chameroy qui reprend la parole.

— Eh bien, encore une chance que vous n'ayez pas eu besoin de passer à l'acte, capitaine. Néanmoins, je dois vous remercier, ainsi que vous, Dubois, de votre intuition. Si je résume, on a donc à notre disposition un outil d'une puissance phénoménale dont tous les flics de la planète rêvent depuis des années, des siècles… Reste à savoir ce qu'on va en faire. Inutile de vous dire qu'avec ce qui se passe en ce moment dans Paris et sa banlieue, j'ai bien une idée.

— Oui, je sais à quoi vous pensez, Marc, dit le directeur de cabinet. Et je dois vous alerter sur le fait que l'enquête sur ces meurtres barbares a pris une autre dimension depuis que la fille du ministre Phallard est à compter au nombre des victimes. C'est une figure du monde politique et vous savez qu'il ne cache plus son ambition de se présenter à l'investiture suprême. Nous avons réussi à les tenir jusqu'ici, mais très bientôt les journalistes vont se déchaîner et, s'ils entendent parler de Nostradamus, ça va être la curée. Les sceptiques, et il y en aura beaucoup, vont tenter de nous ridiculiser et vont fustiger le gaspillage des budgets de l'État. Je vous demande donc la discrétion la plus absolue sur cet épisode. Quant à vous, Clara, continuez à tester ce programme, vous avez le feu vert.

Elle n'ose évidemment pas parler du fait qu'elle l'a déjà expérimenté à titre personnel et que, une fois de plus, le logiciel mis au point par Paul a fait mouche.

— Bien sûr, Pierre-Henri, comptez sur moi.

Rémi Dubois lève sa longue et lourde carcasse de sa chaise et tend les bras vers le ciel.

— Et sur moi ! Après presque quarante ans de carrière, j'ai quelques affaires non résolues que nous pourrions tester. Mais dites-moi, monsieur Flair, j'avoue ne pas avoir très bien compris votre rôle dans toute cette affaire. On me raconte que vous enquêtez avec Michel sur les meurtres sauvages de ces récents mois. Vous enquêtez… Vous n'êtes pas policier, n'est-ce pas ?

Nicolas a capté les regards échangés entre Michaud et Dubois juste avant cette intervention. Bien sûr, tout cela a été préparé et, en voyant le sourire à peine dissimulé du capitaine de police, il comprend tout de suite que ce dernier a fait part à son ancien patron de sa fâcheuse présence dans son enquête. Il va devoir faire profil bas.

— Mon rôle est bien modeste, monsieur l'inspecteur général, et je ne prétends surtout pas me substituer au travail de la police. Il se trouve que je suis déjà intervenu, à plusieurs reprises, sur des enquêtes, en France ou à l'étranger. Je suis un observateur, disons, très attentif du monde et des gens qui le composent. Et ce talent me permet parfois d'éclaircir certaines situations.

— Rassurez-vous, Dubois, Flair a toute ma confiance et c'est moi qui lui ai demandé d'intervenir. Et puis avec vous, Michaud, et l'instinct dont vous nous avez à nouveau apporté la preuve aujourd'hui, je suis persuadé que nous avons là la meilleure équipe pour retrouver notre assassin.

L'intervention de Marc Chameroy signe la fin des débats, et Flair sent que ni Dubois ni Michaud ne sont vraiment convaincus. Il lui faudra persuader encore, et il sait qu'il en aura bientôt l'occasion. Le patron de la PJ s'est levé et assène sa conclusion.

— Très bien. Michaud, Flair, je vous conseille de retourner sur les lieux du crime de la petite Phallard. Je suis persuadé que vous pourrez trouver des éléments susceptibles de nous en apprendre plus sur son assassinat, et sur ce que nous cache son père.

En sortant du bâtiment, Flair ne peut s'empêcher de retenir Rémi Dubois et Michaud.

— Excusez-moi un instant. Je voulais simplement vous dire que je comprends tout à fait votre étonnement quant à ma présence à vos côtés sur ce dossier. J'aimerais vous inviter à déjeuner pour vous expliquer ce que je fais, comment je travaille, je pense que c'est important.

Il observe, amusé, la tête surprise de l'inspecteur

général et celle, parfaitement renfrognée, de son ancien collègue.

— Je connais très bien le chef Pagnère, c'est un ami de longue date. Si je l'appelle tout de suite, je suis certain qu'il pourra nous trouver une table. Il possède des petits salons particuliers et en garde toujours un de libre pour ce type de demande. Si je le contacte maintenant, c'est jouable. Et en plus, monsieur Michaud, dans ce genre d'endroit, on peut encore fumer !

Toute la physionomie de Dubois a changé. Il est impossible, même pour lui, d'avoir une table chez Pagnère avant des mois, et la perspective de goûter à nouveau sa cuisine, aussi simple que savoureuse, l'enchante. Quant à Michaud, que la nourriture n'intéresse pas beaucoup, la perspective de pouvoir tirer bien au chaud sur sa cigarette tout en sirotant un vieil armagnac suffit à son bonheur. En voyant leurs deux mines réjouies, Flair sait qu'il vient de marquer des points.

38

Clara ne va pas tout de suite repasser au labo. Elle monte dans sa voiture et se dirige vers le périphérique. Elle sort porte de Champerret. Le trajet n'est pas très long jusqu'à la rue de la Gare, à Levallois-Perret. Elle stationne sur une aire de livraison et rabat le pare-soleil pour faire apparaître les lettres POLICE en gros caractères noirs. Sa cocarde devrait lui suffire pour éviter une prune. C'est devenu tellement compliqué de les faire sauter aujourd'hui. Elle entre dans l'immeuble sans charme, une construction typique de la fin des années 1980, plus fonctionnelle qu'autre chose. Elle décide de monter à pied, il n'y a que deux étages. Arrivée sur le palier, elle sent l'odeur familière de la tarte aux pommes que sa mère réussit si bien. Elle ne sait pas depuis combien de temps exactement son cerveau associe ce fumet subtil de fruits, de beurre et de sucre à la présence souriante de sa maman. Chaque fois qu'elle le respire, des images d'elle, enfant, surgissent du plus profond de sa mémoire. Les souvenirs d'un bonheur simple, d'un sentiment profond de sécurité. Et puis en arrivent d'autres, plus sombres. Des souvenirs de souffrance, de promesses, de menaces et de chuchotements. Et cette voix si familière et pourtant tellement effrayante quand elle prononçait les mots interdits. Ceux qu'elle ne comprenait pas et dont elle ne découvrait la signification qu'à travers la douleur et la soumission.

Avant de sonner, elle pose sa tête contre la porte et respire profondément. Elle veut reprendre le contrôle avant de la voir. Si elle entre tout de suite, elle pourrait se mettre à hurler. Au bout d'une minute, elle se décide enfin à appuyer sur la sonnette. Lorsque la porte s'ouvre, une femme élégante d'une soixantaine d'années, au brushing impeccable, affiche un sourire radieux en la voyant.

— Clara, ma chérie, pourquoi ne m'as-tu pas dit que tu passais ? Je te garde pour le déjeuner. Ton père est au marché et il ne va pas tarder. Ne reste pas là, entre. Tu veux un thé ?

Comme à son habitude, sa mère n'attend pas vraiment de réponses à ses questions. Elle a déjà servi une tasse et est en train d'ajouter un couvert sur la table de la salle à manger.

— Comment vas-tu ? Ton travail, tu es toujours contente ? Nous sommes si fiers, tu sais, avec papa. Quand je dis à mes amies que tu es officier dans la police scientifique, tu verrais leurs mines. Elles n'arrêtent pas de me poser des questions. Bien sûr, je ne sais pas toujours répondre, mais bon, je m'en tire quand même pas mal. Tu m'as bien expliqué. À propos de mine, je trouve que la tienne n'est pas fameuse. Tu manges, au moins ?

Elle a marqué une pause dans sa logorrhée habituelle. Elle sait que ce sujet est pour le moins une zone délicate à aborder avec sa fille. Pour faire diversion, elle oriente la conversation vers un autre domaine qu'elle imagine sans doute plus léger.

— Et tes amours, ma chérie ? Ça fait bien longtemps que tu ne nous as pas présenté un garçon. Tu sais à quel point j'aimerais être grand-mère pourtant ?

Clara est partagée entre le besoin de lui hurler de se taire et une irrépressible envie de rire devant tant d'incongruité. Si elle savait pourquoi elle est venue aujourd'hui…

— Maman, je ne vais pas rester déjeuner. Je suis juste passée parce que j'avais besoin de te dire quelque chose. Quelque chose d'important… Sur ton père.

Une vague d'inquiétude traverse le visage de la femme qui se tient en face d'elle. Sa mère sait qu'il y a des souvenirs d'une noirceur abyssale enfouis dans l'âme de sa fille. Clara voit ses lèvres se pincer, ses yeux se plisser. Ce sont des choses qu'elle ne veut plus entendre.

— Tu ne vas pas recommencer avec tes vieilles histoires, n'est-ce pas ? Tu sais que je n'aime pas que tu me parles de tout ça.

Clara s'avance vers elle et lui prend le visage entre les mains. Sa mère tente de se dégager, mais c'est un véritable étau qui la maintient.

— Regarde-moi, maman, regarde bien ta petite fille. Il y a une autre histoire que tu vas bientôt pouvoir raconter à tes copines. Nous avons un nouvel outil au laboratoire. Il s'appelle Nostradamus. C'est tout à fait fantastique, tes amies vont adorer. Cela permet de retrouver les coupables de crimes, même ceux datant de plusieurs dizaines d'années. On rentre toutes les données que l'on a et l'ordinateur dessine le portrait du coupable. C'est… saisissant.

Mme Vandamme tente à nouveau de se dégager. Elle a les larmes aux yeux ; c'est la première fois que sa fille la terrifie.

— Lâche-moi, Clara, tu me fais mal ! Je ne comprends rien à tes histoires de Nostradamus, c'est… c'est de la science-fiction !

La jeune femme resserre son étreinte et oblige sa mère à s'asseoir sur l'une des chaises en bois qui entourent la table.

— Oh non, ce n'est pas de la science-fiction, maman, juste de la science. Et figure-toi que j'ai rentré tous les éléments que je possédais sur mon enfance, sur notre famille, tous les dossiers que j'ai gardés depuis si longtemps, les comptes rendus des médecins que tu m'emmenais voir parce que tu prétendais que j'étais malade, que j'étais folle… Tu te souviens de ça ? Tu te souviens, maman, de ce que je te racontais sur ton père avec mes mots d'enfant, avec toute cette peur, toute cette culpabilité ? Toute cette souffrance que tu as niée. Tu ne veux pas regarder le portrait que la machine a imprimé ? Il n'a pas fallu très longtemps, tu sais.

Clara relâche enfin la pression qu'elle maintenait sur le visage de sa mère. Celle-ci s'avachit sur sa chaise et se met à sangloter.

— Pourquoi fais-tu ça, tu sais comme je t'aime, pourquoi ?

Elle jette sur la table le portrait-robot qu'elle a sorti de sa poche.

— Lui aussi, il m'aimait beaucoup, maman, beaucoup trop !

Elle laisse sa mère déplier la feuille A4. Elle ne veut pas assister au spectacle navrant de cette femme confrontée à une vérité qu'elle connaît depuis tant d'années. Elle n'a aucun sentiment de victoire, juste une vague impression de soulagement, comme si, enfin, elle allait pouvoir commencer à vivre.

Quand elle quitte l'immeuble, elle croise son père qui rentre des courses. Il est courbé et marche lentement. Pour la première fois, elle le trouve vieux. Il lui sourit et s'avance pour l'embrasser.

— Bonjour, ma chérie, c'est gentil d'être venue nous voir… Tu ne repars pas déjà ?

— Si, je pars, et je ne sais pas si c'est vraiment gentil d'être venue aujourd'hui. Monte vite, papa, maman va avoir besoin de toi.

En rentrant dans sa voiture, elle se sent de plus en plus libre, de plus en plus légère ; elle veut raconter ça à Paul, elle doit lui dire qu'elle avait raison et que les mensonges tuent, lentement, sûrement.

Lorsque le vieil homme pénètre dans l'appartement, il entend d'abord les longs gémissements que pousse sa femme. Il n'a jamais entendu quelque chose d'aussi déchirant et il n'a surtout jamais vu son épouse dans cet état-là. Elle est assise sur sa chaise, son visage est baigné de larmes. Elle se tord les mains comme si elle voulait se les arracher. Devant elle, sur la table dressée du déjeuner, des dizaines de bouts de papier, déchirés en minuscules morceaux.

39

Il y a toutes ces lumières et puis ce bruit incessant. Ces Boum ! Boum ! Boum ! *répétitifs qui le submergent et le guident, comme des tambours de guerre annonciateurs de sang et de mort. Il savait qu'ils seraient là, bien qu'il ne se souvienne plus de quelle manière il a eu connaissance de cette fête clandestine, de cette soirée improvisée au milieu de nulle part. D'ailleurs, il n'arrive même pas à se rappeler comment il est parvenu jusqu'ici. Une fois de plus, il sait qu'il est passé près des briques rouges. Cette fois-ci il s'est approché, tout près. Il a posé ses mains sur le mur et il a senti le mal. Puis il est reparti dans sa propre quête. À chacun de ses pas, les clefs de sa voiture tapent contre sa cuisse, mais quand il essaie de s'en saisir il n'y arrive pas. Il est hypnotisé par les lueurs qui vacillent et virevoltent dans la clairière, là-bas, devant lui, à une centaine de mètres. Il marche comme un automate et il sent bientôt les vibrations des basses sourdes et profondes de la musique électronique qui résonnent dans son bas-ventre. Il s'arrête un instant à l'orée de la clairière. Ils sont deux cents ou trois cents à danser, sauter et s'écrouler sur le sol. Certains d'entre eux sont collés aux énormes enceintes qui entourent le terrain comme des monolithes tribaux. Il les observe tout en avançant parmi eux. La musique est de plus en plus forte et ses oreilles le font bientôt souffrir. Il ne va pas pouvoir rester très longtemps ici. Il faut qu'il la trouve, vite. Son regard balaie tous ces corps qui s'agitent au rythme fou de la musique, les bras levés et le visage extatique. Et puis, d'un seul coup, il la voit.*

Elle est différente des autres, très belle. Malgré sa tenue informe, son bonnet qui cache ses cheveux mais duquel une ou deux mèches bouclées s'échappent en cascade. Elle lève les bras et joint les mains comme si elle adressait une prière aux divinités de la nuit. Ses yeux sont mi-clos, on devine toutefois leur éclat doré ; sa bouche est entrouverte, laissant apparaître des dents d'une blancheur d'albâtre qui illuminent son sourire. Elle a un profil de déesse et un corps de liane. L'homme sait que bientôt il pourra la tenir entre ses mains et il ressent une excitation sauvage, animale, qui fait naître un véritable feu entre ses reins. Plus il s'approche d'elle et plus la musique ralentit. Les autres danseurs s'agitent plus lentement. Il a l'impression que leurs visages changent aussi. Peu à peu, ce sont les mêmes traits qui se dessinent sous les capuches et les bonnets de laine, sous les casquettes et les dreadlocks. Leur peau s'affine et leurs orbites se creusent, leurs lèvres disparaissent rapidement pour laisser place à des sourires grotesques et carnassiers. Ceux de crânes grimaçants et sans vie. Leurs bras se tendent alors, non pas vers le ciel, mais vers la jeune fille. Il n'a que le temps de la saisir par le bras et de l'emmener vers la forêt, laissant l'armée de danseurs morts vaciller sur les herbes sauvages.

Lorsqu'il s'arrête, le cœur battant à se rompre, il se retourne vers elle. Il voudrait lui parler, lui dire à quel point il la trouve désirable. Pourtant des images affreuses explosent dans son crâne et il sent cette pulsion de violence qui cogne dans sa poitrine comme si elle voulait en sortir en lui déchirant les chairs. La jeune femme se débat puis se met à crier. Son cri est assourdissant, comme si non pas une mais des milliers de femmes hurlaient leur frayeur et leur haine. Il presse ses mains sur ses oreilles, essayant d'assourdir ce son immonde. Il n'y a rien à faire, rien d'autre que de frapper. Un seul coup, de toutes ses forces. Il sent des os qui se brisent sous ses doigts et la fille s'écroule. Il fouille encore dans ses poches et cette fois-ci il trouve ce qu'il cherchait. La lame est immense, elle brille sous la lune, et le manche de cuir est si dur, si chaud qu'il irradie dans tout son bras. Il se met à genoux sur elle, il passe le poignard sur ses jambes puis sur ses fesses et remonte dans son dos. Il sait que bientôt il pourra la pénétrer et il en tremble presque. Il entend le premier gémissement, qu'il prend pour la traduction d'un plaisir intense. Il fait une première entaille, pas très profonde, juste assez pour que le sang jaillisse. Ensuite il la retourne, il veut voir son visage. Mais ce n'est plus la madone de la clairière qui le regarde. À la place de ses cheveux ce sont des serpents qui s'agitent et tentent de le mordre. Elle ouvre sa bouche pour laisser apparaître des centaines de dents pointues et brillantes. Il lève son arme pour décapiter cette chose et au même moment elle lui souffle un nuage ardent au visage.

En une fraction de seconde, un feu le brûle et il pousse un hurlement. Il recule. La créature, telle une épouvantable Gorgone, s'est déjà relevée et lui griffe les joues avant de lui donner un formidable coup sur l'épaule à l'aide de ses bras immenses, durs comme du métal. C'est une explosion, comme si tous les os de son bras venaient d'être brisés. Et puis il aperçoit, dans un brouillard épais, des ombres qui s'approchent rapidement. Il sait qui elles sont, ce sont les morts de tout à l'heure qui viennent l'achever. Il se met à fuir au milieu de la forêt, même les arbres tentent de le retenir. Il les entend avancer vers lui en poussant des cris sauvages. Enfin, il devine au loin la silhouette de sa voiture. Il ne sait pas s'il pourra l'atteindre. Ce feu qui lui dévore le visage et brouille sa vue le fait souffrir atrocement. Dans sa fuite, il ne voit pas la branche basse qui barre son chemin et dans laquelle il vient se cogner avec une force prodigieuse. Il est certain que les morts vont venir lui déchirer les entrailles. Dans un dernier effort, il s'accroche à un tronc et tente de se relever. De la mousse entoure la base de l'arbre, une mousse étrange, phosphorescente, qui change de forme et qui bientôt dessine deux mots devant ses yeux : « RÉVEILLE-TOI ! »

40

La grande maison est d'une autre époque, d'un autre siècle. On s'attendrait presque à voir une calèche s'engager dans la grande allée du parc pour amener ses passagers au pied de l'imposant escalier de granit. Lorsque la voiture de Michaud, une vieille Peugeot 407 grise, s'approche de la demeure des Phallard, le capitaine sait cependant que personne ne va en sortir en habit et en robe de bal.

— Qui peut bien encore habiter dans des endroits pareils ? marmonne-t-il en serrant son frein à main.

Flair le regarde avec attention. Cet homme reste un mystère et, même si leur déjeuner gastronomique chez Pagnère a très sérieusement détendu leurs relations, il avoue avoir du mal à le cerner. Il a vu son visage se refermer chaque fois qu'il a essayé d'entrer dans la sphère privée de ce flic. Il a remarqué ses lèvres qui se pinçaient, sa respiration qui se bloquait, ses mains s'agitant sur son briquet. Il y a un secret chez cet homme, mais pour l'instant il en a bien d'autres à découvrir, en particulier celui que lui cache le ministre.

— Des gens qui aiment les traditions, les vieilles pierres, les grands parcs, et qui ont les moyens de se les payer, Michel. Voilà qui sont les gens qui habitent ce genre d'endroits. Et les Phallard en font partie.

Ils franchissent le cordon installé par leurs collègues de la PJ et pénètrent dans la majestueuse entrée au sol de marbre noir et blanc. Le psychiatre pense immédiatement à un échiquier sur lequel pions, fous, reines et rois s'affronteraient dans un combat à mort. Il pense savoir qui est le fou sans pouvoir le nommer, quant au roi, son identité ne fait pas de doute… Il a même perdu sa fille dans la bataille. Il espère juste, dans cette drôle de partie, jouer le rôle de cavalier plutôt que celui de pion. Michaud grimpe déjà les marches et se rend directement sur la scène du crime. C'est une grande chambre, au troisième étage. Un immense lit à baldaquin impose sa lourde silhouette au fond de la pièce. Lorsque Flair le rejoint, le capitaine de police a ouvert les tiroirs de la commode et est en train de regarder derrière le miroir situé au-dessus de la cheminée. Il se retourne vers son nouveau compagnon et secoue la tête.

— Franchement, Flair, qu'est-ce qu'on vient foutre ici ? La Crim et la Scientifique ont tout passé au peigne fin. S'il y avait le moindre poil de cul à trouver, croyez-moi, ils l'auraient déjà entre les dents.

Nicolas aime la poésie et la fraîcheur des interventions de son compagnon d'enquête, elles remettent les choses à leur juste place.

— Eh bien, en dehors du fait que Chameroy nous a demandé de venir, ce qui, en soit, n'est pas une raison suffisante, j'en conviens, je crois que j'ai besoin d'être sur place pour sentir certaines choses. Comme je vous l'ai expliqué ainsi qu'à Rémi Dubois, j'ai développé une capacité d'observation très particulière. Et pour bien observer, il faut être sur les lieux, n'est-ce pas ?

Michaud secoue la tête de plus belle. Pour lui, et malgré les explications et les exemples que leur a donnés le psy, ce don est plus de l'esbroufe et de la poudre aux yeux qu'autre chose. En même temps, si les ordinateurs se mettent à identifier les coupables et à leur tirer le portrait, il doit bien admettre qu'il faut laisser une chance au produit. Il regarde avec curiosité Nicolas Flair déambuler dans la vaste chambre. Il marche avec précaution, s'arrête quelques instants, inspecte le plafond, ferme les yeux, puis recommence son petit manège. Au bout de la troisième fois, Michaud n'y tient plus.

— Vous faites quoi, là, doc ? C'est pas vraiment le moment pour votre séance de yoga !

— Ce n'est pas du yoga. Je réfléchis, je réfléchis intensément. Voyez-vous, cette maison est celle où la victime a grandi, elle en connaissait sûrement les moindres secrets. Elle a dû jouer ici des heures et des heures avec ses frères et ses cousins, ses petites copines. Elle a dû noter l'histoire de ses premiers flirts dans son journal, un journal avec un cadenas doré. Ses premiers chagrins d'amour aussi…

Pendant qu'il parle, Michaud ne le quitte pas des yeux. Il l'observe scruter chaque recoin, chaque mur, chaque tapisserie, passer sa main avec lenteur sur les meubles.

— Et, bien entendu, il n'était pas question que ses parents tombent sur ses écrits secrets, encore moins ses frères. Surtout eux, ça aurait été terrible. Elle les imaginait tournant autour d'elle en hurlant le prénom de ses petits amis… Il lui fallait une cachette pour ce journal, une cachette que personne ne pourrait découvrir. Et dans ces vieilles demeures il y en a des tas… Plein de mécanismes particuliers que les riches bourgeois faisaient installer en secret pour y dissimuler leur or, leurs bijoux ou leurs titres… C'est un de mes patients qui m'a raconté ça, Michaud, il avait lui-même retrouvé des dessins de Degas que son grand-père avait dissimulés. Ils étaient dans une cache très ingénieuse aménagée dans les montants d'une cheminée de marbre qu'il interdisait qu'on utilise, même lorsque l'hiver était rude. Mon patient avait enfin compris pourquoi lorsqu'il avait découvert ce trésor.

Tout en parlant, Flair se rapproche du grand lit à baldaquin. Il pose sa main sur les panneaux de bois sculpté qui recouvrent le mur près duquel le meuble est installé. Il passe ses doigts sur chaque détail et ferme à nouveau les yeux.

— Il fallait aussi que la cachette ne soit pas trop éloignée de son lit, pour qu'elle puisse y dissimuler son journal avant que quelqu'un ne rentre dans sa chambre. Il fallait que ce soit juste à côté d'elle.

Le psychiatre souffle et ses doigts s'arrêtent sur l'une des figures sculptées dans le bois, la silhouette d'une jeune bergère. Lorsqu'il appuie son index dessus, un léger déclic se fait entendre et un panneau d'une vingtaine de centimètres de côté s'ouvre, laissant apparaître une cache dans le mur. Flair sourit et se tourne vers Michaud.

— Bingo !

Sous le regard stupéfait du capitaine, il plonge la main dans le trou et en ressort une liasse de documents qui ne ressemblent absolument pas au journal intime d'une jeune fille.

— Ah ben, merde alors, comment vous faites ça, Flair ? Là, je dois avouer que vous me bluffez. Et pourtant il m'en faut pas mal. Bon, c'est quoi ce merdier ?

Au moment où il tend la main pour que le psychiatre lui passe les documents, ils entendent le gravier de l'allée crisser sous les pneus d'un véhicule. Michaud se dirige vers la fenêtre et regarde le gros 4 × 4 noir qui vient de se garer à côté de sa voiture. Quatre hommes en descendent presque simultanément. Les cheveux courts, presque rasés, ils sont habillés en noir et ressemblent à des militaires. Michaud sort son arme et fait signe à Flair de ne pas faire de bruit. Son vieil instinct est en train de lui hurler que ces gars-là ne sont pas venus pour discuter.

41

— Je voudrais que tu viennes avec moi, Clara. Je ne me sens pas le courage d'y aller seul. Pour te dire la vérité, j'ai un peu les jetons de ce que je pourrais y trouver… Non, en vrai, je suis mort de trouille.

Paul caresse la tête de Ram qui, indifférent au reste du monde, laisse échapper sa grosse langue baveuse et pousse de petits cris de contentement. Clara s'assoit en face de lui sur le canapé du labo.

— Tu veux dire que personne n'a mis les pieds dans cet appartement depuis la mort de ton père ? Ben, j'espère qu'il avait vidé son frigo, sinon ça risque de fouetter.

Le jeune homme esquisse un sourire. Pourtant le souvenir de sa mère ivre lui balançant les clefs comme si elle se débarrassait d'une charogne le tenaille.

— Je crois qu'il n'y vivait pas vraiment. C'était une sorte de refuge quand il était à Paris et qu'il ne descendait pas à l'hôtel. Maman m'a dit qu'elle n'y avait jamais mis les pieds… Tu n'es pas obligée de venir, tu sais. Et puis, il y a autre chose que je voudrais te demander… Qui c'était, le vieil homme sur le portrait de Nostradamus ? Tu me réponds si tu veux, hein…

Il a bien remarqué le tressaillement sur la joue de son amie. Elle respire un grand coup, se lève et regarde par la grande porte-fenêtre avant de répondre d'une voix ferme.

— Oui, je vais te répondre ! Après le discours que je t'ai fait sur la vérité et les secrets qui vous tuent à petit feu, je serais bien mal placée pour me taire. Ce type c'est, enfin c'était mon grand-père, le père de ma mère… Il me gardait de temps en temps quand j'étais petite, entre trois et quatre ans. Sa femme était morte depuis longtemps et comme maman avait des activités associatives certains mercredis, elle me confiait à lui. À ce porc. Je ne sais pas exactement ce qu'il m'a fait mais je peux t'assurer que ce n'est pas ce que doit faire un grand-père à sa petite-fille. J'ai quelques flashs, des choses qui remontent à la surface comme un cadavre dont on aurait aimé qu'il reste au fond de son étang. Je n'étais sûre de rien, tu sais, la mémoire d'un enfant… À l'adolescence, j'ai traversé une période très compliquée, avec des crises de boulimie et une anorexie très grave qui m'a conduite à l'hôpital à plusieurs reprises. Quand j'avais dix-sept ans, mon objectif était d'atteindre trente kilos. Et je mesurais un mètre soixante-dix. Bref, ce vieux salopard m'a pourri mon enfance et une bonne partie de mon adolescence. Maintenant, c'est terminé ! Grâce à toi, je suis certaine de ce que je savais déjà au fond de moi, au fond de mon cœur de petite fille. Et j'ai enfin pu le dire à ma mère, sans doute et sans honte. Et tu n'imagines pas comme je me sens mieux. Alors oui, Paul, je viens avec toi.

Elle se retourne et un grand sourire s'affiche sur son beau visage. Elle s'approche du jeune homme, contourne prudemment le chien qui s'est endormi et vient poser une bise sur sa joue.

— En plus, je ne voudrais pas que tu puisses compléter ton dossier de plainte auprès de la ligue des jeunes adultes handicapés en disant que je t'ai lâchement abandonné devant le danger. Il est déjà bien assez fourni comme ça !

Quand ils arrivent devant l'immeuble du quinzième arrondissement, Clara gare sa voiture sur une aire de livraison puis se tourne vers Paul.

— On était vraiment obligés d'emmener Ram ? Non seulement il pue, mais en plus il a bavé sur le siège arrière pendant tout le trajet. J'ai plus qu'à faire nettoyer ma bagnole !

Paul ne répond pas tout de suite. Il ouvre sa portière, attrape son fauteuil, le déplie à l'extérieur et se transfère dessus avec habileté. Puis il fait sortir Ram par la porte arrière, lequel va aussitôt uriner sur le premier arbre qu'il croise.

— Te plains pas, il a eu la gentillesse d'attendre d'être dehors pour pisser, c'est un bon chien, non ? Au fait, tu es sur une livraison, là !

Clara sort à son tour et claque sa portière.

— Oui, ben, je livre une personne à mobilité réduite à son passé et en plus, les places handicapé sont à perpète… Dis donc, tant qu'on est là, on pourrait attacher Ram à son nouveau copain l'arbre et l'oublier ici ? Je suis certaine qu'il fera le bonheur d'une petite famille bien sympathique.

— Tu veux ajouter à la plainte d'un handicapé celle de la SPA ? T'es mal barrée, Clara, je te le dis. À ce train-là, tu vas finir en taule avant la fin de l'année. Allez, c'est là, au 33. Viens, Ram !

Quand ils arrivent devant la porte, ils se retrouvent face à un interphone.

— Premier souci, je n'ai pas le code. Est-ce que la police scientifique peut faire quelque chose pour moi ? Madame Vandamme ?

Clara écarte gentiment Paul de l'interphone et lui sourit.

— Bien sûr, la police scientifique peut tout, jeune homme. Nous avons des méthodes et des outils à la pointe du progrès, d'une efficacité redoutable.

Elle se met alors à appuyer sur toutes les touches en prenant un air concentré. Paul éclate de rire.

— Tu parles d'une méthode scientifique, franchement, ça, je pouvais le faire !

— T'aurais pas pu appuyer sur les touches du haut, tu m'aurais ruiné le travail.

Au bout d'une seconde, ils entendent une voix de femme.

— Oui, qui est-ce ? C'est vous, madame Boutmy ?

— Non, madame, c'est la police, commandant Vandamme. Nous devons accéder à l'appartement de M. Vignaud, ouvrez-nous, s'il vous plaît.

Suit un long silence. Puis la voix reprend avec cette fois un ton évident de défiance.

— Ah, M. Vignaud… Il a eu des problèmes avec la police, celui-là. Ben, ça ne m'étonne pas.

— Épargnez-moi vos commentaires, madame, et veuillez ouvrir, je vous prie. Restez chez vous pour l'instant. Je passerai vous voir.

Un petit déclic leur indique que la porte de verre est déverrouillée. Ils s'engouffrent dans le hall puis dans l'ascenseur. Clara appuie sur le bouton du sixième et dernier étage. Lorsqu'ils arrivent sur le palier, il n'y a qu'une seule grande porte d'entrée sur leur droite.

— Eh bien, comme ça, on n'a pas besoin de chercher, dit Paul.

Il s'approche et enfonce la clef dans la serrure. Il fait deux tours et pousse le battant qui s'ouvre en grand. À leur gauche, donnant sur l'entrée, un immense salon ; à leur droite, un couloir. Tout a l'air neuf, les sols, les murs, les plafonds. Ils pénètrent dans le salon et Clara laisse échapper un petit sifflement.

— Tu m'as dit que ton père était riche, Paul, mais si ce genre d'appartement, il appelait ça un pied-à-terre, je ne sais pas comment appeler le mien… Un placard ?

Une porte-fenêtre donne accès à une vaste terrasse sur laquelle Clara s'empresse de se rendre.

— Ah, la vache, la vue ! Viens regarder ça, Paul, vite.

Lorsqu'elle se retourne, elle constate que Paul s'est arrêté devant le seul tableau du salon. C'est une œuvre qu'elle connaît, que tout le monde connaît.

— Bon, on s'affole pas, Paul, c'est une copie. Ce tableau, c'est *Le Cri* de Munch. Il y en a cinq versions dans le monde, quatre sont au musée et la cinquième s'est vendue en 2012 à New York pour près de 120 millions de dollars.

Paul continue à regarder la peinture. Il ressent une émotion étrange. Il est revenu quelques années en arrière, dans le bureau de son père. Il pourrait presque entendre sa voix si familière et parfois si inquiétante. Ce sont les aboiements et les jappements de Ram qui, d'un seul coup, viennent crever le silence. Des glapissements hystériques qui se transforment bientôt en un long hurlement.

— Voilà que ton chien se prend pour un loup, Paul. On dira ce qu'on voudra mais, vu son physique, il ne manque pas d'ambition…

Clara se précipite vers le couloir dans lequel le chien s'est engouffré dès qu'ils sont entrés dans l'appartement. Elle n'a pas pu s'empêcher de faire sa petite remarque sarcastique avant d'aller rejoindre Ram. Elle sait pourtant qu'à cet instant son regard trahit une inquiétude profonde. Et c'est les tripes nouées par l'angoisse qu'elle franchit le seuil de la pièce dans laquelle Ram continue à hurler.

42

Il entend la voix. Elle est comme une prière qu'on lui adresserait, douce mais ferme. Il est allongé sur un sol noir et mouvant. Il a l'impression de flotter hors du temps et de l'espace. Il n'a pas peur, pourtant il ressent autre chose qui l'angoisse terriblement. Il connaît ce sentiment qui l'amène parfois à faire des choses terribles. C'est de la colère qu'il éprouve, une colère qui s'intensifie au fur et à mesure que la voix persiste à lui poser toutes ces questions.

— Que voyez-vous, est-ce que vous identifiez quelque chose de familier, monsieur Caplain ?

Oh oui, il est dans un univers familier. Celui de la noirceur, du froid et de la souffrance. Il le connaît si bien. Pourtant il est si seul ; aussi loin que porte son regard, il n'y a personne, juste cette nuée sombre et glacée. En se concentrant, il croit pourtant entendre quelque chose. Ce sont comme des mugissements qui viennent d'en dessous, en dessous de la surface noire. Il essaie de comprendre ce qu'ils signifient. Ce sont juste des cris, des plaintes. Et tandis que la voix continue à poser ses questions, il a l'impression que les gémissements se rapprochent. Ils sont de plus en plus forts, de plus en plus distincts. Ils arrivent vers lui, si vite.

— Ne vous agitez pas. Reconnaissez-vous l'endroit où vous vous trouvez ?

— C'est noir, il fait froid et il y a… il y a des choses qui arrivent, elles viennent vers moi !

— Calmez-vous, vous êtes en sécurité. Reconnaissez-vous quelqu'un ou quelque chose ?

Maintenant ce ne sont plus seulement leurs cris qu'il perçoit. Il les sent se mouvoir au-dessous de lui, sous la surface noire que des vagues puissantes se mettent à agiter. Il a le sentiment de tanguer sur un bateau ensorcelé. Lorsque le premier choc l'atteint dans le dos, il pousse un cri. C'est comme si on lui avait enfoncé une lame brûlante dans les reins. Et soudain, ce sont des dizaines de coups d'épée qui le transpercent. La douleur est telle qu'il ne peut même plus se plaindre. Ses hurlements restent coincés dans sa gorge, comme anéantis par la souffrance. Il voudrait se lever et fuir. Il n'y arrive pas, et il y a cette voix qui ne s'arrête jamais.

— Restez calme, surtout, restez calme, tout va bien… Que se passe-t-il, avec qui êtes-vous, monsieur Caplain ?

Il aimerait tant pouvoir répondre à cette question. Ils sont des centaines de milliers, ils sont légion. Et chacun d'entre eux lui transperce les entrailles en hurlant de joie. Il voit des flots de sang s'échapper de ses blessures, il voit les plaies béantes qui se sont ouvertes sur son ventre, ses propres intestins qui baignent dans cet infâme bouillon d'ocre et de pourpre. Il regarde le sol qui se tend et se détend en fonction des mouvements de ses tortionnaires. Et à ses pieds se forme une bosse qui grandit peu à peu, c'est comme si une de ces choses cherchait à sortir de la gangue noire qui la retient.

La créature pousse si fort contre la surface sombre et élastique qu'il parvient bientôt à distinguer ses traits qui s'impriment sur son masque de goudron. C'est une figure grimaçante, terrifiante. Sa large bouche s'ouvre et se ferme, laissant apparaître une dentition de bête fauve, des lueurs rougeoient dans ses yeux comme les feux de l'enfer, et il sait qu'elle va bientôt déchirer la surface pour satisfaire sa soif de sang et dévorer ses entrailles. Il se met à hurler et balance ses poings serrés sur la chose. Il sent un os craquer ; est-ce celui du monstre ou une de ses phalanges ? Il s'apprête à nouveau à frapper quand elle se libère enfin et, le regardant, les yeux pleins de haine et de souffrance, lui hurle : « RÉVEILLE-TOI ! »

Basile est couvert de sueur. Il ne comprend pas où il se trouve. Sa respiration est hachée et chaque inspiration déclenche une douleur dans sa poitrine. Son cerveau a les pires difficultés à reconstruire le monde qui l'entoure. Il se frotte les yeux. Sa main droite est si douloureuse. Il s'assoit sur le canapé et regarde autour de lui. Il tente de se souvenir, il sait qu'il est venu là pour quelque chose mais il ne parvient pas à dire quoi. Il regarde le grand bureau de verre dans le fond de la pièce et voit les cadres accrochés sur le mur. Il arrive enfin à lire une partie des inscriptions sur le diplôme. « Docteur Guillaume Dumond, psychiatre ». Il se souvient. La séance d'hypnose, la voix du médecin. Il est sûrement allé plus loin que ce que pouvait imaginer ce toubib, bien plus loin dans l'horreur et la désolation que renferme son esprit. C'est alors qu'il aperçoit la silhouette sur le sol : l'homme est allongé, face contre le parquet, et il est inconscient.

— Docteur ! Docteur Dumond, vous m'entendez ?

Basile s'agenouille près du psychiatre et le retourne avec douceur. Le visage de son médecin est couvert de sang et son nez a pris une étrange position. Il entend la respiration de l'homme ; elle est faible et inégale. Il se précipite dans la salle de bains attenante au cabinet, arrache une serviette et la trempe dans l'eau froide. Il revient près de Dumond et lui nettoie le visage.

— Que s'est-il passé, docteur ?

A-t-il vraiment besoin qu'on le lui dise ? Il sait très bien d'où provient le coup qui a terrassé ce type, il lui suffit de regarder sa main enflée et ses phalanges rougies. Il entend un premier gémissement, puis un deuxième, et Dumond ouvre les yeux. Son premier réflexe est de se protéger le visage de ses mains et de repousser Basile tout en tentant de se relever. Il n'y arrive pas et s'écroule sur le sol.

— Restez tranquille… Je suis désolé.

Le médecin cligne des yeux et essaie de regarder son patient malgré les étourdissements qui le saisissent dès qu'il le fixe. Il parvient tout juste à articuler quelques mots.

— Vous êtes devenu fou, monsieur Caplain, comme… possédé. Vous étiez réveillé pourtant. Je n'ai jamais vu ça de toute ma carrière. Des crises de somnambulisme aiguës, j'en ai traité, oui, mais ça… Dieu seul sait ce que vous êtes capable de faire.

Caplain offre à nouveau son aide au psychiatre. Ce dernier le repousse avec brutalité.

— Laissez-moi ! Vous devriez être enfermé, monsieur Caplain. Il y a en vous quelque chose d'infiniment dangereux et violent. Il faut que vous retourniez voir le docteur Lescure, je vais le prévenir, vous devez rester dans sa clinique…

En quittant le cabinet, Basile Caplain a le corps secoué de frissons. Il a bien conscience qu'il se passe des choses pendant ses cauchemars, pendant ses crises. Des choses… si réelles. Il en porte les stigmates, sur son corps, dans son âme. Lors de son dernier « voyage », il s'est réveillé les yeux et le visage en feu, avec son bras droit qui le faisait atrocement souffrir. Un hématome géant recouvrait son épaule, jusqu'à son avant-bras. Il sait ce qu'il va faire. Il marche comme un automate et, lorsqu'il monte dans son Uber, se met à pleurer.

43

Michaud repousse avec vivacité Flair vers le fond de la grande chambre. Il lui intime l'ordre de se taire par un geste sans équivoque. L'arme au poing, il va se poster avec prudence près de la porte. De là, il perçoit les voix des hommes qui se donnent de brèves consignes dans une langue qu'il ne reconnaît pas. Du russe peut-être ? Ça pourrait tout aussi bien être du tchèque ou du polonais… Il les entend en bas qui ouvrent des tiroirs et des placards sans ménagement. Ils sont venus chercher quelque chose. Sûrement la même chose qu'eux, la liasse de documents que Constance de Phallard a planquée dans le mur de sa chambre. Les sens du capitaine de police sont en alerte maximum. Il aime cette adrénaline, il adore sentir son cœur battre à se rompre, son sang parcourir ses veines à toute vitesse. Ce n'est pas en faisant du sport qu'il pourra retrouver ce genre de sensations, d'ailleurs il n'en fait jamais. C'est aussi pour ça qu'il refuse les promotions, il aime trop le terrain. Mais d'habitude, ils sont au moins deux. Deux flics. Pas un policier accompagné d'un psychiatre magicien même pas armé. Et vu l'allure des quatre bonshommes qui sont entrés dans la maison, ça l'étonnerait que Flair arrive à les faire repartir juste avec ses tours de passe-passe et sa « force de conviction ». Il se retourne rapidement et regarde ce que le psychiatre fabrique. Il a sorti une carte de visite et compose un numéro sur son portable… S'il essaie d'appeler la police, c'est vraiment pas l'idée du siècle ; le temps qu'ils arrivent, tout sera terminé. Stupéfait, il le voit chuchoter dans le combiné tout en se demandant comment il va bien pouvoir s'y prendre pour les sortir de ce guêpier. Il possède un avantage sur les types. Lui les a vus arriver, et eux ne savent pas combien ils sont. Il pourrait les faire fuir en jouant sur l'effet de surprise et en bluffant… Bon, c'est vrai que les dernières fois où il a essayé cette méthode, c'est toujours parti en vrille. De toute façon, il n'a pas le choix. Les types sont en train de fouiller toute la maison et ils vont bientôt débouler à leur étage. Ce n'est qu'une question de minutes. Alors il se lance. Intimant une dernière fois le silence à Flair, il va en haut du grand escalier et se met à beugler :

— Police, vous êtes sur une scène de crime, jetez vos armes !

Le bruit de meubles s'est arrêté. Michaud compte lentement dans sa tête – un, deux, trois… Il leur faudra quelques secondes pour prendre leur décision, et il espère bien que ça sera celle de foutre le camp. Il n'y croit pas trop. Il s'avance par-dessus la rambarde et penche la tête pour essayer de voir s'il aperçoit l'un d'entre eux. Le coup de feu claque presque immédiatement. Il croit même sentir la balle siffler à quelques centimètres de son crâne. Le projectile termine sa course dans le plafond et des morceaux de plâtre tombent en tourbillonnant dans la cage d'escalier.

— C'est la police, merde, cessez de tirer !

C'est tout ce qu'il a trouvé à dire et, pendant une seconde, il pense que cela pourrait suffire. Puis il entend une voix de baryton basse monter vers lui depuis le deuxième étage. Une voix avec un fort accent.

— On est là pour chercher des papiers, les papiers de la fille. On veut pas de mal. Si vous avez trouvé vous donnez à nous et on part. C'est simple. Et y aura pas de morts !

C'est marrant, Michaud n'a pas très envie de le croire. Son 9 mm SIG-Sauer possède quinze cartouches, mais ils sont quatre, et vu la précision du tir de celui qui a essayé de le flinguer à l'instant, il n'a manifestement pas affaire à des amateurs. Ce qui l'ennuie le plus c'est qu'il ne sait pas pourquoi il va mourir. Ils n'ont même pas eu le temps de regarder les papiers qu'ils ont trouvés dans la chambre. On aurait dit des relevés bancaires, et puis il y a aussi des noms et des numéros… À cet instant, il est tout à fait certain que ces documents ont une relation directe avec la présence de la fille Phallard dans la maison le soir du meurtre. Le policier sait aussi que, s'il donne ces papiers, ils ont quatre-vingt-dix-neuf pour cent de chances d'être abattus d'une balle dans la tête. Foutu pour foutu, il décide qu'il ne sera pas le seul à mourir aujourd'hui dans cette baraque.

— Si vous montez, je vous bute, les gars. Il n'y a qu'un seul escalier… Et c'est moi qui suis en haut !

Silence inquiétant. Quelques chuchotements et le bruit caractéristique d'une culasse. La première rafale de l'Uzi déchire le plafond et provoque des étincelles sur la rambarde de fer. Michaud tire deux coups de feu en direction des marches. Plus pour montrer qu'il n'est pas mort qu'en espérant réellement toucher un des types. Aussitôt, ce sont deux nouvelles rafales qui répondent. Cette fois-ci, le capitaine se dit qu'il ferait bien d'économiser ses cartouches et se promet d'attendre de voir ses assaillants avant de se remettre à tirer. Soudain, il sent une main se poser sur son épaule et son cœur explose dans sa poitrine. Il se retourne et brandit son flingue vers la tête de Flair qui le regarde avec un sourire apaisant. Michaud se retient de hurler et chuchote :

— Vous êtes malade, vous voulez vous faire buter ou quoi ? Retournez dans la chambre… Et remettez les papiers dans la cachette. Je vais envoyer un message à Dubois pour le prévenir. Ce sera toujours ça qu'il pourra récupérer. En plus de nos cadavres…

Le psychiatre ne rebrousse pas chemin. Au lieu de ça, il s'avance vers l'escalier et se met à parler suffisamment fort pour être entendu, sans pour autant crier. Sa voix est d'un calme incroyable.

— Écoutez-moi bien, dans trois minutes un hélicoptère et des hommes armés seront ici. Vous devriez partir, tout de suite. Ils ne vous feront pas de cadeau, vous le savez, n'est-ce pas ?

Michaud en a tenté des bluffs pourris mais celui-là dépasse tout ce qu'il a pu imaginer. Un hélicoptère… Et pourquoi pas un porte-avions, pendant qu'il y est ? Au moins il aura entendu ça avant de crever… Et d'ailleurs, la réponse de leurs nouveaux copains ne se fait pas attendre. Elle s'exprime sous la forme de deux rafales qui les font reculer jusqu'à la porte de la chambre. Le flingue à la main, les jambes fléchies en position de tir, Michel laisse la fumée et les nuages de plâtre se dissiper. Il a toujours été bon à cet exercice et il sait que le premier qui se risquera à montrer sa sale bobine, il ne le loupera pas.

— Un hélico… Vous êtes complètement à la ramasse, Flair. Vous auriez pu trouver autre chose !

Au même moment, Michaud perçoit le bruit caractéristique des pales d'un Écureuil. Il regarde avec incrédulité son acolyte. Il tire trois fois en direction des hommes qui les ont assaillis et perçoit la cavalcade des quatre types qui se précipitent déjà vers leur voiture. Lui-même court à la fenêtre de la chambre. Les hommes de l'hélico sont à pied d'œuvre lorsque leurs visiteurs sortent en tirant pour rejoindre leur bagnole. Ils sont cueillis par des rafales de HK MP5 qui ne leur laissent aucune chance. L'affaire est réglée en moins d'une minute et, quand les premiers membres du commando arrivent au pied de la maison, les quatre corps gisent près du gros 4 × 4 noir. Michaud se tourne vers Flair.

— Vous êtes un peu magicien, finalement. Comment vous avez fait ça ?

Le psychiatre ne répond pas et fourre d'autorité la liasse de documents qu'il tient dans sa main dans la poche intérieure du pardessus du policier.

— Je vous expliquerai plus tard. Pour l'instant, il y a une chose sur laquelle vous allez devoir mentir, Michaud. Quoi qu'on vous demande, nous n'avons rien trouvé dans cette maison !

44

Ram est assis sur la moquette de la chambre qui ne contient qu'un immense lit king size. Il se tient devant une porte contre laquelle il aboie, entre deux hurlements. Clara arrive la première et attend prudemment Paul. Le jeune homme s'avance vers son chien qui se met à grogner et à montrer les dents.

— Eh ben, mon vieux, qu'est-ce qui se passe ? C'est moi, tu ne me reconnais pas ou quoi ?

Il approche sa main mais l'animal tente de le mordre. Clara a sorti son arme, par pur réflexe. Paul vient se placer entre elle et son chien.

— Qu'est-ce que tu fais, Clara, ça va pas ou quoi ?! Laisse-moi m'en occuper, je vais le calmer. Je ne l'ai jamais vu comme ça.

L'ingénieur range son arme et s'excuse.

— Oui, bon, désolée. Calme-le ! Il me fout les jetons à gueuler comme ça. Enfin… Tu sais bien que je ne lui aurais pas tiré dessus, quand même ?

Paul la regarde droit dans les yeux et lui dit sans méchanceté :

— Les gens qui abandonnent un animal attaché à un arbre sont capables de tout. Et c'est ce que tu m'as suggéré tout à l'heure, non ? Bon, je ne pense pas que tu sois forcément mauvaise. Il y a une petite part d'humanité en toi… Tout au fond.

Puis il s'approche de Ram et lui parle avec douceur, tout en essayant de couvrir ses grognements et, surtout, de ne pas se faire mordre.

— Allez, mon chien, tout va bien. Regarde, c'est moi, c'est Paul. Tu ne vas pas me faire de mal, hein, on est copains tous les deux ? Qui est-ce qui t'emmènera promener tes grosses fesses le soir si tu me bouffes ? Sûrement pas la grande fille, là-derrière. Je te rappelle qu'elle était prête à te mettre une balle dans la tête il y a une minute. Tu n'as pas le choix, Ram, c'est elle ou moi. Allez, sois sage, laisse-moi t'approcher, mon grand, laisse-moi faire…

Peut-être est-ce le son de sa voix, calme, maîtrisée ? L'attitude de Paul, son sourire, sa tête un peu penchée ? La perspective de se retrouver seul avec Clara ? Toujours est-il que Ram s'apaise. Il s'allonge sur le sol et laisse son maître le prendre dans ses bras et lui caresser la tête.

— T'es vraiment corniaud, mon chien. Qu'est-ce qui a bien pu te mettre dans un état pareil…

Clara s'est avancée vers la porte devant laquelle Ram s'est mis à hurler. Elle actionne la poignée, qui résiste. Elle tente une nouvelle fois de l'ouvrir et doit se rendre à l'évidence : elle est verrouillée. Elle regarde Paul avec un petit sourire.

— Heureusement que tu es avec la police scientifique, mon grand. Nous autres, on a toujours une solution à chaque problème !

Paul sourit.

— Si c'est comme avec l'interphone en bas, je

suppose que tu vas prendre ton arme, tirer dans la serrure et foutre un grand coup de pied dans ce qu'il restera de cette porte ?

Clara secoue la tête et lève les yeux au ciel. Elle fouille dans son sac à main et en sort une barrette. Elle se met à tordre le métal.

— Homme de peu de foi, la pointe de la technologie, je t'ai dit ! Aucune serrure n'a résisté à ça (elle montre l'outil improvisé qu'elle vient de fabriquer) : le passe universel barrette Monoprix ! Imparable !

Elle commence à farfouiller dans la serrure et aussitôt Ram se remet à grogner. Son maître est obligé de le serrer et de lui parler pour qu'il garde son calme.

— Je ne sais pas ce qu'il y a là-dedans, Paul, mais ça doit pas être des croquettes pour chien, ça, c'est sûr !

Elle pousse un petit cri de joie ; elle vient de crocheter la serrure et actionne la poignée avec emphase. Elle entre la première dans la salle de bains. Par réflexe, elle actionne l'interrupteur et, évidemment, l'électricité ne fonctionne pas. Elle s'empare de sa lampe torche et se met à balayer l'intérieur de la pièce avec le puissant faisceau de lumière. Il n'y a, à première vue, rien d'anormal. Son regard accroche pourtant quelque chose, au-dessus de la baignoire. Elle s'approche et ne comprend pas tout de suite ce dont il s'agit. Elle entend Paul qui la rejoint.

— C'est quoi, ces trucs ? T'as déjà vu ça dans une salle de bains, toi ?

Elle montre les deux anneaux de métal. Espacés de un mètre, ils sont fixés dans le carrelage, à environ un mètre soixante-dix du fond de la baignoire.

— Parce que si c’est pour suspendre les serviettes, c’est con de les mettre dans la cabine de douche, non ?

Paul sait très bien à quoi les deux anneaux ont pu servir. D’autres images viennent percuter son esprit, des souvenirs d’enfance improbables, des visions terribles aperçues il y a longtemps. Alors qu’il s’apprête à dire à Clara ce qu’il en pense, Ram entre dans la pièce et se met de nouveau à aboyer devant le meuble en laque noire qui soutient la double vasque de marbre.

— Paul, éloigne le chien, je vais essayer de voir ce qu’il y a là-dedans.

Tant bien que mal, il saisit Ram par son collier et tente de l’entraîner en dehors de la pièce.

— Si tu crois que c’est facile, avec un fauteuil, de bouger un chien terrorisé qui pèse une tonne !

— On a dit pas de discrimination, mon vieux, tu dois te débrouiller tout seul, je ne fais pas de différence entre les valides et les autres, moi !

Elle ouvre sans difficulté les tiroirs du meuble. Dans le premier, elle ne trouve pas grand-chose à part ce que l’on s’attend à voir dans ce genre de pièce. Un sèche-cheveux, des cotons-tiges, un rasoir, un tube de dentifrice et un déodorant, un parfum Hermès ainsi qu’une serviette parfaitement pliée. Dans le deuxième, des objets n’appartenant pas du tout au même univers. Elle reconnaît tout de suite les menottes, c’est la moindre des choses, puis un fouet dont les lourdes lanières de cuir sont lestées de petites billes de métal. Un frisson lui parcourt le corps quand elle ouvre la petite mallette de cuir noir à l’intérieur de laquelle le faisceau de sa lampe fait briller de mille feux les lames acérées des instruments chirurgicaux. Là, ce n'est plus vraiment du sadomasochisme, se dit-elle avec effroi. Elle se penche et essaie de voir à l'intérieur du meuble si rien n'est caché sous le premier tiroir. « Bingo ! » se dit-elle lorsqu'elle met la main sur un lourd carnet dont la couverture de cuir noir est scotchée contre le bois. Elle l'arrache avec précaution et, se redressant, le pose près d'une des deux vasques.

— Tu as trouvé quelque chose, Clara ? Qu'est-ce que tu fais, bon Dieu ?

Elle ne répond pas. Elle a ouvert le calepin sur lequel apparaît le nombre un en chiffre romain doré. Elle contemple, à la lueur de sa torche électrique, les dizaines de photos scotchées sur les pages blanches avec, en dessous de chacune d'entre elles, des prénoms de femme écrits en lettres minuscules et parfaitement alignées. La cruauté des photos, leur froideur clinique et leur monstruosité, accentuée par l'obscurité et par les traits de lumière fugaces qui les éclairent par intermittence, lui glacent les veines. Elle a l'impression que tout son corps devient froid, pétrifié par la violence des clichés. Elle sait qu'elle va devoir répondre à Paul, mais lui répondre quoi ? Comment va-t-elle pouvoir lui dire que son père était un monstre ?

45

Marc Chameroy tape du poing sur la table. Il est en train de rentrer dans une de ces fameuses colères dont il est coutumier. Flair et Michaud se tiennent debout devant son bureau. De l'autre côté, près de lui, Pierre-Henri de Lassignac, le chef de cabinet du ministre de l'Intérieur, affiche une mine inquiète.

— Qu'est-ce que c'est que ce bordel, putain ! Un hélico, une fusillade en plein cœur de la forêt de Saint-Germain, dans la maison du ministre des Affaires étrangères ! Quatre morts dont on ne sait pas me dire d'où ils viennent ni qui ils sont ? Et qu'est-ce que c'est que ces barbouzes qui ont débarqué d'on ne sait où pour dézinguer à tout-va ? Vous avez une idée, Lassignac ?

Le baron de Lassignac toussote, il pèse avec une minutie d'orfèvre les mots qu'il va prononcer.

— Eh bien, c'est une force d'intervention spéciale, voyez-vous. Elle n'a, disons, rien d'officiel. Elle rend des services quand on ne peut pas faire appel au GIGN ou à la police… Bon, vous voyez bien ce que je veux dire, vous n'êtes pas naïf.

Chameroy lui jette un regard noir.

— Non, je ne crois pas l'être, en effet, pas suffisamment

en tout cas pour ne pas m'étonner qu'un auxiliaire de justice – excuse-moi, Nicolas, c'est ta dénomination officielle – puisse la faire intervenir en l'appelant sur son numéro perso !

Le chef de cabinet tourne la tête vers Flair, trop heureux de passer la parole à une autre cible potentielle.

— C'est le ministre Phallard qui m'a donné ce numéro, Marc. Il est prêt à tout pour retrouver l'assassin de sa fille, même à partager des petits secrets d'État. Il m'avait dit de ne m'en servir qu'en cas d'extrême urgence, et je crois pouvoir affirmer que c'est la situation dans laquelle nous étions.

Michaud acquiesce.

— Très bien, mais ce qui me surprend, c'est que leur intervention ait plus tenu de l'exécution que de l'arrestation. À dire vrai, ils ne leur ont laissé aucune chance. Ils auraient voulu que personne ne puisse les interroger, ils ne s'y seraient pas pris autrement…

— Ce genre d'équipe ne fait pas dans la demi-mesure, dit Lassignac. Ce n'est pas exactement leur rôle, voyez-vous. Enfin, nous finirons bien par trouver ce qu'ils voulaient, ces types. Ils vous ont parlé ?

Michaud prend la parole.

— Non, ils se parlaient entre eux dans une langue étrangère… Vous avez reconnu ce que c'était, vous, Flair ?

— Ça m'avait tout l'air d'être du russe. Je peux me tromper.

Le psychiatre, qui observe avec une attention toute particulière le chef de cabinet, voit les yeux de l'homme s'écarquiller légèrement. Il porte la main à sa bouche, se frotte le nez et se met à fixer Michaud. À ce moment-là, Flair sait qu'il va mentir.

— Nous n'avons rien trouvé sur eux, rien. Impossible pour l'instant de les identifier. Ça pourrait tout aussi bien être une bande de cambrioleurs, ce genre de grande demeure attire aussi des types venus de l'Est qui recherchent des tableaux, des statues…

Le capitaine Michaud se met à ricaner.

— Bien sûr, et pourquoi pas des gens du voyage pendant qu'on y est ! C'était un commando, ces mecs, un commando de tueurs. Ils venaient pas pour chiner !

Marc Chameroy pointe son doigt sur le chef de cabinet et reprend la parole.

— Lassignac, je compte sur vous pour identifier ces types, vous avez tous les services de renseignements à votre disposition pour ça. Et comme vos mercenaires se sont autorisés à intervenir sur une de mes enquêtes, vous me devez cette information ! Heureusement que cette baraque est paumée en plein milieu de nulle part et qu'aucun journaliste n'a eu vent de cet incident… Pour l'instant. Enfin, dans ce merdier en cascade nous avons au moins une bonne nouvelle ! La victime d'une agression qui s'est déroulée la nuit dernière, pendant une rave-party, a réussi à faire fuir son agresseur. Le type avait un poignard de chasse. Il a commencé à lui taillader les cuisses et le dos et quand il l'a retournée elle lui a balancé du gaz lacrymo en pleine poire. Le gars a réussi à s'enfuir et la fille est à l'hôpital. Dubois doit y passer. Flair, Michaud, vous y allez aussi, elle est à La Pitié.

Lorsque le capitaine de police et le psychiatre quittent le bâtiment de Levallois-Perret, Michaud allume une cigarette et saisit le bras de Flair.

— Écoutez, allez-y sans moi. Si Dubois y est, il saura trouver ce qu'il y a à trouver. Je voudrais passer à la maison. Je vais prendre une douche puis décortiquer les documents de la petite Phallard et essayer de voir de quoi il retourne. Et puis peut-être bien que j'essaierai de roupiller. Au fait, Flair, merci, je crois bien que vous avez sauvé notre peau, sur ce coup-là.

Le psychiatre sourit et serre la main du capitaine de police.

— Soyez prudent, Michaud, beaucoup de gens s'intéressent à ces documents et certains sont prêts à tuer pour les avoir. Et méfiez-vous de Lassignac, ce type nous ment, il sait parfaitement qui sont les membres de ce commando et pourquoi ils étaient là. À plus tard.

Le chef de cabinet, lui, a rejoint sa voiture. Il compose rapidement un numéro sur son portable.

— Oui, monsieur, c'est moi… Non, ils disent qu'ils n'ont rien trouvé, qu'ils ne leur ont rien demandé… Oui, je pense également qu'ils nous mentent… Mais pourquoi lui avoir donné ce numéro, monsieur, cela complique les choses… Nous aurions pu laisser faire les Russes… Oui, pardon, je sais, votre fille… Bien sûr, nous allons retrouver le coupable, nous avançons. Et je ferai aussi tout ce qui est en mon pouvoir pour préserver votre image, et notre projet… Vous savez que vous pouvez me faire confiance… Au revoir, monsieur.

En démarrant son véhicule, Lassignac passe un nouvel appel.

— C'est moi… Vous devez retrouver les documents ! L'un des deux les a forcément en sa possession. Commencez par le capitaine Michaud… Oui, c'est une priorité absolue.

46

— Bien sûr, j'ai vu, j'ai entendu des choses, mais j'étais un gamin…

Paul a recommencé à parler depuis quelques minutes, une fois passé l'état de sidération. Pendant tout le temps où Clara a appelé la PJ pour faire envoyer une équipe, celui où elle a interrogé la voisine du dessous et tandis qu'ils se dirigeaient vers le labo, il est resté dans un mutisme profond. Même Ram, que l'on n'entendait plus, respectait ce silence.

— Ce ne sont pas des choses que l'on est censé intégrer à treize ans, même quand on est un petit génie, Paul.

— Je crois que j'avais compris, mais entre comprendre et agir, il y a un gouffre. J'étais censé faire quoi, dénoncer mon père ?

— Tu n'avais rien, aucune preuve, juste des choses que tu avais cru voir, entendre, en pleine nuit, tu ne savais pas ce dont il était question. Ça aurait tout aussi bien pu être des cauchemars… Et peu d'adultes croient les enfants, je suis bien placée pour le savoir.

Le visage de Paul se tend, tous ses traits sont crispés, comme si une véritable douleur physique l'oppressait. Il y a quelque chose qu'il n'a pas dit à Clara, quelque chose qu'il n'a pas pu lui dire. Lorsqu'il a regardé les photos, il a eu l'impression de les avoir déjà vues, mais il est incapable de se souvenir de quoi ce soit de précis. Soudain, il serre le bras de son amie.

— Change de route, il faut que l'on aille chez ma mère, tout de suite. Elle savait, elle, j'en suis certain. Vite !

Clara met le gyrophare, chose qu'elle ne fait presque jamais, et c'est avec une sirène hurlante qu'ils arrivent au pied de l'immeuble. Le bruit a réveillé Ram, qui accompagne le deux-tons d'un contre-chant épouvantablement faux.

— Aide-moi à descendre mon fauteuil, Clara, s'il te plaît. Non, Ram, toi, tu restes là.

Elle assiste Paul pour qu'il s'installe dans sa chaise et ils se précipitent vers l'entrée. Dans l'ascenseur, le visage du jeune homme est devenu pâle. Clara ne sait pas quoi lui dire, elle sent l'immense inquiétude qui a empli la cabine et prie tous les dieux de toutes les religions pour qu'il ne soit rien arrivé.

— Comment j'ai pu la laisser dans cet état-là, tu peux me dire ? J'étais complètement obsédé par cette histoire d'appartement, Clara. Tout ça pour découvrir que mon père était un putain de monstre !

Clara serre la main de Paul au moment où ils arrivent à l'étage.

— Ouvre, s'il te plaît, Clara.

Elle pousse à peine la porte que Paul s'engouffre déjà dans l'appartement en appelant sa mère, de plus en plus fort. Le dernier appel se brise et se transforme en une longue plainte. Clara se met à courir dans le long couloir qui mène aux chambres et elle s'arrête sur le seuil de la pièce d'où proviennent les gémissements de Paul. Les draps blancs sont imprégnés de grandes taches sombres de sang déjà presque sèches et le long morceau de verre effilé gît sur le sol. Le visage de sa mère est aussi blanc que l'oreiller sur lequel sa tête repose. Clara sent l'odeur prégnante et douceâtre de l'alcool qui se mélange avec celle, caractéristique des scènes de crime, de métal rouillé.

Paul a la tête posée sur le lit. Il tient la main de sa mère, laissant apparaître les plaies béantes qui entourent le poignet de la défunte, comme le bracelet immonde d'une montre funèbre. Clara entend les sanglots étouffés de ce fils pour sa mère et elle se demande si, elle aussi, elle pleurera le jour où ça arrivera. Peut-être pas… Comme elle scrute la pièce, son regard est attiré par la feuille de papier posée sur le bureau, à côté de la fenêtre. Elle s'en saisit. Elle sait bien que cette lettre est adressée à Paul et qu'elle ne devrait peut-être pas la lire. Mais elle veut aussi et surtout le protéger.

Mon chéri,
Tu sais, ce n'est pas l'alcool qui me tue, c'est le remords. Il me ronge le cœur plus certainement que mes bouteilles ne me détruisent le corps. Je veux que tu sois courageux, que tu fasses ce que moi je n'ai pas su faire, que tu dénonces les crimes de ton père. C'est quand il est mort que la culpabilité a commencé à grandir en moi, comme un cancer. Il ne pouvait plus agir mais il ne serait pas jugé, jamais. Et c'était ma faute. J'ai tout fait pour te protéger, j'ai essayé que tu le voies le moins possible, tu insistais tellement… Je crois bien qu'il t'a aimé, même les monstres peuvent aimer leurs enfants. Maintenant, tu sais la vérité et moi je ne veux plus

vivre avec. Sois fort, mon chéri, sois plus fort que je ne l'ai été. Je t'aime, pardonne-moi.

« “Pardonne-moi”, “pardonne-moi”… Hélas, ça ne se commande pas, ça », pense Clara. Elle prend la lettre et retourne près de Paul. En l'espace de une journée, il vient de perdre sa mère et l'image qu'il avait de son père. Elle sait qu'il est fort, mais elle ne peut s'empêcher de ressentir une profonde inquiétude pour lui. Elle hésite même un instant à lui remettre la lettre, puis elle se souvient de ses grandes paroles sur la vérité. Alors elle lui tend le mot en lui posant avec une immense délicatesse la main sur l'épaule.

— Elle a écrit ça pour toi. Tu veux que je te laisse ?

Paul secoue la tête et s'essuie le visage avec un Kleenex qu'il a sorti de sa poche.

— Non, reste, s'il te plaît, reste avec moi. J'ai l'impression que tout le monde me quitte en ce moment…

Il lit la lettre, la plie délicatement puis la glisse dans la poche de son blouson. Il lève la tête vers Clara qui a failli se mettre à pleurer devant le spectacle poignant de l'immense tristesse de Paul. Il a, en cet instant, retrouvé un visage d'enfant. Elle le prend dans ses bras quelques instants avant de se redresser.

— Je ne sais pas quoi te dire, juste que je suis là, tu le sais.

Paul lui attrape la main et l'embrasse.

— Je voudrais qu'on ne la voie pas comme ça, Clara, qu'on garde une autre image, tu comprends ? Tu es flic, toi, on arrange un peu les choses avant que le SAMU n'arrive, tu veux bien ?

Il a les larmes aux yeux. Il s'approche du corps

de sa mère, lui ferme les paupières et pose un baiser sur son front.

— Bien sûr, Paul, je vais nettoyer la cuisine et… et puis faire de mon mieux, compte sur moi.

Avant de quitter la chambre, elle ramasse la bouteille vide et le verre renversé qui traînent au pied du lit puis se dirige vers le salon. De toute façon, il n'y aura pas d'enquête sur cette mort-là. Paul reste immobile un moment puis se dirige vers le bureau de sa mère. Il ouvre le premier tiroir et en sort l'ensemble des documents qu'il contient. Il met tout de suite la main sur la pochette qu'il cherchait. C'est une grande chemise cartonnée sur laquelle le nom de son père est écrit à l'encre noire. La plupart des papiers sont conservés chez le notaire mais il sait aussi que sa mère en a gardé certains. Et après ce qu'il a découvert, il brûle de savoir lesquels. Sa curiosité est rapidement déçue. Il demeure un petit moment à regarder une photo de leur mariage, instant fugace d'un bonheur perdu, broyé par la folie de son père. Au moment où il va ranger la pochette, il aperçoit le courrier à en-tête de l'hôpital. Il lit le document puis referme l'enveloppe avant de la remettre dans le tiroir. Un nouveau secret, encore une chose dont sa mère ne lui a jamais parlé…

47

Le petit bip entêtant du monitoring rebondit sur les murs blancs de la chambre d'hôpital. Dubois est assis à côté du lit quand Flair entre dans la pièce. Une jeune femme aux traits tirés y est allongée. Elle se redresse lorsqu'elle voit le psychiatre. Si son visage ne montre qu'une immense lassitude, il y a aussi chez elle, de façon plus intérieure, plus profonde, Flair le perçoit, une détermination farouche.

— Bonjour, mademoiselle, bonjour, Rémi. Je suis Nicolas Flair, je travaille sur cette enquête avec la police.

Il s'approche, prend une chaise et s'assoit à côté de la rescapée.

— Je suppose que vous avez déjà raconté à l'inspecteur général ici présent tout ce qui vous est arrivé ?

Dubois fait signe que oui. La jeune femme, elle, attrape un verre d'eau sur sa tablette, en boit quelques gorgées et regarde le psychiatre avec une colère sourde qu'il ressent immédiatement. Sourcils froncés, menton légèrement avancé, voix une demi-octave au-dessus de la moyenne… Mais pas besoin d'être mentaliste pour le deviner. Surtout lorsqu'elle commence à l'invectiver.

— Oui ! J'ai déjà tout raconté à votre collègue, en long, en large et en travers… Je n'ai pas vu grand-chose, je ne sais même pas à quoi il ressemble, ce taré… Ce que je peux dire, c'est qu'il avait une sorte de combinaison au-dessus de ses vêtements, vous savez, comme un scientifique ou un truc comme ça… Ça, je l'ai bien vu. Je lui ai quand même déchiré la gueule à ce salopard. Franchement, la bombe lacrymo, j'y croyais pas trop, mais c'est drôlement efficace. Vous devriez en faire la pub, vous, les flics. Vous auriez vu comme il a détalé. Surtout après que je lui ai foutu un grand coup avec la grosse branche, là. Je l'ai pas loupé ! Et si mes potes l'avaient rattrapé, je crois qu'on n'aurait pas retrouvé grand-chose. Je voudrais bien rentrer chez moi. Les toubibs ont dit que les coupures étaient presque toutes superficielles… Je ne bougerai pas de Paname, promis. Vous avez mon portable, c'est bon, quoi. Moi je voudrais bien me barrer.

Flair regarde avec stupéfaction cette jeune femme de dix-huit ans à peine, ce corps plein de vie, cet esprit frondeur, cette gamine qui ne se rend même pas compte de la chance extraordinaire qu'elle a d'être toujours de ce monde. Il se penche vers elle.

— Vous savez pourquoi je vous fixe comme ça, Elsa ? Pourquoi je vous prends la main, pourquoi je sens vos cheveux, l'odeur de votre peau…

La jeune femme secoue la tête et dégage sa main avec vivacité.

— Eh bien, parce que toutes les jeunes femmes qui ont croisé cet individu, celui auquel vous avez, vous, échappé, je ne les ai vues que sur une table de dissection ou sur des photos de médecins légistes. Massacrées, déchiquetées par ce malade. Donc vous voir là, vivante, avoir la chance de vous parler, c'est une chose formidable, extraordinaire.

Il se rapproche de Dubois, laissant la jeune femme abasourdie. Le psychiatre n'est pas toujours pour la méthode forte, pour l'électrochoc, mais c'est la voie la plus rapide pour ramener les gens à la triste réalité.

— On a pu faire un portrait-robot ?

Rémi Dubois sort une feuille et la lui tend.

— Ouais, et c'est sûr que c'est pas Nostradamus qui nous servirait un truc pareil ! Regardez ça, Flair, ça pourrait être aussi bien Spiderman que le fantôme de l'Opéra. Ou le mari de ma concierge en hiver quand il sort les poubelles. Bref, autant mettre ce truc à la poubelle.

Elsa s'agite sur son lit, elle a tout entendu.

— Oui, ben je voudrais bien vous y voir. J'étais quand même morte de trouille, moi, il faisait nuit. Et puis… J'avais fumé aussi. Enfin je veux dire… Et il avait une cagoule. J'ai dit tout ce que je savais. Allez, quoi, laissez-moi partir.

Dubois soupire. Il a dû entendre ce petit couplet toute la matinée. Il reste tout à fait calme et pose la main sur le lit de la rescapée.

— Très bien, jeune fille. Je vais être très clair avec vous, et je vais vous demander de m'écouter avec beaucoup d'attention. Vous pouvez prévenir votre famille et vos amis que vous allez rester avec nous un jour ou deux… Non, ne protestez pas. Dites-leur aussi que vous avez une chance inouïe d'être encore parmi nous. Je n'ai pas très envie de vous montrer les photos dont notre ami vous parlait à l'instant… Mais si vous continuez, je pense que cela serait assez utile. D'un point de vue pédagogique. De toute façon, il faut attendre jusqu'à demain pour savoir si nous avons pu récupérer l'ADN de votre agresseur. Et, avec le coup de griffe que vous lui avez porté, ce serait bien malheureux si nous ne l'avions pas. D'ici là, profitez de la vie, du fait que, même si vous êtes coincée dans cette chambre, vous avez la grande chance de pouvoir respirer.

Dubois prend Nicolas par le bras et l'entraîne dans le couloir de l'hôpital.

— La bonne nouvelle, c'est que je pense qu'avec l'ADN on va avoir assez d'éléments pour utiliser Nostradamus sans que les juges ou les journalistes crient à la sorcellerie. Un petit génie, un ordinateur ultra-puissant et de l'acide désoxyribonucléique, ça fait tout de suite sérieux. Dès que j'aurai récolté ces éléments, nous filerons au labo. Et sinon, Flair, vous avez trouvé quoi chez le ministre ?

Le psychiatre sourit. Il aime cette nouvelle complicité que quelques plats subtils et un incroyable dessert ont su créer entre eux.

— Des documents financiers. Des numéros de comptes, des virements, des sommes en liquide, des engagements réciproques… Un tas de choses très compromettantes qui établissent avec certitude que notre ministre des Affaires étrangères compte financer sa prochaine campagne avec de l'argent russe. De l'argent dont la provenance m'a semblé, pour le moins, équivoque.

— Bon, eh bien on peut donc deviner ce que sa

fille faisait là-bas. Elle attendait un versement, non ? Et ils sont où, ces documents ?

— Michaud les a conservés. Il m'a dit qu'il voulait repasser chez lui. On le retrouvera sans doute au labo.

Le visage de l'inspecteur général s'est modifié. Ses sourcils se sont affaissés, sa bouche s'est fermée et Flair voit ses poings se crisper jusqu'à faire blanchir les jointures de ses doigts.

— Vous l'avez laissé repartir avec ça !

Il prend son téléphone portable et sélectionne rapidement le numéro de son ancien collègue. Il raccroche au bout de trente secondes, attrape son manteau et se précipite vers la sortie.

48

Lorsque Michel Michaud arrive dans son modeste appartement du treizième arrondissement, il jette son affreuse gabardine grise sur la table de la salle à manger et se dirige vers la cuisine. Il attrape le café instantané, en verse deux cuillerées dans une tasse et branche la bouilloire. Puis il sort son paquet de cigarettes, en extirpe une et l'allume avec une immense volupté. « Dieu que c'est bon de pouvoir fumer tout seul chez soi sans que personne ne vienne vous emmerder », pense-t-il en souriant. Il remplit son mug d'eau brûlante, y ajoute trois grosses cuillerées à café de sucre, puis va dans le petit salon. En passant devant le secrétaire que sa mère lui a laissé, il essaie de ne pas regarder le cadre, de ne pas croiser le regard. Comme d'habitude, il n'y arrive pas. La femme doit avoir une trentaine d'années, elle est plutôt jolie et très souriante sur cette photo. Elle porte un grand chapeau de paille et une sorte de tunique colorée, de celles qui étaient à la mode au milieu des années 1970. Quand on écoutait Maxime Le Forestier et qu'on rêvait d'une maison bleue adossée à la colline. Son cœur se serre dans sa poitrine et il a plus de mal à respirer. Il faudra bien qu'il se décide un jour à la ranger, cette maudite photo. Il a déjà essayé, à de nombreuses reprises. Et chaque fois, il est retourné la chercher et l'a remise à sa place. Ils avaient fait un mariage simple, un truc sans prétention, avec la famille proche et quelques amis. Pas d'église, juste la mairie. Michaud n'était pas tombé très souvent amoureux, et là, il avait compris ce que c'était vraiment.

Et puis il y avait eu cette toux, un matin, rauque, profonde, étrange. Et ces douleurs dans le dos.

— Je ne me sens pas bien, Michel. Le sirop du docteur Lescot ne me soulage pas. Je crois que tu devrais m'emmener à l'hôpital.

Elle détestait les hôpitaux, alors pour qu'elle demande une chose pareille, elle devait vraiment être inquiète. Après, il y avait eu les premières radios, puis d'autres encore, et le diagnostic, sévère, abrupt, sans appel. Cancer du poumon avec métastases. Et elle ne fumait même pas. À six semaines de grossesse, elle n'avait pas pu garder le bébé. La chimiothérapie intensive, violente – on était en 1977 –, avait entraîné un avortement. Elle était morte six mois plus tard…

Il attrape la liasse de documents que Flair lui a confiée et se dirige vers la salle de bains. Il ouvre en grand les robinets de la baignoire et se déshabille rapidement. Il aime s'installer pendant qu'il y a peu d'eau, avoir froid au début et sentir le liquide chaud qui le submerge lentement. Il lit les papiers. Certains, écrits en russe, sont pour lui complètement incompréhensibles, mais d'autres, par contre, sont limpides. Les sommes sont vertigineuses, les noms sont écrits noir sur blanc. Il se demande bien pourquoi la fille Phallard a conservé ça. Elle aurait mieux fait de tout brûler. Aucune ambiguïté là-dedans : si ces informations sortent, le ministre est mort, se dit Michaud en attrapant le savon. Ce n'est pas tant de faire financer sa future campagne par les Russes. D'autres l'ont fait avant lui… Mais il s'agissait alors de banques. Là, visiblement, les officines qui alimentent les comptes offshore du parti d'Emmanuel de Phallard n'ont rien de très officiel. Sur l'un des documents, il a même reconnu le nom d'une entreprise dont il est certain d'avoir déjà entendu parler. Il faudra qu'il vérifie, *a priori* elle vend plus de missiles et de chars que de meubles à monter soi-même. « Ça sent pas très bon pour vous, ça, monsieur le ministre », pense le capitaine de police en sortant de sa baignoire et en reposant les papiers dans le tiroir du meuble qui supporte la grande vasque blanche. Il regarde son visage dans la glace et trouve qu'il a l'air vieux, usé… Puis, au bout de quelques secondes, il décide de retourner dans la baignoire et de se laver les cheveux. « Ça pourra peut-être arranger ma tête », se dit-il en attrapant le shampoing. Le bruit de l'eau qui s'écoule l'empêche d'entendre son téléphone portable qui chante la *Macarena* dans le salon.

Il n'entend pas non plus le bruit dans la serrure de la porte d'entrée, les petits cliquetis que fait le passe en essayant de déjouer le barillet. Ni celui du loquet lorsque les deux hommes aux coupes en brosse arrivent à pénétrer dans l'appartement. Quand Michaud rouvre les yeux, le silencieux du pistolet automatique est pointé directement sur son front. Nu dans sa baignoire, il comprend tout de suite qu'il ne peut rien faire, à part leur jeter le savon au visage…

— Bonjour, capitaine Michaud. Vous savez ce que

nous sommes venus chercher, je suppose. Faisons vite, s'il vous plaît.

Il n'a pourtant regardé qu'une fraction de seconde en direction du meuble de salle de bains, mais c'est suffisant pour que le deuxième type s'en approche et se mette à ouvrir les tiroirs. Il attrape la liasse de documents, puis pointe le pouce vers le haut en direction de son comparse. L'homme se tourne vers Michaud avec sur le visage un semblant de commisération. À cet instant précis, Michel Michaud comprend qu'il va mourir. Il repense à la photo sur le meuble et se dit que, peut-être… L'homme appuie le tube du silencieux sur le front du policier.

— Rien de personnel, capitaine.

Lorsque les deux assassins quittent l'immeuble, l'eau de la baignoire est entièrement teintée de rouge. Au beau milieu du front de Michaud s'écoule, par un petit trou parfaitement rond, un lent et mince filet de sang. Comme si la vie s'attardait à quitter le corps d'un homme qui, pourtant, n'y tenait plus guère depuis déjà longtemps.

49

Il a acheté ça sur Internet et l'a essayé dans l'appartement. Il regarde la séquence vidéo qu'il a faite sur l'écran de la tablette à laquelle il a connecté la GoPro. Il voit les images de son salon, de sa salle de bains, de la cuisine… Tout est net, incroyablement précis. Basile n'en revient pas qu'une si petite boîte puisse enregistrer des images d'une telle qualité. Il pose la caméra sur la table du salon puis se dirige vers la salle de bains. En se faisant couler un bain, il repense aux paroles du docteur Dumond : « Vous devriez être enfermé, monsieur Caplain. » Ces mots, il les entend à chaque heure, à chaque seconde de son existence depuis qu'il est sorti du cabinet de ce psychiatre. Quand il est entièrement nu, il se poste face au grand miroir puis se force à ouvrir les yeux, à contempler son corps meurtri, abîmé. Dès qu'il les ferme, il y a ces choses qui le regardent, ces orbites agrandies, déformées par la crainte. Il y a ces visages grotesques et ces bouches tordues par des cris sans fin… Lorsqu'il se plonge dans l'eau chaude, il n'a qu'une seule obsession : ne pas sombrer. Il ne peut pas, pas encore.

Au bout de quelques minutes, il ouvre à fond l'eau froide, actionne le pommeau de douche et s'asperge tout le corps. Il attrape ensuite un peignoir, ressort en chancelant de la salle de bains et se rend dans le salon. Il se saisit de la boîte de somnifères, en fait tomber trois dans sa main et les avale avec un verre d'eau. Puis il s'assoit sur le canapé, se met à respirer lentement et ferme les paupières, juste après avoir appuyé sur le bouton d'enregistrement de sa caméra...

Lorsqu'il passe devant les briques rouges, il sent la douleur qui le touche à travers les murs, il sait qu'il y a quelque chose ici, qu'il faudra qu'il revienne. Maintenant, il est sur la route, il a roulé longtemps, presque deux heures. Il fait nuit et il n'y a personne sur la départementale. Il regarde à droite et à gauche, il ne voit rien d'autre que des arbres sombres et noirs, leurs branches s'agitent lentement dans l'obscurité comme si elles lui faisaient des signes pour qu'il les rejoigne. Lui n'aime pas ces choses, il sait bien qu'elles peuvent s'animer, devenir dangereuses. Dans ses nuits à lui, il se passe souvent des événements étranges. Et puis il aperçoit au loin des lumières. De petites lumières jaunes. Il faut qu'il quitte la route principale pour s'en rapprocher. Lorsqu'il arrive à l'endroit d'où proviennent les lueurs, il est face à un hôtel. On dirait plutôt un motel comme il y en a tant aux États-Unis. Deux étages, ou trois, et des fenêtres toutes identiques. Aucune n'est éclairée. C'est l'enseigne qui l'a attiré ici, ces grandes lettres lumineuses qui écrivent le nom de l'établissement. Il ne sait pas pourquoi mais il ne parvient pas à les lire. Elles se noient dans une brume étrange et il ne distingue plus rien. Il reste assis dans sa voiture et les regarde se fondre dans ce brouillard coloré. Il serre le manche de son arme dans son étui. Il voudrait s'en servir, tout de suite. Il sent cette tension si familière et si excitante, il la sent qui part de son ventre et qui se diffuse dans tout son corps. Il essaie de se calmer mais rien ne saurait l'apaiser à cet instant, rien sauf...

Lorsqu'elle est sortie de sa voiture, il a regardé sa silhouette se dessiner en ombre chinoise dans l'escalier qui monte au premier étage. Il a regardé ses longues jambes et ses beaux cheveux bruns qui descendent en cascade sur ses épaules. À un moment, elle a tourné la tête vers le parking et il pense qu'elle l'a regardé à son tour. Une seconde, pas plus, cela lui a suffi pour apercevoir sa bouche charnue et son nez si fin. Il croit même qu'elle lui a dit quelque chose. Il n'en est pas certain mais il croit aussi qu'elle lui a adressé une invitation, comme « Rejoins-moi », ou peut-être était-ce « Viens avec moi ». Oui, c'était plutôt ça, maintenant il en est sûr. Il ne va pas la faire attendre trop longtemps. Juste le temps qu'elle se déshabille et qu'elle se couche. Plus tard il monte les escaliers puis il essaie d'ouvrir la porte. Elle est fermée. Elle a dû le faire machinalement. Elle n'a pas pu oublier qu'elle lui a demandé de la rejoindre. Il ne veut pas la réveiller. Il sort son couteau de chasse et il enfonce la lame dans l'encoignure de la porte. Il lui suffit d'appuyer un coup sec et la serrure lâche. Elle pousse un cri et se redresse dans son lit. Au même moment, il entend un bruit. Ça vient du parking. Il se retourne un instant et voit deux formes sombres qui surgissent de derrière sa voiture. Elles sont immenses et leurs crocs luisent sous la lune. Une peur panique s'empare de lui et il referme la porte sur les loups.

La femme lui demande : « Qu'est-ce que vous voulez, de l'argent ? », et il trouve ça étrange parce que c'est elle qui l'a invité à venir. Il s'approche et, d'un seul coup, elle aperçoit le poignard. Il voit son visage qui se transforme, ses yeux qui se plissent et sa bouche qui s'ouvre largement. Elle ne pourra pas crier ; il lui a posé la main sur le visage et il s'est couché sur elle. Maintenant elle a ce qu'elle voulait. Il veut lui faire sentir toute sa puissance, alors il serre très fort le manche de son arme et commence à faire courir la lame. Les premières gouttes de sang produisent, comme toujours chez lui, un sentiment profond d'exaltation, quelque chose de libérateur. La femme ne bouge plus. Au début, elle a essayé de lui mordre la main et il a trouvé ça plutôt plaisant. Quand c'est devenu gênant, il a été obligé de frapper pour qu'elle se calme. Et là, elle n'a plus aucune réaction. Il la retourne doucement et il voit son visage. Elle est plus belle encore que ce qu'il croyait. C'est sûrement la plus magnifique de toutes celles qu'il a rencontrées. Il en est presque ému. Ses yeux sont fermés et il a l'impression qu'elle ne respire plus. Il approche son visage de sa bouche mais il ne sent rien, aucun souffle. Puis il se met à descendre le long de son ventre, il embrasse sa poitrine, s'attarde sur ses tétons puis continue son exploration. C'est lorsqu'il tente de lui écarter les cuisses qu'elle pousse son premier hurlement. Ce n'est pas le cri d'une femme, il en est certain ! Il se recule brutalement et regarde le visage de la chose qui le contemple. Ses yeux sont de feu et de sa bouche s'échappent de petits vers blancs qui se mettent à grouiller sur le lit. Elle pousse une nouvelle vocifération et abat ses deux poings qui se sont transformés en une masse énorme. L'homme évite la première attaque. Il est tout de même déséquilibré et s'écroule par terre. Il l'entend qui avance sur le lit, elle s'approche à toute vitesse mais il ne la laissera pas faire cette fois. Alors que les asticots tombent sur le sol en gigotant, il sait qu'elle se tient juste au-dessus de lui. Il hurle à son tour et se redresse en pointant son poignard vers le plafond. La lame transperce le crâne de la créature et de l'hémoglobine jaillit de sa bouche et de ses narines, des litres et des litres de sang. Il repousse le corps et se précipite vers la porte.

Dès qu'il est dehors, il descend l'escalier à toute vitesse. Il veut retourner dans sa voiture, il veut quitter cet endroit, il ne veut pas que la chose dans la chambre le poursuive. À peine arrivé sur la dernière marche, il entend un grondement et son sang se fige dans ses veines. Il a oublié les deux loups d'un noir de jais et aux crocs d'ivoire. Lorsque la première bête immonde se jette sur lui, il l'empale littéralement sur son bras tout en lui tenant la gueule de l'autre main. Il voit la lame qui est presque entièrement ressortie dans le dos de l'animal. Il sait qu'il y en a un autre. Il voit juste ses yeux rouges et entend le long et sourd hurlement qui s'échappe de la gorge du loup. Au moment où il sent qu'il va bondir sur lui, il projette le cadavre de l'autre bête sur son assaillant puis se met à courir vers le parking. Son cœur le fait terriblement souffrir et il a l'impression que ses pieds sont en plomb. Il sent presque le souffle de l'animal sur ses jambes. Il sait que, s'il le rattrape, il le dévorera. Il n'est pourtant qu'à une dizaine de mètres de la voiture mais c'est devenu pour lui une distance infranchissable. Juste avant de s'effondrer, il regarde à nouveau l'enseigne de l'hôtel. Il distingue enfin les énormes lettres jaunes. Le brouillard s'est dissipé et lorsqu'il s'écroule sur le sol il a tout juste le temps de lire les deux mots qu'il connaît si bien : « RÉVEILLE-TOI ! »

50

13 décembre 2015, matin

Le jeune garçon a bientôt seize ans. Un sourire radieux illumine son visage. Il ne voit pas beaucoup son père, qui travaille trop depuis le divorce, il y a déjà six ans. Un week-end sur deux, et encore, pas tous. Et une partie des vacances scolaires. Mais lorsqu'ils se voient, son papa fait les choses bien, presque toujours… C'est intense et ça va vite, comme pour son business, comme chaque fois qu'il a une idée, comme avec les femmes, aussi. Son fils en a vu défiler des dizaines, toutes très jeunes, jolies, souvent étrangères. En général, elles sont plutôt sympas avec lui, même s'il voit rarement deux fois les mêmes… Il faut dire qu'il n'est pas très encombrant. D'un naturel calme et solitaire, il contemple, de loin, et avec un regard plutôt amusé, le long défilé des jeunes impétrantes, victimes enthousiastes et excitées du donjuanisme effréné de son géniteur. Depuis quelques années, son père ne les invite plus quand son fils est là. Depuis trois ans, depuis leurs vacances aux sports d'hiver.

Sa mère ne dit pas de mal de son ex-mari, mais il y a de la colère dans ses yeux. « Ton père et moi, nous t'aimons, tu le sais, et c'est l'essentiel. Mais il n'est pas l'homme d'une seule femme, ni d'une seule vie d'ailleurs », lui a-t-elle confié. Il a mis du temps à comprendre ce que cela signifiait, mais avec les années, les vacances qu'il a passées avec lui, il a compris ce qu'elle voulait dire.

La vie d'Yves Vignaud est une succession de voyages, de conférences, de fêtes et de nouveaux visages. Ce matin, il est venu le chercher pour aller au bord de la mer, dans le grand hôtel qu'ils aiment tant. Il est au volant de sa nouvelle voiture italienne, une *macchina* rouge, rutilante. Le jeune garçon entend le moteur qui ronronne, comme un lion endormi.

— Salut ! Elle est top, ta nouvelle voiture !

Son père le regarde avec un immense sourire puis lui ébouriffe les cheveux avant d'éclater de rire.

— Elle n'est pas que « top », mon petit gars, ceci est la voiture de série la plus puissante disponible sur le marché. Impossible de l'avoir avant au moins un an… Heureusement, je connais bien l'importateur exclusif de la marque, c'est un ami…

Tous les gens que connaît son père sont plus ou moins des « amis ». Il est vrai qu'il est difficile de ne pas se lier d'amitié avec cet homme affable, drôle et séduisant qui allie décontraction et raffinement.

— On fera une petite pointe de vitesse tout à l'heure sur l'autoroute. Tu vas voir, ça décoiffe !

Le compteur affiche 270 kilomètres-heure lorsqu'ils touchent le camion – bloqué par le choc, il indiquera 170 kilomètres-heure quand la police effectuera les premières constatations. Le garçon a hurlé juste avant que l'aile droite ne percute la remorque du poids lourd. Pendant quelques instants, s'agrippant au volant, la mâchoire crispée, jurant entre ses dents, son père croit qu'il peut contrôler le long dérapage de la voiture de sport. Il a même le temps de jeter un regard à son fils, dont le visage est déformé par l'angoisse. Et puis, soudain, la voiture part dans une série de tonneaux, dispersant des morceaux d'aluminium, de verre et de carbone sur plusieurs centaines de mètres.

Lorsque les pompiers sont arrivés sur le lieu de l'accident, le capitaine Pierre Barbus a marmonné en découvrant la carcasse de la voiture de sport : « M'étonnerait qu'on retrouve quelqu'un de vivant là-dedans… » Aussi, lorsque le jeune homme ouvre les yeux et murmure « Comment va mon papa ? », ils redoublent d'efforts pour désincarcérer les deux occupants.

— Putain, les mecs, on a un pouls sur le conducteur !

Quelques instants plus tard, l'hélicoptère emporte les deux blessés dans un formidable tourbillon d'air et de poussière qui fait voler les éclats de plastique et les débris de l'accident, obligeant les sapeurs-pompiers à se protéger les yeux.

51

Le visage de l'inspecteur général Rémi Dubois est fermé. Sombre et fermé. Non pas qu'il soit d'habitude l'incarnation parfaite de l'empathie et de l'ouverture aux autres mais il y a à ce moment-là sur ses traits comme une tristesse et une colère sans limite. Lorsqu'il est arrivé dans le labo, cela n'a bien sûr pas échappé à Flair, ni à Clara d'ailleurs, tant la peine de cet homme est prégnante. C'est lui qui leur a appris l'assassinat de Michaud, par un simple SMS laconique : « Michaud abattu, je vous rejoins au labo en fin de journée. »

— On n'a pas retrouvé les documents, Flair, rien… Au moins, on sait pourquoi il est mort.

L'accusation soulignant la responsabilité de Nicolas Flair est évidente. Le psychiatre sent le poids de cette culpabilité et il l'accepte, n'essaie pas de la combattre. Il respire profondément puis s'approche de Dubois.

— Je sais, je n'aurais pas dû les lui confier. Je pensais vraiment qu'il était le mieux placé pour les soustraire aux hommes qui nous ont attaqués. Plus que moi, en tout état de cause… Je suis sincèrement désolé.

— Vous pouvez, Flair, vous pouvez. Nous n'avons plus rien.

Clara s'est levée à son tour et rejoint les deux hommes. Paul les observe tous les trois en pianotant sur l'ordinateur.

— Ce n'est pas tout à fait vrai, monsieur, nous avons ici une copie des papiers, en tout point identique aux originaux.

Rémi Dubois reste un instant interdit. Il observe l'ordinateur avec suspicion ; cette étrange machine serait donc capable des prouesses les plus incroyables ? Clara a suivi son regard.

— Ah non, ce n'est pas cette chose-là qu'il faut remercier, mais plutôt notre cher psy de service.

Elle tend la liasse de documents à l'inspecteur en adressant un sourire à Nicolas. Dubois regarde les feuilles de papier blanc sur lesquelles s'inscrivent des dizaines de lignes de chiffres, des noms, des codes, ainsi que la retranscription de courriers et de messages en français et en russe.

— C'est vous qui avez retranscrit ça, Flair ! Comment avez-vous fait pour vous souvenir de toutes ces informations, c'est incroyable ?

— Je parle un peu le russe, certes, mais non, tout ça n'a rien d'extraordinaire. J'ai simplement utilisé l'appareil photo de mon téléphone pendant que Michaud retenait nos agresseurs…

L'inspecteur général est vaguement gêné et aussi rassuré. Ce type fait, de temps en temps, des choses normales. Il observe à nouveau et plus en détail les documents. Les noms du ministre et de son parti apparaissent régulièrement, ainsi que des sommes transférées de comptes offshore vers des banques européennes, des factures de sociétés de conseil et de communication russes et françaises, des noms de contacts, des numéros de téléphone…

— Eh bien, nous allons pouvoir ajouter tout ça aux premiers éléments que j'ai pu récolter chez Michel. J'ai tanné le légiste pour qu'il me fasse un premier rapport, je me suis fait envoyer les photos, j'ai intégré des pièces sur l'épisode de la villa de Saint-Germain-en-Laye, sur le meurtre de la fille Phallard, sur le ministre. Bref, tout ce que j'ai pu trouver et qui a touché de près ou de loin ce pauvre Michaud ces dernières semaines. J'espère que ça suffira pour Nostradamus.

Clara s'empare de la clef USB que Dubois lui tend et la passe à Paul, qui commence à entrer les informations.

— J'ai amélioré la puissance de la machine et surtout, j'ai enfin réussi à la connecter à de nouvelles bases de données. Il m'a fallu du temps pour les craquer, celles-là ! Heureusement, en informatique, on parle tous le même langage. Américains, Russes, Indiens… Tout ça ce sont des codes, des clefs… Et avec de l'habileté…

Le psychiatre regarde avec attention ce jeune homme à peine sorti de l'adolescence. C'est la première fois qu'ils se rencontrent. Ils ont échangé tout à l'heure, avant l'arrivée de Dubois. Clara l'avait prévenu du suicide de sa mère, la veille. Cela explique l'immense chagrin qui habite ce garçon, un chagrin qui ne parvient toutefois pas à éteindre l'intelligence fulgurante qui émane de tout son être. Paul comprend tout très vite, avant même que l'on ait terminé de lui poser une question. Il l'a même surpris à répondre, à plusieurs reprises, à des demandes qu'il n'avait pas formulées. Au bout de la troisième fois, Nicolas n'a pas pu s'empêcher de le lui faire remarquer. À quoi le jeune homme a simplement rétorqué : « C'est logique, c'est tout. » Il se dit qu'il ferait un excellent mentaliste, mais est-ce vraiment un cadeau ? Alors qu'il continue à regarder Paul qui entre à toute vitesse les données, il voit sur ses traits, dans ses attitudes, dans sa respiration trop rapide le chagrin du garçon mais aussi, au-delà de cette peine, une angoisse terrifiante. Il y a autre chose que la mort de sa mère, quelque chose de plus sombre, quelque chose que Clara ne lui a pas révélé. Il se promet de lui demander. D'un seul coup, Paul se retourne vers eux et annonce avec sérieux :

— Madame, messieurs, c'est parti !

Il ne faut pas plus de trois minutes à Nostradamus pour que les premiers contours du visage apparaissent sur l'écran et, quelques instants plus tard, c'est un portrait parfait que l'ordinateur leur propose. Celui d'un homme entre trente et trente-cinq ans, la mâchoire carrée, le regard dur, les cheveux coupés en brosse, avec une cicatrice qui part de son œil gauche pour rejoindre le lobe de son oreille. Un visage que l'on n'oublie pas, tout droit sorti d'un film d'action américain, celui d'un personnage qui pourrait être bon ou mauvais en fonction de l'humeur du scénariste. Celui-là a apparemment décidé d'être du côté des méchants. Flair le reconnaît immédiatement. Il n'a pourtant vu ses traits qu'une fraction de seconde, après l'attaque de Saint-Germain-en-Laye, au moment où, remontant dans l'hélicoptère avec la force d'intervention à laquelle le ministre Phallard lui avait donné accès, le type avait retiré sa cagoule noire.

52

Je m'appelle Axelle, j'ai vingt et un ans, et j'ai envie de tuer…

Combien de nuits, combien de temps j'ai déjà dû passer ici comme une bête, enchaînée, humiliée, salie… Mais c'est fini ! Maintenant je l'attends, ce salopard, il ne va plus tarder. Je me suis mise juste derrière la porte, contre le mur. J'ai la plaque de métal dans la main et je m'imagine déjà en train de lui exploser le crâne. Est-ce que je vais avoir peur ? Je ne crois pas. Je sens déjà l'adrénaline qui coule dans mes veines, mon cœur qui s'accélère, mes muscles qui se durcissent. C'est que j'en ai fait, des putains de pompes, seule, dans la poussière et l'odeur de merde de cette prison. Malgré la douleur, malgré cette boule de plastique qui m'empêche de respirer, en dépit des souffrances de ma main amputée de mon petit doigt. Cette douleur est la plus insupportable qu'il m'ait été donné de ressentir durant ma petite vie de jeune femme presque sans histoire. Je fais partie de la génération Y, il paraît. Des jeunes instables, insatisfaits, pleins d'idéaux dans le cœur et dans la tête, des trucs complètement incompatibles avec le monde réel. Je ne sais pas si c'est vrai, toutes ces conneries, et je crois qu'après cette expérience l'insouciance est un concept qui ne fera plus partie de ma vie. Si je m'en sors… Je tremble sur mes jambes, je sens toutes ces petites brûlures et tous ces tiraillements infligés par les dizaines de coupures, plus ou moins profondes, que ce taré me fait pour pouvoir se répandre sur moi. J'ai beau me laver, désinfecter mes blessures, je ne pourrai jamais nettoyer mon corps et mon cerveau de toute cette salissure. Qu'est-ce que ce type peut bien avoir dans la tête ? J'ai conscience que les tarés existent, j'en fréquente un. Mais comment peut-il avoir du plaisir à torturer un être humain ? Et moi, est-ce que je ressentirai du remords quand je vais lui défoncer la gueule ? Je crois bien que non, et est-ce qu'alors je serai pareille que lui ? Je ne crois pas et je m'en fous. S'il faut que je lui arrache les yeux pour m'échapper, je le ferai. Sans problème.

Au début, j'ai essayé de lui parler, quand il m'enlevait ma laisse pour manger. Je n'ai rien vu dans son regard, pas l'ombre d'un intérêt pour moi, pour ce que je pouvais ressentir, pour ce que j'étais. Je n'ai récolté que des coups, de la violence et des cris. Je ne suis qu'un objet, un défouloir fantasmatique qu'il faut bien nourrir et soigner pour pouvoir en jouir et qui ne doit pas parler. Est-ce qu'un godemiché a des états d'âme, est-ce qu'une poupée gonflable fait des rêves ? Je resserre mes mains sur cette plaque. J'ai mis des jours à la desceller. Grâce à mon petit outil de métal j'ai gratté les pierres de ce mur avec une patience infinie jusqu'à découvrir la première vis. Je me souviens de la joie sauvage que j'ai ressentie quand je me suis aperçue que ça pouvait marcher. Que ça allait marcher ! Et de la crainte immense, abyssale, qu'il découvre mon ouvrage. Je refaisais tous les jours une sorte de pâte avec la terre que je ramassais sur le sol et les minuscules morceaux de pierre que j'avais arrachés à la paroi. J'ai utilisé ma propre urine pour confectionner ce mortier de fortune. Et je priais chaque fois qu'il venait pour que cette mixture ne se décolle pas en quelques fragments ridicules si par malheur je venais à tirer sur la chaîne afin de rendre ses assauts moins pénibles. Je ressentais alors, en plus des douleurs produites par sa barbarie, la terrible angoisse de voir mes projets réduits à néant. C'est ce matin que j'ai réussi à arracher le morceau de métal à son minéral nourricier. Comme une mauvaise dent qui n'est plus retenue que par quelques chairs, elle n'était plus fixée que par une seule vis. Ça a été presque trop facile. Je me suis assise sur le côté et j'ai tiré de toutes mes forces sur la chaîne. À la deuxième tentative, elle s'est détachée du mur. D'un seul coup. Je me suis retrouvée allongée par terre. Et je me suis mise à rire et à pleurer, comme si j'étais déjà délivrée. Comme si ma vie allait pouvoir continuer normalement. Comme si j'allais de nouveau pouvoir aller au restaurant, au cinéma, comme si le soir même j'allais pouvoir embrasser ma mère. Au bout de plusieurs minutes je me suis reprise. J'ai respiré profondément et j'ai réfléchi avec une intensité de malade. J'ai répété dans ma tête les mouvements que j'allais faire. Il ouvre la porte et s'avance avec lenteur comme il le fait chaque fois. Là, il ne me verra pas. Je ne dois pas lui laisser le temps de réagir. Moi, si j'étais à sa place, je regarderais tout de suite sur le côté, je me reculerais, je refermerais la porte. Mais moi je ne suis pas un psychopathe… Je ne dois même pas lui laisser une seconde la possibilité de m'échapper. Dès que la porte sera ouverte, je dois frapper. Vite et fort. Et puis courir, le plus rapidement possible, sans me retourner. Je ne vais pas savoir où je suis, mais nous sommes encore à Paris, ou dans sa très proche banlieue. Je vais forcément croiser quelqu'un, c'est certain… Mon Dieu, faites que je croise quelqu'un !

La porte s'est ouverte et rien ne s'est passé comme prévu. Je donne un coup, le plus fort possible. Je concentre toute mon énergie, toute ma haine et toute ma peur dans ce morceau de métal. Il est bien plus rapide que je ne m'y attendais. Cette espèce de monstre à sang froid se met à ressembler à un serpent. Il se recule brusquement et avec mon arme improvisée je frappe l'épaule au lieu de l'atteindre à la tête. Le choc est tout de même violent. J'entends un cri sourd et comme un craquement de bois sec. Je pousse la masse de ce corps haï et je sens sa main qui essaie de me retenir, de s'accrocher à mes cheveux. Je me débats et, dans une sorte de spasme de survie, j'arrive à m'arracher à ses griffes. Je cours, je cours à perdre haleine avec ma chaîne dans les mains et cette boule dans ma bouche qui m'empêche de respirer. Il fait déjà sombre. Je vois des choses en quittant ma prison, comme dans un film en accéléré. D'abord des briques rouges, un mur de briques, et puis plus loin je longe des box avec des portes, des dizaines de portes identiques, on dirait des garages. J'ai les yeux pleins de larmes et j'ai du mal à distinguer quoi que ce soit sauf des lumières mouvantes, au loin. Ce sont des phares, j'en suis certaine, je me précipite vers eux, je mobilise toutes mes forces, toute mon énergie pour les rejoindre. Si je croise une voiture je sais que je pourrai me jeter sous ses roues, tout faire pour qu'elle s'arrête, pour que mon cauchemar prenne fin. Je n'ai jamais été aussi effrayée de ma vie. C'est comme dans un mauvais rêve d'enfant, quand on croit qu'on est poursuivi par le loup. Et moi, le loup, je le connais bien. Je sais qu'il existe et qu'il fait mal. Je ne suis plus qu'à cent mètres du grand carrefour où les véhicules se croisent comme si de rien n'était. Comme si une fille de vingt et un ans n'était pas en train de courir à moitié nue avec une muselière et une chaîne pour sauver sa vie. Plus que trente mètres, trente mètres et je pourrai surgir devant le premier automobiliste que je croiserai, comme une vision échappée des enfers. Alors il s'arrêtera, descendra de sa voiture et m'emportera loin du monstre. En sécurité.

Quelque chose me fauche les jambes et je m'écroule sur le sol en me cognant lourdement la tête. Je regarde à nouveau les phares qui jouent leur petit ballet sur le grand rond-point. Je distingue les visages des gens qui se trouvent à l'intérieur mais eux ne peuvent pas me voir. Le premier coup est porté dans mes côtes et j'ai immédiatement le souffle coupé. J'ai envie de vomir, je ne veux surtout pas le faire. J'arrive à me retourner et je le vois. Il est penché au-dessus de moi et, pour une fois, ses yeux expriment quelque chose. Une haine terrifiante, une colère de titan. Il lève son poing et je sais que je vais sombrer et me retrouver là-bas. À ce moment précis, j'ai envie que le coup qu'il va me porter me tue.

Je m'appelle Axelle, j'ai vingt et un ans, et je voudrais que quelqu'un me fasse mourir.

53

Marc Chameroy ne sait pas s'il a vraiment fait le bon choix en réunissant cette équipe hétéroclite. En la contemplant, il a l'impression désagréable d'être comme le bon docteur Frankenstein et d'avoir créé un monstre. Il a décidé de réunir tout le monde ce matin, à une heure indécente. Le soleil est à peine levé mais lui fait déjà preuve d'une redoutable énergie.

— On a de quoi faire tomber Phallard et je peux vous garantir que nous allons le coincer. J'ai déjà prévenu le Premier ministre. Inutile de vous dire qu'il avait l'air plutôt satisfait de pouvoir stopper la course de son principal concurrent pour l'Élysée. Il ne s'en sortira pas, Dubois, je vous le garantis. L'assassinat de Michaud ne restera pas impuni, vous avez ma parole.

L'inspecteur général hoche la tête. Flair, qui ne cesse de le regarder depuis qu'ils sont entrés avec Clara dans le bureau du chef de la police judiciaire, perçoit aussi sa colère et sa frustration. Tout dans son attitude démontre qu'il ne croit pas autant que Chameroy à l'inéluctabilité de la justice face au pouvoir. Rémi Dubois est un homme au désespoir et le psychiatre pense qu'il est le premier surpris par l’ampleur de son chagrin et de son indignation. Pouvait-il vraiment imaginer que sa proximité avec Michaud et les épreuves traversées ensemble n’avaient pas créé un lien profond ? En tout cas, il devait le croire. Jusqu’à ce qu’il contemple le corps blanc et nu de son ami immergé dans cette baignoire de sang. Personne n’avait vu la larme qu’il avait laissée échapper en sortant de la salle de bains. Même lui, pendant une seconde, s’était demandé ce que cette goutte de liquide lacrymal venait faire sur sa joue.

— L’affaire du financement de la campagne de Phallard est connexe à notre dossier d’homicides en série. Même si, par le plus grand des hasards, elle est venue le percuter de plein fouet. Et là, nous avons un cinquième cadavre. Maelys Ferrer, vingt-neuf ans, commerciale. On a retrouvé son corps dans la chambre d’un hôtel une étoile paumé, en grande banlieue. Le genre d’établissement dans lequel on descend quand on est vraiment crevé et qu’on n’a rien trouvé d’autre. C’est le gardien qui a prévenu la police. Il n’a rien entendu, il dit qu’il dormait. Les flics ont indiqué que le gars puait toujours la vinasse à 10 heures du matin… Ses deux chiens, deux vieux bâtards obèses, ont été tués. Même mode opératoire pour la victime principale. La fille a été découpée, son bas-ventre ravagé, et on lui a sectionné le bras droit. Le bras gauche n’est pas amputé mais il manque un doigt à la main. Et la mauvaise nouvelle du jour c’est que les journalistes ont flairé le sang. J’ai déjà les titres de certains grands quotidiens de demain et je sais que, si on n’a pas de piste rapidement, des têtes vont tomber. La mienne en premier. Vous me direz, ça n’est pas si grave pourvu que mon successeur arrive à coincer ce fumier, mais j'en doute… Qu'est-ce qu'on a ?

Clara regarde Flair et Dubois, qui ne sont pas décidés à prendre la parole. Elle se lance.

— On a son ADN mais il ne correspond à aucune des empreintes génétiques du fichier national. On a dressé un profil type : frustration sexuelle, monomanie sur les femmes blanches entre vingt et trente ans, toutes très jolies. Et il y a aussi cette fureur, cette manière de massacrer ses victimes. On ne sait pas d'où vient une telle colère. Son enfance, sa mère ? On pense qu'il vit seul, qu'il a entre quarante et cinquante ans. Au regard des endroits où ont eu lieu les homicides, on imagine qu'il doit habiter à Paris ou dans la banlieue ouest… Bref, on n'a pas grand-chose.

Marc Chameroy jette un coup d'œil vers Nicolas Flair. S'il est allé le chercher, c'est qu'il attend de lui plus que de simples suppositions.

— Je dois avouer que je suis perdu dans cette affaire, Marc. Je ne crois pas que ce soit seulement de la frustration ou de la colère… Je crois que cet homme a peur, une peur panique, dévastatrice. Cette violence, cette force qu'il doit mobiliser pour mutiler ses victimes, cette manière qu'il a de quitter les scènes de crime de manière précipitée, en laissant des portes ouvertes, fracassant des meubles sur son passage… Ce type a eu la frousse, Marc, il a vu quelque chose qui l'a littéralement terrorisé.

Le chef de la police judiciaire se lève et s'éloigne de son bureau pour regarder par la baie vitrée qui offre une large vue sur les Batignolles. Il soupire.

— Et Nostradamus ?

— Vous ne pensez pas que c'est trop tôt pour l'utiliser sur ce dossier ?

— Mais non, faites-le, Clara, qu'est-ce que vous attendez ? On dira aux journalistes que c'est grâce au témoignage de la victime rescapée que l'on a pu dresser ce portrait. On y ajoutera une couche d'ADN et une bonne dose d'informatique high-tech et ça leur suffira bien comme explication. Dès que vous l'aurez, je veux qu'on placarde ce portrait dans tout Paris et qu'on le diffuse aux journaux de 20 heures ! Exécution !

Lorsqu'ils quittent le bâtiment ultramoderne du 36 rue du Bastion – à défaut de rester quai des Orfèvres, le numéro de rue a pu être conservé –, les deux hommes et Clara se dirigent vers leurs voitures.

— Bon, je file au labo faire tourner la machine, dit Clara. Je vous emmène ?

Nicolas Flair accepte, d'un signe de tête. Dubois reste en retrait.

— Allez-y tous les deux, moi je voudrais passer chez Michel, commencer à régler deux, trois choses. Il n'avait pas de famille, je vais essayer de gérer, je le lui dois bien.

Nicolas sait que l'inspecteur général Dubois ne va certainement pas faire que ça. Il le sent, il le voit dans son regard fuyant et dans cette attitude déterminée qui indique d'autres cibles, plus immédiates.

— Dubois, pas de conneries. Laissez tomber Phallard, pour l'instant. Il ne pourra pas s'en sortir. On a trop de choses sur lui.

Sans répondre, Rémi Dubois se dirige vers sa voiture et lui adresse un petit signe de la main avant d'ouvrir sa portière. Un signe qui pourrait tout aussi bien dire « ne vous inquiétez pas » que « mêlez-vous de vos affaires ». Et Flair penche furieusement pour la deuxième option. Lorsque le psychiatre grimpe dans la voiture de Clara, il se masse les tempes quelques secondes avant de lui adresser la parole.

— Envoyez une protection pour Phallard, je pense que notre ami est tout à fait capable de faire une bêtise… Et il y a autre chose, Clara. Qu'avez-vous appris sur le père de Paul ? Je dois savoir ce qui rend ce garçon aussi fébrile.

Clara soupire. De toute façon, il va finir par l'apprendre puisqu'elle a mis les collègues de la PJ sur l'affaire. Elle veut de toutes ses forces protéger Paul, le protéger du regard des autres, des jugements. Fils d'un assassin pervers et persuadé d'être responsable de la mort de sa mère, il va devoir, elle le sait, affronter bien des tourments. Alors, elle commence à raconter toute l'histoire à Flair. Après tout, ce type surprenant pourra peut-être aider Paul. En repensant au jeune homme, elle se dit qu'elle devrait appeler sa propre mère. Et puis, en un instant, elle balaie cette idée. « Qu'elle souffre donc, jamais elle n'endurera ce que moi, j'ai dû affronter », pense-t-elle. Pourtant, elle ressent une sourde angoisse quand lui revient à la mémoire la dernière image de sa mère, prostrée et sanglotant sur la photo de son père.

54

Basile s'est réveillé le corps perclus de douleur avec, comme toujours, cette fatigue immense, incommensurable… Il a posé la caméra sur la table du salon. Il ne veut pas, ne peut pas encore regarder ce qu'il a filmé. Il s'est assis sur la chaise en bois et a observé le minuscule cube métallique, paralysé à la perspective de découvrir la réalité de ses nuits et ce que ses cauchemars ont pu faire de lui. Il regarde l'horloge murale. Il est presque 18 heures et cela fait déjà quatre heures qu'il s'est levé. Il va bien falloir qu'il finisse par connecter cette foutue GoPro… D'abord, il veut se remettre en prise avec le réel, discuter avec le seul être humain qui le considère comme un homme normal. Pour l'instant… Il se lève, enfile son sweat-shirt Abercrombie & Fitch, l'un des derniers cadeaux de son ex-femme, et va se passer de l'eau sur le visage dans la salle de bains. Il en sort sans même avoir regardé son reflet dans la glace. Il sait trop ce qu'il y a à voir. La tête d'un homme qui vit un cauchemar éveillé depuis des mois et des mois. Des yeux cernés, une peau de parchemin, des lèvres fendillées et des rides profondes pleines d'amertume et de tristesse.

Il arrive à la station en même temps qu'Ali. Ce dernier a une démarche lourde, presque empruntée. Il n'affiche pas son sourire habituel en découvrant son plus fidèle et plus étrange client.

— Salut, Ali, comment ça va ? Tu n'as pas l'air très en forme, on dirait que tu as un souci avec ton dos ? Fais gaffe, ça commence comme ça, les douleurs de vieux.

Basile s'est forcé pour faire de l'humour et il doit avouer que ce n'est pas très réussi. D'ailleurs, son ami n'est pas très sensible à sa plaisanterie.

— Ouais, ben venant d'un mec qu'a ta tête, Baz, ça fait marrer. C'est vraiment l'hôpital qui se fout de la charité. On dirait que t'as deux cents ans, man, tu ressembles à un putain de vampire, la vérité. Faut que tu fasses un truc, là. Vas-y, aide-moi plutôt à porter ces cartons, là-bas. J'ai bricolé hier et je me suis niqué le dos. Un truc à la con, je te jure, je me suis fait tomber une putain de caisse à outils sur l'épaule. J'espère que j'ai rien de pété… Bon, tu veux une bière, Baz ?

Basile refuse, dans son état la moindre gorgée d'alcool ferait l'effet d'une bombe. Il finit de rapporter le dernier carton et s'assoit sur le frigo des sandwichs.

— Je me demandais une chose, Ali. Ça te vient d'où, cette passion pour les faits divers, tous ces trucs atroces que tu lis à longueur de journée ? Tous tes sites plus terrifiants les uns que les autres ?

Le pompiste le regarde en biais. Il réfléchit quelques secondes puis répond d'une voix sourde :

— Faut que t'arrête de fréquenter des psys, Baz, tu deviens comme eux, à poser des questions à la con… Tu veux savoir quoi, hein ? Si ma mère elle m'empêchait de voir des filles, si elle se foutait tout le temps de ma gueule, si elle m'humiliait devant mes potes ? Tu veux que je te dise que mon père la tabassait et qu'il s'amusait à me torturer avant d'aller baiser ma sœur, ou des trucs comme ça ? C'est ça que tu veux entendre ?

Basile l'a rarement vu dans cet état. Plongé dans une sorte d'excitation qui confine à la colère. Il trouve plus prudent de faire marche arrière.

— Excuse-moi, Ali, tu as raison, je vois trop de médecins… C'est qu'avec tous ces meurtres, là, tu sais, ça ressemble tellement à mes propres cauchemars. Et je comprends aussi ce que tout ça a de… de fascinant. Allez, oublie, je vais remonter chez moi. J'ai un truc important à faire.

Alors qu'il s'apprête à quitter la station-essence, son ami l'interpelle.

— Attends, Baz… Tu sais, y a des trucs que je ne préfère pas trop raconter. J'ai pas trop envie, tu vois. Des trucs que les gens pourraient pas comprendre. Tu vois ce que je veux dire, toi. Tu le sais parce qu'il t'arrive aussi des trucs bizarres. C'est pour ça qu'on s'entend bien tous les deux, non ?

— C'est vrai, Ali, la vie est pleine de choses étranges, autant essayer de les affronter… C'est d'ailleurs ce que je m'apprête à faire. Allez, bonne soirée.

En le regardant s'en aller, le gérant de la station se dit que la prochaine fois, peut-être, il pourra lui dire ce qu'il ressent vraiment en lisant toutes ces histoires… Oui, la prochaine fois il pourra lui expliquer. Là, c'est trop tôt. Il ne doit pas encore tout lui raconter.

Basile a branché la GoPro sur sa tablette. Il regarde la vidéo depuis déjà quelques minutes et son visage s'est littéralement décomposé.

Après avoir récupéré le grand poignard scotché sous son évier, il est d'abord allé directement dans son box, à quelques centaines de mètres de son appartement. Un endroit où il croyait n'avoir plus remis les pieds depuis son divorce. Il n'arrive pas à y croire. Il a vu aussi l'étrange petite maison, ou plutôt l'espèce de remise en briques rouges avec sa porte métallique. Celle qui se trouve juste avant d'arriver à l'immense série de box alignés dans la pénombre. Il les connaît ces briques, il les a vues dans chacun de ses cauchemars et il a ressenti de la douleur, de la peur en passant devant cette porte… Lorsqu'il se regarde ouvrir le coffre de sa voiture, les premiers frissons parcourent tout son corps. Il voit l'étrange combinaison de plastique couverte de taches sombres, le pistolet électrique, et puis sa main qui pose le poignard avec délicatesse à côté des dizaines de bouteilles d'eau qui jonchent la malle du véhicule. De sa vieille Alpine Renault qu'il croyait avoir abandonnée. Ensuite, c'est la route… Il contemple avec stupéfaction cette errance sans but, ces échangeurs, ces nationales, ces lueurs qui passent, ces feux qui croisent son regard. La caméra est fixe, elle ne tremble pas. Lorsqu'il s'arrête enfin devant le petit hôtel miteux, Basile n'a aucune idée de l'endroit où il se trouve. Et puis l'autre voiture arrive…

Quand le film s'arrête enfin, le visage de Basile est celui d'un mort. Des larmes recouvrent ses joues. Pendant qu'il regardait ça, ses propres cris de terreur n'ont pas réussi à couvrir les hurlements de la fille qu'il s'est vu massacrer cette nuit. Il observe quelques instants ses mains tremblantes puis se saisit de la tablette et la balance contre le mur avant de se précipiter dans la cuisine et de vomir dans l'évier. Son corps est secoué de hoquets pathétiques. Il voudrait pouvoir expulser toutes les horreurs qu'il vient de voir, toutes ces choses immondes qu'il a faites. Il voudrait les voir s'écouler dans ce bac en inox et disparaître à travers l'évacuation. Mais elles sont ancrées pour toujours dans son esprit et elles ont souillé son âme à jamais. Lorsqu'il referme enfin la porte de la salle de bains, il sait exactement ce qu'il va devoir faire. Il espère seulement en avoir encore la force et le courage. Il retourne dans le salon, s'assoit sur le canapé et regarde la petite caméra. Il se prend la tête dans les mains puis se met à pleurer en de longs sanglots déchirants.

55

— Tu es sûr que tu as bien entré toutes les informations dans ta bécane ? On peut réessayer, non ?

Paul fait pivoter son fauteuil vers Clara. Son visage est marqué par les tensions et les drames qu'il a vécus ces dernières vingt-quatre heures. Cela lui donne un air étrange, comme s'il portait un masque de cire, comme s'il avait décidé de ne plus rien laisser paraître, sans véritablement y parvenir.

— C'est moi qui l'ai conçu, ce programme, Clara… Tout a été fait correctement, je ne sais pas ce qui se passe… Pas encore.

Nicolas Flair et l'ingénieur de la police scientifique observent l'immense écran sur lequel le kaléidoscope de couleurs et de formes a cessé de bouger. Chacune des vagues qui en balayaient la surface, censée composer de plus en plus finement les traits du coupable, n'a fait qu'ajouter à la confusion et au chaos. Ils regardent, consternés, les contours d'un visage qui, d'abord précis, se sont finalement fondus dans un magma indescriptible. Le jeune homme se met à pianoter à une vitesse hallucinante sur le clavier. La toile surréaliste qui s'affichait un instant plus tôt s'est effacée pour faire place à des lignes de codes qui passent sur l'écran à toute vitesse. D'un seul coup, le défilement s'accélère. Et puis, soudain, tout se fige.

— Ça y est, je le tiens ! Je ne sais pas comment c'est arrivé, on dirait qu'il y a eu un conflit entre deux informations contradictoires… Je vais le reprogrammer. Ça risque de prendre un moment… Clara, tu ne voudrais pas promener Ram ? Je n'ai pas eu le temps de le sortir. Il va finir par devenir fou s'il reste enfermé… S'il te plaît.

Clara hésite, pas seulement parce que la perspective de se coltiner ce gros patapouf de Ram et d'attendre qu'il compisse allégrement la moitié des arbres du parc ne l'enchante guère, mais aussi parce qu'elle n'a pas envie de laisser à nouveau Paul. Elle est en train de chercher désespérément une excuse valable quand Nicolas Flair s'approche d'elle et lui prend le bras.

— Paul a raison ! Sortons donc ce chien, ça nous fera du bien de marcher. Et je ne vois pas vraiment, pour ma part, ce que je pourrais apporter comme aide dans ce problème informatique. J'ai déjà du mal à me servir correctement de mon téléphone…

La jeune femme le regarde en fronçant les sourcils mais le sourire du psychiatre la rassure.

— Vous ne connaissez pas ce chien, lui chuchote-t-elle en allant ouvrir la porte de la chambre.

Aussitôt, Ram se précipite dans la grande salle en exécutant de lourds et minuscules bonds, son ventre ne s'éloignant que d'un ou deux centimètres du sol. Voyant Clara, il s'éloigne prudemment pour se jeter sur Flair, dont il commence à lécher le pantalon de sa gigantesque et interminable langue rose.

— Qu'est-ce que je vous avais dit… Venez, sortons

avant que Ram ne vous ait transformé en un triste pantin de bave.

Dès qu'il est dehors, le chien se met à fouiner dans chaque bosquet et chaque recoin du parc.

— Ne vous inquiétez pas, Clara, Paul est un garçon étonnant… Et fort. J'ai pu discuter avec lui tout à l'heure, pendant que vous prépariez les éléments pour Nostradamus. Il gère ses émotions avec une maturité surprenante. Bien plus que moi… ou vous ne serions capables de le faire. C'est souvent l'apanage des gens comme lui. Ils arrivent à faire en sorte que leur immense intelligence prenne le contrôle de leurs émotions.

Clara secoue la tête de droite à gauche.

— Oui, mais là, en matière d'émotions, on est quand même largement au-dessus de la limite raisonnable. Je vous rappelle que sa mère s'est suicidée et qu'il vient d'apprendre que son père n'était pas tout à fait, pour employer un euphémisme, à l'image de ce qu'il se représentait…

— Nos parents ne sont jamais tout à fait à l'image de ce que l'on voudrait qu'ils soient, n'est-ce pas, Clara ? Nous apprenons tous à vivre avec ces écarts et ces désillusions.

— Oui, enfin, entre s'apercevoir que ses parents ne sont pas tout à fait des êtres parfaits ou qu'il leur arrive de mentir et découvrir que son petit papa chéri était un assassin, il y a un monde, non ?

Nicolas ne répond pas. Il regarde le chien se battre en vain avec les feuilles qui tourbillonnent sur les chemins de gravier du parc du laboratoire. Bien sûr qu'il y a une différence… Cependant il a bien observé Paul et il est persuadé que le garçon a déjà intégré toutes ces informations, qu'il les stocke et les gère comme il le ferait de mégadonnées sur un disque dur.

— Regardez Ram, Clara… J'envie souvent cette belle insouciance animale. Cette capacité d'oubli immédiat, cette disposition incroyable à renaître, à repartir de zéro, au quotidien. À pouvoir tout recommencer… La mémoire, Clara, la mémoire, la culpabilité et le besoin de vengeance. Voilà bien trois maux dont l'humanité gagnerait à se passer. C'est un combat difficile et bien peu d'entre nous remportent la bataille. On croit la gagner mais la vengeance, souvent, ne fait que raviver les souvenirs et renforcer notre culpabilité. Quant à la mémoire, plus on la recouvre et plus notre sentiment de responsabilité et notre désir de châtiment s'accroissent… Et vous, Clara, vous pensez vraiment que la vérité est toujours le chemin de la sérénité ? Vous croyez vraiment que le fait de tout savoir de votre passé vous apportera plus de quiétude ? Est-ce que vous vous sentez mieux, aujourd'hui ?

La femme regarde Flair avec stupéfaction. Comment ce type peut-il avoir compris aussi rapidement ce qu'elle vient de traverser ? Elle n'en a parlé qu'à Paul, et le psychiatre n'a pu discuter avec le jeune garçon qu'une dizaine de minutes tout au plus. Elle ne sait pas si elle doit se méfier de cet homme ou, au contraire, faire confiance à sa formidable capacité à disséquer l'âme humaine. Pour l'instant, elle commence à avoir froid et son inquiétude pour Paul ne s'est pas évanouie.

— Vous recrutez de nouveaux patients, Nicolas ?

Votre chiffre d'affaires est en baisse, c'est ça ? Venez, rentrons. Et n'oubliez pas votre nouvel ami.

Elle a prononcé cette phrase sans animosité. D'ailleurs, après avoir récupéré Ram, Nicolas vient lui prendre le bras.

— Non, mon cabinet ne désemplit pas et, hélas, je refuse de nouveaux patients tous les jours. Mais si vous, vous me le demandiez, je ferais une exception.

Clara observe le visage avenant et souriant de Flair. Il y a dans cette proposition une bienveillance charmante qui la touche. Ils se dirigent bras dessus bras dessous vers le labo.

Lorsqu'ils entrent dans la grande pièce, ils retrouvent le jeune homme exactement dans la même position que celle dans laquelle ils l'ont laissé. Assis devant son ordinateur, les yeux fixés sur l'écran. Pourtant, il y a dans son regard une expression qui n'y était pas lorsqu'ils l'ont quitté. Une expression que Flair identifie immédiatement. Il lit de l'incrédulité et une véritable panique sur ses traits immobiles. Clara s'avance vers lui.

— Qu'est-ce qui se passe, Paul, ça ne va pas ?

Il ne répond pas et Clara tourne vers elle l'écran de l'ordinateur. Sur la grande surface de verre apparaît un visage parfait, comme une photographie. Celle d'un homme d'une cinquantaine d'années, le cheveu rare, les yeux marqués et le regard vide. Elle fixe quelques instants cette image et puis, de manière d'abord presque imperceptible, elle observe de légères transformations. La peau commence à se tendre, les cheveux repoussent, le regard se fait plus clair, plus vif, la bouche est plus charnue, les pommettes saillantes. C'est le visage d'un autre homme que Nostradamus vient de créer. Incrédule, elle se tourne vers Paul, attendant une explication. Il la regarde puis, de nouveau, il fixe l'écran sur lequel les traits recommencent à se transformer pour revenir au premier visage.

— Cet homme, Clara, cet homme-là… C'est mon père !

56

Dubois est arrivé devant l'hôtel particulier depuis déjà cinq minutes. Assis dans sa voiture, il regarde le revolver qu'il est passé récupérer chez lui. Une arme héritée de son père, l'arme anonyme, idéale. L'immense écran de la Tesla s'illumine. Il regarde qui essaie de le joindre. C'est Chameroy, le chef de la PJ. Il ne décroche pas et attend que la messagerie se mette en route.

— Dubois, faites pas le con, Clara m'a dit que vous aviez décidé de vous rendre chez Phallard. Je vous l'interdis, vous m'entendez, vous ne bougez pas une oreille ! Je fais envoyer une équipe pour interpeller Phallard. On agit dans les règles, Dubois !

Sortant de son véhicule, l'inspecteur général se dirige d'un pas tranquille vers le porche de la résidence du ministre. Il a encore du temps. Il repense à ce que lui disait souvent Michaud, la clope au bec et le regard désabusé : « Suivre les règles, c'est donner trop de chances aux méchants. Eux, tu sais bien qu'ils n'en ont plus, de règles, depuis bien longtemps. » C'était la marque du bon sens et de l'efficacité de Michel, qui avait fait de cette absence de règles et de contraintes un principe de vie. En repensant à son compagnon, il sent son cœur se serrer, et c'est d'un doigt rageur qu'il appuie sur la sonnette de cuivre. Lorsque la porte s'ouvre, il repousse fermement l'homme élégant en costume sombre qui se tient devant lui en lui intimant l'ordre de se taire.

— Dubois, police. Où est le ministre ? Accompagnez-moi, et en silence !

Cette fois-ci, le domestique n'annonce personne. Il n'en a pas le temps. Dubois l'écarte et pénètre dans l'immense pièce. Il referme la porte et se dirige tout de suite vers le bureau derrière lequel apparaît l'immense silhouette du ministre, debout dans un halo dense et lourd de fumée de cigare.

— Qui êtes-vous ? Vous croyez vraiment que vous pouvez entrer chez moi comme ça ?

— Je suis l'inspecteur général Rémi Dubois. Je supervise l'enquête sur l'assassinat de votre fille. Et tout le monde sait que vous n'êtes jamais dans votre appartement de fonction, Phallard, et que vous refusez d'avoir une protection à votre domicile personnel. Sans doute pour que l'on ne sache pas qui vous rend visite tard le soir… Il est vrai que vous avez des fréquentations peu recommandables.

Le ministre sort de son écran de fumée et s'approche de l'inspecteur. Il est soulagé d'avoir appris que le type qui vient d'entrer dans son bureau est un flic. Son visage est ravagé de fatigue et de tristesse, on ne peut même plus lui donner d'âge. Pourtant un sourire désabusé étire doucement ses lèvres.

— « Peu recommandables »…

Son rire profond et sourd se transforme bientôt en une toux rauque.

— D'où est-ce que vous sortez, mon vieux ? Vous croyez qu'on fait de la politique entouré de saints et qu'on finance une campagne politique en cassant son PEA ? Qu'est-ce que vous voulez au juste ? J'espère au moins que vous avez du nouveau sur l'assassinat de Constance.

Rémi Dubois a du mal à contenir sa colère devant la suffisance de cet homme.

— Nous avançons… Ce n'est pas pour ça que je suis venu vous voir. Et pour tout vous dire, quel que soit le coupable, cela ne vous exonérera pas de votre propre responsabilité dans la mort de votre fille.

Le ministre recule, comme s'il avait reçu un coup.

— Comment osez-vous venir ici pour tenir des propos aussi grotesques qu'insultants ? Il me suffit d'un seul coup de fil pour vous détruire, Dubois. Dégagez de chez moi !

— Restez calme, Phallard, et écoutez-moi. Nous savons pourquoi votre fille était là-bas, seule dans cette maison. Nous savons aussi pour le financement de vos activités politiques, pour vos petites magouilles avec la mafia russe… Si vous n'aviez pas mêlé votre fille à tout ça, elle ne se serait pas retrouvée face à face avec le tueur.

Phallard s'approche de Dubois et le saisit par les revers de sa veste.

— Vous n'avez pas l'ombre d'une preuve de ce que vous racontez !

L'inspecteur général ne cherche même pas à se dégager. Il soutient le regard du ministre et se met à lui parler avec une étrange douceur.

— Nous avons photographié l'ensemble des documents qui se trouvaient dans la chambre de votre fille.

Nous avons tout. Les numéros de compte, les contacts, les montants… Vous êtes fini, monsieur le ministre. C'est terminé. Mais si je suis venu ici, ce n'est pas uniquement pour vous annoncer votre déchéance. Je tenais aussi à vous dire que l'homme que vous avez fait assassiner s'appelait Michel, Michel Michaud, et que c'était un type formidable. La mort de votre propre fille n'a donc pas suffi à vous faire abandonner vos projets, votre soif de pouvoir… C'est fini, Phallard. En ce moment même nous sommes en train d'arrêter vos hommes pour l'assassinat du capitaine Michaud. Ils diront qu'ils ont agi sur ordre… Sur votre ordre. J'ai eu Chameroy au téléphone, les hommes de la PJ sont en route pour venir vous embarquer. Rien ni personne ne pourra sauver votre peau, ni celle de votre parti politique d'ailleurs. Ce qui n'est pas plus mal si vous voulez mon avis. Adieu, Phallard.

L'inspecteur général Dubois sort de sa poche le petit revolver qu'il a récupéré à son domicile. Le ministre a un mouvement de recul, un geste de crainte. Le policier pointe son arme sur la tête de Phallard. Il savoure un instant la peur à l'état brut qui suinte de tous les pores du corps de sa cible. Puis il pose doucement l'arme sur le bureau, en tournant la crosse vers son interlocuteur. Alors qu'il s'apprête à quitter la pièce, l'homme politique se saisit du revolver et le pointe vers Dubois, qui se retourne un bref instant avant de franchir la porte.

— Vous vous trompez de cible, mon vieux. Et puis me tirer dans le dos… Dans votre situation et eu égard à votre position, vous pourriez faire preuve de plus de panache.

Il referme la porte et commence à descendre le

grand escalier de marbre. C'est à l'avant-dernière marche que claque la détonation qui résonne dans tout le vaste hall. Bousculant Dubois, le domestique se rue vers le premier étage. Lorsque l'inspecteur général quitte l'hôtel particulier, il lève les yeux vers le ciel et adresse un petit geste aux nuages. L'instant d'après, il regarde le cadran de sa grande Reverso. Avec un peu de chance, il pourra grignoter un morceau chez son ami Pasquier.

57

Basile ouvre les yeux. De faibles rayons de soleil entrent dans le salon. Certains d'entre eux viennent jouer sur les débris de la console qu'il a pulvérisée la veille. Il a dû sombrer d'un seul coup, assis sur son canapé. Curieusement, il ne se souvient pas d'avoir rêvé. C'est la première fois depuis des années qu'il a l'impression d'avoir… dormi. Et puis les souvenirs de la vidéo envahissent son esprit, les hurlements de la fille, l'acier de la lame qui plonge dans les chairs, et tout ce sang. Il se lève et attrape son blouson avant de quitter l'appartement. Il sait où il doit d'abord se rendre. Il marche d'un pas vif et un vent frais lui gifle le visage. Pourtant les cris le poursuivent. Il a bien conscience que, désormais, ces visions d'horreur l'accompagneront le jour comme la nuit. Avec cette terrible et atroce certitude qu'il ne s'agit plus de constructions oniriques, que les souffrances et les hurlements sont réels et que c'est lui et lui seul qui les inflige et les provoque.

Il a dû marcher à peine un kilomètre, s'enfonçant dans cette ancienne zone industrielle, sorte de friche abandonnée depuis des années et sur laquelle les promoteurs n'ont pas encore réussi à mettre la main. Il aperçoit déjà la longue rangée de box où il croyait avoir laissé à jamais sa voiture. Et puis, à quelques pas, la petite réserve rouge, cube de briques sans fenêtre muni d'une porte métallique. Celle qui lui apparaît à chacun de ses cauchemars, celle devant laquelle il a ressenti de la peur et aussi la présence d'un mal aussi terrible que celui qui l'habite. Il s'en approche avec prudence, touche le métal froid. Il ne ressent rien. Comme si la réalité avait réduit à néant sa capacité à voir au-delà des choses apparentes, cette incroyable mobilisation de tous ses sens qui fait de ses cauchemars une expérience sensorielle époustouflante, infiniment traumatisante et interdite. Il frappe sur la porte avec le plat de la main ; il frappe de plus en plus fort. Il colle son oreille contre le battant ; le froid du métal s'infiltre dans sa peau. D'abord il n'entend rien et puis, au bout de longues secondes, il commence à percevoir une plainte, presque imperceptible. Il doit se concentrer, mobiliser toute son attention sur cet infime signe de vie.

— Il y a quelqu'un là-dedans ? Qui est là ?

Il remet sa tête contre le métal et cette fois il en est certain, il perçoit une longue plainte, pleine de souffrance et d'espoir. La porte est verrouillée. Il en secoue la poignée avec tout ce qui lui reste de vigueur et n'arrive qu'à la faire légèrement vaciller. Il regarde autour de lui, s'avance dans le terrain vague derrière les garages. Sa respiration s'accélère et sa poitrine commence à le faire souffrir. Pourtant, il continue, écarte les herbes, soulève les cartons et les lourds morceaux de plastique abandonnés ici depuis tant d'années. C'est au moment où il désespère de trouver quelque chose d'utile à son projet qu'il tombe sur la longue barre de fer. Seule son extrémité émerge du sol, sorte de pieu rouillé et fier se dressant vers le ciel comme le tronc de métal d'un arbre futuriste. Basile s'en saisit et tire dessus. Il arrive à l'extraire de sa gangue de terre. Traînant sa trouvaille, Basile retourne devant le petit baraquement de briques. Il regarde sa montre : il est à peine 7 heures du matin et déjà, au loin, il aperçoit un long et incessant flux de voitures qui sortent du périphérique ou s'y engouffrent. Il réussit facilement à insérer la pointe de son outil de fortune dans l'interstice de la porte pour faire levier. Il commence à appuyer de tout son poids. Au début, rien ne bouge. Soufflant et ahanant comme un animal blessé, Basile reprend son souffle avant de recommencer. Cette fois, il entend très distinctement les nouvelles plaintes qui s'échappent de la petite baraque de briques. Il concentre toute son énergie sur l'extrémité de la barre, poussant avec une force qu'il ne croyait plus pouvoir déployer, sans doute stimulé par les cris étouffés qui lui parviennent sans discontinuer.

La serrure lâche d'un coup, projetant Basile à l'intérieur d'une pièce sombre au sol de pierre. Il ne perçoit l'odeur que lorsqu'il se redresse enfin. Mélange de transpiration, de sang, de merde, effluves entêtants et écœurants de désespoir, de douleur et de mort. Dans le fond de la pièce, il devine une forme humaine. Il actionne l'interrupteur blanc qui se trouve à côté de l'entrée et une lumière crue, brute, vient lui offrir le spectacle hideux de la souffrance et de la détresse. La jeune femme est nue. Une lourde chaîne, fixée à ses deux chevilles, est reliée au plafond et soulève légèrement ses jambes. Ses mains sont retenues au-dessus de sa tête, entravées par une corde, elle-même attachée par un nœud solide à un tuyau de plomb qui parcourt le mur derrière elle. Les jambes et tout le corps de cette fille sont couverts de cicatrices profondes et de plaies desquelles s'échappent des petites rigoles de sang. Basile tend son bras, bredouille des mots qu'il voudrait rassurants. Il fixe les mains de la prisonnière et il ne peut retenir un haut-le-cœur. Tous les doigts de sa main gauche ont été sectionnés et d'atroces petits moignons s'agitent lentement au bout de sa paume tremblante.

— Ne vous inquiétez pas, je m'appelle Basile. Je vais… Je vais appeler la police, les secours, ne vous agitez pas, surtout, vous êtes blessée… Restez calme. C'est fini.

Il caresse maladroitement les cheveux de l'infortunée tout en saisissant son portable dans sa poche. Il capte peu, assez cependant pour contacter les flics. Il tape le 17 sur son écran et s'apprête à appuyer sur « Appel » quand il sent tout le corps de la fille se contracter. Malgré l'atroce boule de plastique introduite dans sa bouche, elle parvient presque à pousser un cri, comme celui d'une bête acculée à la mort. Elle secoue la tête de droite à gauche et des larmes jaillissent de ses yeux exorbités, des yeux qui fixent un point, juste au-dessus de l'épaule de Basile. Il a le temps de voir l'ombre projetée sur le mur. Il sait qu'il n'a qu'une fraction de seconde pour réagir. Il attrape la barre de métal qui se trouve par terre, celle avec laquelle il a réussi à entrer, et il se retourne d'un seul coup, projetant sa lourde lance au moment même où l'ombre immense a dévoré tout le mur et se jette sur lui.

58

— C’est impossible, Paul, ton père est décédé dans l’accident il y a trois ans. Il ne peut pas avoir de relation avec ces meurtres.

Le jeune homme ne répond rien à Clara. Il a les yeux fermés, signe chez lui d’une intense concentration. Nicolas Flair l’observe avec émerveillement. Il a rarement vu une telle capacité de détachement. Paul a laissé ses émotions de côté pour réfléchir à ce mystère. D’un seul coup, il ouvre les yeux et se redresse sur son fauteuil.

— Oui, c’est impossible, sauf que… J’ai trouvé des documents chez ma mère, des documents émanant de l’hôpital dans lequel mon père est décédé. Il était en état de mort cérébrale après le choc, et ils ont prélevé son cœur. Pour une greffe… Tu comprends Clara, ils ont greffé le cœur de mon père sur un autre homme. Tu vois ce que cela signifie ?

Clara regarde le psychiatre, incrédule, attendant sans doute un soutien de sa part.

— Paul… Cela ne signifie rien, scientifiquement, ça ne veut rien dire du tout. C’est un muscle, juste un muscle. Rien que des fibres, des nerfs, des vaisseaux sanguins. C'est absurde, ridicule… C'est comme si on échangeait les pneus de ton fauteuil contre ceux d'Ayrton Senna… Tu n'irais pas plus vite !

Paul s'approche de Clara, il lui prend les mains et la fixe d'une manière si intense qu'elle se sent étrangement mal à l'aise.

— « Absurde » ! Parce que tu crois que le monde est rationnel, Clara ? Tu penses que Nostradamus est logique ? Oui, ce sont des alignements de codes, des algorithmes, de la fibre, des processeurs, des composants électroniques… Et si je t'avais dit qu'un jour il serait capable de faire tout ça, tu ne m'aurais pas cru ! D'ailleurs, tu ne m'as pas cru jusqu'au moment où tu as vu le premier portrait-robot, jusqu'au moment où tu l'as tenu dans tes mains ! Et je vais te dire un truc, Clara, écoute bien… Je ne sais même pas exactement comment il fait ça ! Oui, même moi qui l'ai conçu. C'est comme si, à un moment donné, il avait commencé à apprendre tout seul, à se développer… Oublie ta rationalité et essaie d'imaginer l'impossible. Et tu l'as sous les yeux, l'impossible !

Il pivote et montre tout le labo d'un grand geste. Nicolas Flair a regardé la scène sans rien dire. Il sait lui aussi que la frontière entre la science, la logique et l'irrationnel est bien mince. Il en fait son fonds de commerce, même s'il passe son temps à s'en défendre. Combien de fois a-t-il été dépassé par ses intuitions, fasciné par ses capacités de déduction hors du commun ? Combien de fois n'a-t-il pas cherché à construire une explication logique sur des faits, des événements qui n'en avaient aucune ? Il a admis il y a bien longtemps qu'il resterait toujours des choses à découvrir, à explorer. Alors, pourquoi pas ?

Pourquoi Paul n'aurait-il pas raison ? D'un autre côté, ce garçon si doué, si posé a traversé tant d'épreuves. La découverte de la véritable nature de son père a été un choc dévastateur. Même s'il a affirmé à Clara que l'on pouvait tous apprendre à vivre avec la perte de ses illusions, celle-là était difficile à intégrer. Y compris pour un garçon comme Paul. Est-ce qu'il aurait pu, de manière inconsciente ou non, intégrer dans Nostradamus des bribes de sa propre histoire ? Un peu de la mémoire terrifiante et mortifère de son père ? Au point de le faire apparaître à côté du meurtrier ? Il observe à nouveau le jeune homme. Après son échange avec Clara, il a retrouvé son calme. Il est en train de regarder l'écran sur lequel les deux visages apparaissent alternativement dans un lent et fascinant morphing. Flair le voit soudain commencer à taper sur son clavier avec sa dextérité coutumière. Dans le même temps, il se tourne vers Clara.

— De toute façon, ça ne change rien, ou plutôt si, ça nous arrange.

Clara et Flair restent interdits. Ils ne comprennent pas où le garçon veut en venir.

— On a une photo du tueur, mais elle ne correspond à personne dans les fichiers, pas plus que son ADN, donc la seule chance qu'on ait de l'identifier, c'est par mon père. Et ce sera fait dans… C'est fait !

Accéder aux fichiers de l'hôpital et au registre des dons d'organes a été un vrai jeu d'enfant. Il a ensuite rentré la date du décès, l'identité du donneur, et le nom de la personne vivant aujourd'hui avec le cœur de son père est apparu.

— Il s'appelle Basile, Basile Caplain. J'ai son numéro de Sécurité sociale et sa dernière adresse connue. Vous la voulez ? Ou vous trouvez ça vraiment trop irrationnel ?

Clara a déjà composé le numéro de Marc Chameroy. Elle se saisit de la feuille que lui tend Paul et se met à répéter le nom et l'adresse du suspect tout en enfilant son manteau. Elle quitte le labo seule et court vers sa voiture. À peine entrée, elle tape l'adresse sur le GPS et démarre en faisant crisser ses pneus. Dans la police scientifique, on arrive souvent après la bagarre, alors pour une fois qu'elle a un coup d'avance sur le meurtrier, elle ne veut surtout pas le louper. C'est la deuxième fois en moins de vingt-quatre heures qu'elle utilise son gyrophare et elle savoure le caractère magique de cet accessoire qui lui permet de se rendre en moins de quinze minutes à sa destination. À peine a-t-elle coupé le contact que son téléphone se met à sonner.

— C'est Chameroy. Vous êtes où, bon Dieu ? Flair m'a dit que vous êtes partie comme une fusée avec l'adresse du suspect. Je vous interdis de tenter quoi que ce soit, vous m'entendez, Vandamme ! Vous ne bougez surtout pas. Mes hommes seront là dans quelques minutes.

— Je fais aussi partie des « hommes », monsieur le directeur de la PJ, au cas où cela vous aurait échappé !

Clara raccroche et se dirige vers la station-essence qui jouxte l'entrée du minuscule immeuble de Caplain. Une jeune femme blonde se tient derrière le guichet. Elle lui montre sa carte de police.

— Bonjour, je suis commandant de police. Est-ce que vous connaissez ce monsieur ? (Elle montre le portrait-robot.) Il habite juste à côté, dans l'immeuble. Vous l'avez vu, aujourd'hui ?

La fille mâche son chewing-gum, se gratte la tête et répond d'une voix lente.

— Ben, non… Enfin, oui, je le connais, ce type. Et ouais, il crèche là, et il y a qu'un seul appart habité dans cet immeuble. De toute façon, qui voudrait vivre ici franchement ? C'est au premier, porte de droite. Je l'ai pas vu sortir mais bon, il a des horaires trop chelous. En fait, c'est con, parce que mon collègue il est parti il y a pas une heure, il aurait pu vous dire s'il l'avait vu. En plus, ils sont copains, je crois. Et j'ai pas son numéro…

Elle ne parle pas vite mais elle est bavarde. Enfin, Clara a l'info qu'elle voulait, et, lorsqu'elle arrive devant l'appartement, elle colle son oreille contre le bois mince et la peinture élimée de la porte. C'est quand elle se décide enfin à frapper qu'elle entend le premier cri. Plus qu'un cri, c'est un véritable hurlement qui la terrifie totalement. Elle n'a jamais entendu quelque chose d'aussi violent, d'aussi abominable. Le bruit se poursuit et ne semble pas vouloir s'arrêter. Un frisson glacial parcourt les épaules de Clara. Elle prend une grande inspiration et sort son arme de service tout en se demandant depuis combien de temps elle n'est pas allée au stand de tir. Elle tire un coup de feu dans la serrure, donne un coup de pied dans la porte et entre en hurlant : « Police ! », son arme pointée droit devant elle, comme à l'exercice. Il n'y a personne dans la pièce et le cri a cessé. Elle fait un pas, puis deux, avec prudence, s'avançant vers le couloir. Le second cri la foudroie. Elle se retourne, le visage déformé par l'effroi. En un instant, elle identifie l'origine du hurlement. Il provient de la petite boîte métallique d'une dizaine de centimètres de côté qui est posée sur la table du salon. Elle attrape la caméra et commence à regarder les images, le ventre noué par le dégoût et par la nausée. Elle appuie sur le bouton « Pause » et repose la GoPro. Elle a envie de pleurer. Elle emprunte le couloir, l'arme à la main et la respiration saccadée. Elle ouvre la porte de la chambre. Le lit est défait et la pièce est vide. Il y a juste un matelas et de grosses lampes blanches disposées aux quatre coins. Sur le mur en face d'elle se trouve une immense reproduction d'un célèbre tableau maintenue par des morceaux de scotch. Elle reconnaît immédiatement la toile. Ce ciel orange, cette eau sombre et ce personnage au premier plan, ce fantôme gris en proie à ses démons, à sa folie, cette chose qui se bouche les oreilles et ouvre ses lèvres en un cercle muet et terrifiant… C'est *Le Cri* de Munch. Le tableau qu'elle a vu dans l'appartement du père de Paul.

59

13 décembre 2015, 21 h 45

En sortant de la salle d'opération après des heures de travail, le docteur Georges Wideman ressent une immense lassitude. Il sait qu'il va devoir recevoir la mère de l'enfant, accueillir cette femme brisée par l'angoisse. C'est un aspect de son métier qu'il met un point d'honneur à remplir. Annoncer les mauvaises nouvelles est inhérent au travail de médecin. Il le fait avec toute la dignité et la compassion dont il est capable. Lorsqu'elle entre dans son bureau, la femme brune d'une quarantaine d'années est totalement dévastée. Elle pleure et arrive à peine à respirer. Il ne va pas la laisser plus longtemps dans cette poignante incertitude.

— Asseyez-vous, madame, je vous en prie. Je viens d'opérer votre fils… Il va survivre à ce terrible accident, son cerveau n'a pas été touché, mais sa colonne vertébrale, elle, a subi un choc très violent. J'ai fait le maximum pour soulager la pression sur la moelle osseuse, réduire et replacer la fracture. Malgré la rapidité de l'intervention des secours, le transport en hélicoptère dans mon service, il s'est écoulé près de cinq heures avant que je ne puisse commencer à opérer. C'est une durée critique pour ce type de traumatismes. Au-delà de ce temps, je vous aurais dit que votre fils ne pourrait plus jamais marcher… Dans son cas, je ne suis pas à même de l'affirmer. Il reste un espoir.

La femme n'a pas l'air de comprendre ce que le chirurgien vient de lui dire. Elle a traversé des émotions d'une puissance sans pareille ces dernières heures. D'abord l'annonce du drame, ce coup de fil froid, sans humanité, le trajet en voiture jusqu'à l'hôpital qu'elle a effectué comme un automate, saisie par l'angoisse absolue et mortifère de l'attente. Après, il y a eu les premiers mots du chirurgien et leurs conséquences sur son cerveau en ébullition et sur son cœur en feu.

« Votre fils est vivant. »

Une onde de soulagement qui la submerge, des remerciements au ciel, à Dieu, aux dieux…

« Votre fils a une fracture de la colonne vertébrale, il ne peut plus marcher. »

La suffocation, les images terribles du fauteuil, le handicap qui frappe votre enfant à l'aube de son envol, puis les pleurs, des malédictions prononcées contre le ciel et ses dieux…

« Ce n'est pas définitif, il y a un espoir. »

Le soulagement de nouveau, on se raccroche à ces quelques mots, il pourra peut-être remarcher, s'il vous plaît, mon Dieu, faites que ce soit le cas…

Les montagnes russes de l'émotion et une fatigue profonde, immense, qui l'envahit.

— Est-ce que je peux le voir, docteur ? Je voudrais le voir…

Le médecin secoue lentement la tête.

— Non, ce n'est pas possible pour l'instant, il est en réanimation, mais bientôt, je vous le promets.

Et puis la question qu'il redoute :

— Et son père ?

Le chirurgien se frotte les tempes et répond, d'une voix d'une douceur infinie.

— J'allais vous en parler, madame. Nos équipes ont fait le maximum mais le choc a été d'une violence extrême et malheureusement le cerveau a été touché. Gravement touché… Nous le maintenons en vie… Il n'y a aucun espoir de le ramener un jour de ce coma. Je suis désolé.

La femme est devenue blanche, d'une pâleur effroyable. Elle sait que l'annonce de sa mort sera un drame immense pour son fils.

— Il y a cependant une chose que je voudrais vous demander. Votre ex-mari avait une condition physique exceptionnelle pour un homme de son âge, nous pouvons utiliser certains de ses organes… Pour des greffes. Je sais que c'est un choix difficile, surtout dans ces conditions, mais sa mort peut être synonyme de vie pour certains de nos patients. Je pense notamment à celui d'un de mes confrères, cardiologue… Un malade en attente d'une greffe de cœur. Si nous ne trouvons pas de donneur d'ici à ce soir ou demain, il est mort.

Il n'aime pas utiliser cet argument. Le plus dur avec ces échanges, c'est qu'ils se font toujours dans des circonstances terribles. Un proche va vous quitter et un médecin vous demande si on peut utiliser un de ses organes. Votre mari, votre enfant, votre femme devient un amas de tissus et de muscles, une simple banque d'organes…

— Je ne sais pas, docteur… Nous ne sommes plus mariés, je ne crois pas que je puisse décider de quoi que ce soit…

— Votre ex-époux est… était fils unique. Ses parents sont décédés, il ne s'est pas remarié. Je ne souhaite cependant pas aller à l'encontre d'une position qu'il aurait prise en la matière, vous comprenez ?

— Je ne me souviens pas que nous ayons eu des échanges à ce sujet. Faites comme vous voulez…

Le médecin se lève et la raccompagne à la porte de son bureau.

— Nous ferons un point complet sur votre fils demain et nous pourrons alors vous dire à quel moment vous le verrez et quelle sera la suite du parcours pour lui, et pour vous. Nous avons accompli d'immenses progrès pour accompagner ce type de traumatismes et, dans ce domaine, rien n'est certain. Il va falloir, pour vous et votre fils, beaucoup de courage. Il faut garder l'espoir, c'est déterminant. Et votre enfant a eu énormément de chance. Je sais… il aurait pu aussi ne jamais avoir d'accident, mais vu les circonstances, c'est un miraculé. Vous devriez aller vous reposer… À demain.

Lorsqu'il referme la porte, la femme s'assoit dans le couloir de l'hôpital et se met doucement à pleurer. Elle pensait pourtant ne plus avoir de larmes. Elle pleure sur la disparition de son ancien époux et sur la vie qu'elle avait imaginée pour son fils. Le docteur Wideman a quant à lui déjà décroché son téléphone.

— Salut Michel, c'est Wideman. J'ai un cœur pour toi…

60

L'ombre sur le mur qui, il y a encore un instant, grandissait de plus en plus vite a été anéantie. Basile a poussé un hurlement lorsqu'il s'est retourné, pointant sa lance improvisée vers la forme sombre et menaçante qui se jetait sur lui. Il a d'abord senti une résistance. Ça a duré une fraction de seconde et puis, d'un seul coup, la silhouette est venue s'empaler sur la tige de métal, terminant sa course. Il y a juste eu un cri, un simple cri qui a stupéfié Basile. Pas seulement parce qu'il traduisait à la fois la surprise et la douleur de son assaillant. Mais aussi parce qu'il est certain d'y avoir perçu quelque chose de familier. Le corps s'est abattu sur lui, lourd, dense, imposant. Il tente de le repousser, ne parvient qu'à écarter son visage, masqué par une cagoule de laine noire. L'arme de fortune s'est enfoncée dans le torse de son assaillant au niveau du sternum. Basile la tient encore fermement entre ses mains alors que des flots de sang s'écoulent sur son torse. Dans un ultime effort, il parvient à faire basculer le corps et se dégage précipitamment.

Lorsqu'il se redresse, sa tête lui tourne atrocement. Il est pris d'une nausée aggravée par l'odeur de sang et de charogne qui émane de chaque pierre de cette prison. Il retrouve un peu ses esprits quand il croise le regard de la jeune femme entravée, nue, sur le sol. Il y a dans ses yeux un immense espoir, une peur insondable et des souffrances indicibles. Elle pousse de petits cris étouffés et s'agite comme une démente. Basile reprend son souffle et regarde la créature qui vient de rouler par terre. Un torrent de sang sombre s'échappe de sa poitrine en un flot continu et un râle abominable sort de sa gorge. Basile se rapproche et agrippe la lance plantée dans le corps de son adversaire. Il le contrôle, il sait que chaque mouvement qu'il imprimera à la barre de fer suffira à anéantir la moindre velléité de résistance.

Il n'a même pas besoin d'en arriver là. Il lit dans les yeux de son ennemi terrassé une reddition et une impuissance infinies. Il se met à genoux tout en continuant à maintenir avec fermeté son arme improvisée. Il approche sa main de la cagoule de laine pendant que la jeune femme continue à gémir. Il n'a pas besoin de remonter complètement ce masque, il reconnaît déjà ce menton et ces lèvres pleines, il sait que, s'il continue, il verra bientôt le visage de son seul et dernier ami.

— Salut, Baz… Tu vois, je pouvais pas tout te dire… Tu comprends maintenant ? Et tu sais quoi, mec… Je crois que le plus barge, le plus malade, ben, c'est pas moi… Regarde-toi, merde, regarde ce que tu es ! Un putain de monstre, vieux. Pire que moi, je t'arrive pas à la cheville ! Parce que je t'ai suivi, tu sais… Une nuit où je bossais pas… J'ai vu, j'ai vu ce que tu fais à ces filles… T'es un maître, mec, un maître… Tu veux que je te dise, Baz…

La dernière parole d'Ali s'est terminée dans une

toux sanguinolente. Basile ne sait même pas s'il a consciemment ou pas abaissé d'un seul coup la barre de fer qui transperçait le torse du gérant. Ce qu'il sait, en revanche, c'est qu'il ne voulait pas entendre ce qu'il avait à lui dire. Il a vu la vidéo et il est inutile de lui rappeler ce qu'il est capable d'infliger à ses victimes. Ces images d'horreur, de violence et de haine sont gravées en lui comme si on les avait imprimées au fer rouge dans son cerveau, sur son cœur et dans son âme. À jamais. Il fouille les poches d'Ali et trouve, tout de suite, les deux petites clefs argentées. Il ne sait pas par où commencer. Il regarde la prisonnière et décide d'abord de lui enlever sa muselière. La première clef est la bonne, et à peine a-t-il ôté le cadenas que la jeune femme crache la boule de plastique et se met à hurler. C'est un cri guttural, un cri de soulagement, de douleur et de folie. Basile la prend dans ses bras, il la serre, doucement d'abord, puis de plus en plus fort. Dans le même temps, il sent quelque chose qui monte du plus profond des noirceurs de son âme. Dès lors, les cris de la vidéo de la veille, les images sur l'écran de la GoPro prennent une autre dimension. Il sent une telle chaleur, une telle excitation… Ces ondes qui se diffusent dans tout son corps… Il cherche la crosse de son poignard et il ne comprend pas pourquoi il ne la trouve pas. Il a fermé les yeux, il s'abandonne peu à peu aux pires noirceurs tapies dans l'ombre de son cœur…

— Qu'est-ce que vous faites ? Vous me faites mal. Ouvrez les yeux, par pitié ! Regardez-moi, s'il vous plaît, regardez-moi, ouvrez les yeux… Ouvrez les yeux !

Axelle a hurlé ces derniers mots qui en rappellent d'autres à Basile. Il a l'impression d'émerger d'une longue plongée en apnée. Il prend une gigantesque inspiration et regarde la fille qu'il serre dans ses bras, entravée et misérable. Il doit soutenir son regard et elle, ce qu'elle voit à cet instant, il le sait, c'est un monstre. Pire encore que celui qui vient de mourir devant elle et qui l'a pourtant torturée pendant des semaines. Il se précipite sur le cadenas et détache la chaîne du tuyau de plomb.

— Partez, mademoiselle, partez. Il y a des voitures, des gens, là-dehors, allez-y, partez… Tout de suite !

Il regarde la jeune femme, rescapée sanglante et mutilée des pires pulsions de l'âme humaine. Elle se redresse péniblement et se dirige en chancelant vers la porte. Juste avant de sortir, elle a un instant d'hésitation et elle se retourne vers lui. Dans ses yeux pleins de larmes, il y a le vide sidéré de ceux qui ont traversé l'enfer.

— Merci… Merci, monsieur… Merci.

Une fois qu'elle a disparu, Basile sort son téléphone portable de sa poche et compose le 17. Lorsqu'il entend son interlocuteur, il essaie de contrôler sa voix puis se met à répéter en boucle :

— Je suis le tueur au poignard, venez me chercher, je suis un assassin. Je suis le tueur au poignard, venez me chercher, je suis un assassin…

Quand le groupe de la brigade criminelle arrive sur place, Basile est toujours en train de bredouiller sa litanie. Ce qui frappe le plus le commandant Laurent Debernardi à ce moment-là, c'est le regard de Caplain. Il dira plus tard : « Il y avait dans les yeux de ce type une culpabilité et une douleur infinies, on aurait dit qu'il portait en lui tous les crimes de l'humanité et qu'il se débattait avec le diable en personne. » Il est comme ça, l'officier Debernardi, il aime bien faire des phrases…

61

« Le verdict vient de tomber et je peux vous dire qu'il y a déjà beaucoup, beaucoup de tumulte et d'agitation à la sortie de la grande salle d'audience de la cour d'assises de Paris. Les jurés ont finalement décidé, après onze jours d'audience, d'acquitter Basile Caplain. C'est une décision incroyable quand on sait que l'accusé lui-même a avoué les meurtres particulièrement atroces de cinq jeunes femmes et que des preuves matérielles ont été produites par les parties civiles. Leurs avocats se sont déclarés outrés et scandalisés par cette décision. Maître Béatrix, l'avocat de la famille Phallard dont la fille aînée, Constance, a été assassinée, l'a qualifiée de "déni de justice". Une famille par ailleurs touchée par un autre drame, le suicide d'Emmanuel de Phallard, le ministre des Affaires étrangères, à la suite d'un scandale sur le financement de son parti politique.

» Maître Lovichi, avec son assurance et sa faconde habituelles, a quant à lui déclaré juste après le verdict que le jury avait fait preuve d'un "bon sens éclairé" en reconnaissant que son client ne pouvait être tenu pour responsable d'actes commis en état de somnambulisme profond. Un bon sens éclairé par une plaidoirie de plus de cinq heures pendant laquelle ce ténor du barreau a littéralement anéanti les arguments des parties civiles et ridiculisé l'avocat général. Il faut ajouter que le témoignage d'Axelle Andros, la jeune femme libérée par Caplain, a très favorablement influencé le jury. Rappelons qu'elle avait été enlevée et torturée par le gérant de la station-service située en dessous de l'appartement de l'accusé, et c'est avec beaucoup d'émotion et de reconnaissance qu'elle s'est exprimée en faveur de ce dernier. Une aubaine pour l'avocat, qui n'a cessé de revenir sur cet épisode pour souligner la véritable nature de son client, "un homme foncièrement bon et qui, lorsqu'il a sa pleine conscience, n'hésite pas à mettre sa vie en péril pour sauver celle d'une innocente", a-t-il déclaré. Et même s'il sait qu'il est plus que vraisemblable que le procureur de la République fasse appel de cette décision, c'est le sourire des grands jours et des belles victoires que l'on a vu s'afficher sur son visage. Un visage qui contrastait de manière flagrante avec celui de son client qui, à l'annonce de la décision, ne s'est pas départi de la figure défaite et résignée qu'il a montrée pendant toute la durée de la procédure.

» Et alors que les avocats et le public nombreux sont en train de quitter la salle d'audience, c'est escortés de deux policiers que maître Lovichi et son client sortent du palais, sans doute pour y revenir dans les prochains mois. C'était Jacques Lamblin pour RTL, en direct du Palais de Justice de Paris. »

Clara se lève du canapé et va éteindre la radio. Elle sent monter en elle une angoisse profonde, elle a la gorge nouée et des crampes terribles lui tordent le ventre. Elle pensait avoir surmonté ses peurs et dominé les failles et les cauchemars de son enfance mais, en situation de stress, elle sait qu'elle peut à nouveau perdre pied, à chaque seconde. Elle n'a pas revu sa mère depuis qu'elle lui a parlé de son grand-père. Et elle ne la reverra pas. Elle se souvient de la voix de son père quand il l'a appelée, il y a trois mois. Une voix froide, accusatrice, brisée par un chagrin abyssal. Il n'a dit que quelques mots qui ont résonné comme des coups de tonnerre dans le crâne de sa fille. « Ta mère est morte, morte de chagrin, Clara, et ça, c'est ta faute. » Elle a fini, plus tard, par apprendre la vérité. On l'avait retrouvée sur un banc dans un parc du quinzième arrondissement ; son cœur avait fini par lâcher prise. C'était un été chaud et ensoleillé, les gens avaient sûrement pensé que cette vieille dame faisait une sieste. Un petit garçon s'était approché d'elle et avait timidement tiré sur sa manche : « Madame, tu dors ? », mais sa maman l'avait immédiatement rappelé à l'ordre. C'est la police municipale qui, en fermant le parc, avait constaté le décès. Clara est allée aux obsèques, l'un des épisodes les plus terribles qu'il lui ait été donné de vivre. Non seulement son père ne lui a pas adressé la parole, mais elle a dû en plus subir les regards sombres et pleins de reproches de vieilles tantes, d'oncles et de cousins qui tous pensaient plus ou moins qu'elle était responsable de près ou de loin de cette mort. Et le pire, c'est qu'ils avaient raison. Elle a quitté l'église avant la fin de la cérémonie et s'est mise à pleurer, seule sous la pluie, appuyée contre une arche de pierre. La vérité… Oui, elle l'a obtenue, mais à quel prix ! Le soulagement qu'elle avait pu ressentir quand elle avait quitté sa mère, la laissant avec ses remords et le portrait de son père entre les mains, a vite fait place à une culpabilité lourde, dense, omniprésente.

Clara prend son téléphone portable et compose fébrilement le numéro de Paul. Elle arrive directement sur sa messagerie.

— Paul, c'est Clara. J'ai peur que tu sois là-bas. Si tu as mon message, rappelle-moi s'il te plaît… Tu ne peux rien faire. Tout ça c'est n'importe quoi, Paul ! Ce sont juste des coïncidences. Ces choses-là arrivent… S'il te plaît, rappelle-moi…

Elle laisse tomber son smartphone sur la table et regarde par la fenêtre. Son regard se perd dans le ciel bleu et se fixe sur un petit nuage blanc isolé, perdu. Elle repense à Nostradamus, au fait que le gouvernement avait stoppé le programme après le suicide de Phallard. Dubois l'a appelé peu de temps après. « Bonjour Clara. Ils ont tout arrêté et croyez-moi, c'est bien dommage. J'avais tout juste fini de compiler l'ensemble des documents, et Dieu sait qu'il y en avait, sur l'affaire Kennedy. Vous imaginez le scoop ! Mais rassurez-vous, ce programme n'est pas fini pour tout le monde… En tout cas, pour moi ça l'est, je raccroche, définitivement. » Ils se sont promis, sans trop y croire, de se revoir. Elle sent une main qui se pose sur son épaule ; elle la saisit et se retourne pour enlacer l'homme qui se tient derrière elle. Puis elle sourit.

— Quel cliché, non ? Sortir avec son psy ! Je croyais que c'était interdit par ton code de déontologie, ce genre de chose.

Nicolas Flair l'embrasse et se met à rire.

— Bien sûr que c'est interdit, et c'est pour ça que

je ne t'ai jamais vraiment considérée comme une patiente, plutôt comme une cible !

Elle lui donne un coup dans le ventre puis s'éloigne de lui.

— Je suis morte d'inquiétude, Nicolas. Paul ne répond pas à mes appels. Il a été tellement obsédé par ce procès, il ne parlait plus que de ça… De ça et de sa théorie sur son père.

— Tu n'y peux rien, Clara, tu le connais mieux que moi et tu ne pourras pas l'empêcher d'accomplir ce qu'il a à faire.

— Mais il n'y a rien à faire ! Rien ! Tu ne vas pas me dire que tu crois à ses théories imbéciles !

Flair ne dit rien et secoue la tête. Il ne sait pas s'il doit y croire. Ce qu'il sait en revanche, c'est que Clara, elle, y croit. Et il n'a pas besoin d'être dans son esprit pour comprendre qu'à ce moment précis elle ne repense pas seulement au tableau qui se trouvait dans l'appartement de Caplain. Elle revoit aussi les livres de finance dans la petite bibliothèque du salon, des bouquins en anglais ! Une langue que ce type ne maîtrisait même pas. Et, bien sûr, les dizaines de revues sadomasochistes qui tapissaient le sol sous son lit. Des coïncidences, vraiment ? Quand le signal sonore indiquant l'arrivée d'un message retentit, Clara se précipite sur son téléphone. Son visage se décompose au fur et à mesure qu'elle lit le SMS. Les larmes aux yeux, elle tend l'appareil à Nicolas.

> Salut Clara, Tu avais raison. Les secrets de famille finissent toujours par vous pourrir la vie. Mais tu sais quoi ? La mienne l'a été un peu moins, grâce

à toi. S'il m'arrive un truc, est-ce que tu pourras t'occuper de Ram ? Et je te rappelle que ne pas respecter les dernières volontés d'un handicapé ne ferait qu'aggraver ton cas. Déjà particulièrement désespéré ! Je t'embrasse ! Paul.

62

Je m'appelle Axelle, j'ai vingt-deux ans, et il y a six mois, je suis morte.

Parfois, je regarde les traces sur mon corps, je regarde ma main, et je me demande pourquoi je suis encore là. On a retrouvé le cadavre de l'autre fille enterré dans le terrain vague, derrière la petite construction de briques rouges. Je pense souvent à elle, à ce qu'elle a ressenti. À quel moment s'est-elle laissé gagner par le désespoir ? Au bout de combien de temps a-t-elle su que rien ni personne ne pourrait la sortir de cet enfer ? Moi, je me rappelle quand le monstre m'a ramenée dans ma prison, après ma tentative d'évasion. Je me souviens de sa colère, de ses yeux fous de rage, ivres de haine. C'est la première fois que j'ai vraiment entendu sa voix… J'aurais tellement préféré ne jamais avoir à écouter ça… Chacun de ses mots restera gravé tout au fond de mon cerveau, remontant à la surface pour me faire hurler de peur et frissonner d'effroi. Lorsque j'ai repris connaissance, il se tenait devant moi. J'étais attachée, les mains et les pieds entravés, suspendue entre le plafond et le mur derrière moi. Je n'étais plus qu'une masse de douleur dans un corps déchiré, à la dérive. J'ai poussé un hurlement étouffé par cette foutue muselière quand j'ai vu qu'il avait enlevé sa cagoule. Je fermais les yeux pour ne pas le voir, je secouais la tête comme une folle. Je savais bien que c'était trop tard, j'avais aperçu son visage. En me le montrant, il signait mon arrêt de mort. Bien sûr, ça ne changeait rien, il avait de toute façon décidé de me tuer, depuis le début. Mais il n'essayait même plus de me laisser le moindre espoir. C'est cet instant-là, cet instant où l'on a la certitude de sa fin prochaine, que ma sœur d'infortune a dû connaître aussi. Ou peut-être pas. Peut-être lui a-t-il laissé jusqu'au bout l'illusion qu'elle pourrait s'en sortir. Revoir ses parents, sa chambre, le soleil ? Et je ne sais même pas ce qui est le mieux. Parce que la chose la plus étrange, c'est que lorsque j'ai ouvert les yeux sur ce visage à la peau mate et au regard noir, sur le rictus de sa bouche tordue par la douleur et par l'envie de me faire souffrir, je me suis sentie libérée. La certitude de la mort avait quelque chose de réjouissant, d'apaisant. À partir de ce moment-là, je n'ai plus eu peur d'elle. La seule chose que je craignais, que je craignais atrocement, c'était la souffrance… Et il m'a donné raison.

— Pourquoi tu as voulu partir ? Je me suis occupé de toi, pourtant. Je t'ai donné à manger, des vêtements, je t'ai soignée. Tu as eu une couverture, putain ! Tu crois que l'autre a eu autant que toi ? Elle a pleuré, elle a réclamé et je lui ai rien donné, pas comme à toi, jamais. Tu sais que tu dois être punie pour ça, tu le sais, n'est-ce pas… Je dois le faire, pour que tu comprennes.

Il s'est approché de moi et j'ai vu l'objet dans sa

main. Je n'ai d'abord pas compris ce que c'était. Je ne faisais pas de jardinage. C'est quand il a débloqué les lames que j'ai reconnu le sécateur. Quand il m'a sectionné le pouce, une onde atroce et glacée a parcouru tout mon corps, inondant mon cerveau de mille douleurs. J'ai perdu connaissance lorsqu'il a tranché le deuxième doigt, pour ne me réveiller que bien plus tard, dans une sorte de délire de fièvre et de sang. J'entendais une voix qui appelait, de l'autre côté de la porte. J'ai alors su mobiliser tout ce qui me restait de force, de courage et de vie pour répondre. Et cet homme m'a sauvée. Lorsqu'il a tué le monstre j'ai ressenti un bonheur, une exaltation incroyable. Je crois que je n'avais jamais éprouvé cette sensation et que plus jamais, je le sais, je ne pourrai la revivre. Le seul regret que j'aie, c'est de ne pas l'avoir tué de mes propres mains.

J'avais dit à l'avocat que j'irais témoigner. C'était la première fois depuis ma libération que je quittais l'appartement de ma mère. On ne se parlait pas beaucoup plus qu'avant. Et j'avais même surpris, à plusieurs reprises, sur son visage, une inquiétude profonde et peut-être même, du dégoût. J'en étais presque certaine : c'était une forme de répulsion que cette femme ressentait lorsqu'elle jetait un regard sur ma main. Pendant le procès, j'ai juste répondu aux questions. Ça a été une épreuve atroce. Non pas de raconter mon histoire, mais d'avoir à affronter les autres, les vivants. Quand j'ai quitté la cour d'assises, je suis rentrée en taxi. Je n'ai pas quitté des yeux le reflet du visage du conducteur pendant tout le parcours, ne m'accordant que quelques dixièmes de seconde pour observer l'extérieur et vérifier qu'il prenait la bonne route. Il a essayé de me parler, deux fois, et je n'ai pas répondu. Je me souviens de la vie d'avant, lorsque je discutais avec des inconnus, lorsque j'avais confiance dans l'humanité… J'ai éteint la télévision juste après l'annonce du verdict et je suis retournée dans ma chambre.

Je suis allongée sur mon lit et j'observe le plafond. Je regarde la porte, de temps en temps, de plus en plus souvent. C'est plus fort que moi. Au bout d'un moment, je ne tiens plus et je me lève pour vérifier que la clef est bien tournée dans la serrure et qu'aucun être humain ne pourra rentrer. Aujourd'hui, je n'ai plus confiance en rien ni en personne. Hier soir, au dîner, quand ma mère a saisi le couteau à pain et l'a tendu vers la baguette pour que je la lui passe, j'ai cru que j'allais lui jeter la cruche en grès en pleine tête. Je pense que j'aurais pu la tuer. J'ai essayé de me contrôler, de toutes mes forces. Je sais que je tremblais. Je me suis levée et j'ai juste dit :

— Pose ce couteau, maman. Ne refais plus ça devant moi, jamais.

Je suis partie dans ma chambre et j'ai coincé une chaise contre la porte. Je l'ai entendue pleurer… Et maintenant je suis là, allongée sur mon lit, rongée par une angoisse étrange. Contrairement aux gens normaux, moi, je ne crains pas la mort. Je la connais et je l'attends.

Je m'appelle Axelle, j'ai vingt-deux ans, et aujourd'hui j'ai si peur d'être vivante.

63

Assis dans son fauteuil roulant, Paul a pris l'habitude de ne voir les gens qu'à hauteur de hanches. Et il n'a pas forcément besoin de distinguer leurs visages pour sentir l'agitation, la colère et l'indignation qui agitent la petite foule qui s'est amassée devant le Palais de Justice. C'est un peuple qui gronde alors que la rumeur puis la confirmation de l'acquittement du « tueur somnambule » se sont propagées comme la peste. Il a du mal à se frayer un chemin mais quand ceux qu'il essaie d'écarter voient ce jeune type dans sa chaise, ils ont tendance à le laisser passer. Lui bredouille des « excusez-moi, je dois vraiment entrer dans le palais, pardon… ». On ne bouscule pas un handicapé, on ne le rabroue pas publiquement devant témoins. Enfin, pas toujours. Il pense à Clara, comme il le fait souvent quand il se retrouve dans ce genre de situations.

Si elle était là, il sait très bien ce qu'elle dirait. Elle lui reprocherait d'« utiliser » son handicap pour obtenir des passe-droits. Une fois, elle lui a même dit : « C'est con que vous ayez des files et des places prioritaires parce que, finalement, faire la queue et chercher un stationnement pendant trois plombes, comme tout le monde, c'est un moyen de retrouver une certaine forme de validité, non ? » Bien entendu, tout cela n'est supportable que parce qu'elle affiche toujours, dans ces moments-là, un grand sourire contagieux et que Paul sait bien que cet humour cynique n'a qu'un seul but : ne pas laisser ses propres sentiments la déborder. Il aime cette femme, comme une mère, comme une sœur, et lorsqu'il lui a envoyé son SMS, il a été submergé par l'émotion.

Il a enfin atteint la place qu'il souhaitait, celle à laquelle il est certain de pouvoir le faire. À côté du véhicule de police dont le moteur tourne déjà. Il ferme les yeux et le brouhaha de la foule semble diminuer. Peu à peu, il s'enfonce dans sa mémoire jusqu'au jour de l'accident. Il revoit toutes ces choses qu'il avait occultées et que le choc a enfouies plus profondément encore dans les méandres de son cerveau, jusqu'à ce qu'il tombe à nouveau sur ces photos…

— *Tu ne bouges pas, Paul. J'en ai pour cinq minutes. Je fais le plein, j'achète une bouteille d'eau et je reviens. Ne touche pas aux boutons. En fait ne touche à rien. On sera au bord de la mer dans quarante-cinq minutes à peine.*

Il lui a adressé un grand sourire avant que la portière ne se referme dans un bruit sourd. Il n'y avait que du cuir, du carbone et de l'aluminium dans ce véhicule. Tout était parfaitement millimétré, tout devait être à portée de main de l'heureux conducteur qui pouvait s'offrir ce genre de jouet pour grands. Paul a, bien entendu, commencé par actionner les différentes commandes. Mais sans clef de contact, le jeu l'a vite lassé. Il a ensuite ouvert la boîte à gants. C'était simple, juste un petit bouton à enfoncer doucement, et le panneau s'est abaissé, comme une invite. Son regard a tout de suite été attiré par le carnet de cuir noir. Il n'y avait pas le logo de la marque de voiture dessus. Juste un deux, en chiffres romains. Ce truc-là n'était pas vendu avec ce bolide, il appartenait à son père. Au moment de l'ouvrir, Paul a ressenti quelque chose d'étrange. Comme s'il s'apprêtait à commettre l'irréparable. Des souvenirs lui revenaient à l'esprit. Peut-être savait-il que son père cachait bien plus de choses que le commun des mortels. Peut-être même ne cherchait-il déjà que la confirmation de l'épouvantable intuition qui grandissait peu à peu au plus profond de son cœur. Dans les premières pages, il a découvert des photos de jeunes filles souriantes, sublimes, heureuses. Il en a reconnu certaines. Il y avait cette très jolie fille blonde aux yeux marron, Sofia. Il avait un peu parlé avec elle, dans un anglais qu'il maîtrisait déjà bien mieux qu'elle. C'était à l'une des soirées auxquelles il avait le droit de passer. Avant. Pour piquer des gâteaux avant d'aller se coucher. En plus, Sofia, elle, était revenue plusieurs fois. Au moins trois. C'était un vrai privilège, elle devait vraiment le mériter... Mais Paul l'avait trouvée de moins en moins drôle, de moins en moins souriante. Et puis, il ne l'avait plus vue du tout. Il y en avait tant d'autres, les prénoms se bousculaient dans sa tête, les sourires et les regards aussi. Quand il a tourné la page, son cœur a cessé de battre. Il ne pouvait plus respirer et des frissons glacés lui parcouraient le dos jusqu'au sommet du crâne. Les photos couleur étaient comme des instantanés du mal absolu, comme si on avait capté tout ce que l'homme pouvait infliger de blessures et de souffrances à ses semblables. Le visage de ces filles, leurs regards fous, leurs bouches ouvertes en des hurlements silencieux ou fermées pour toujours en un rictus macabre. Ces blessures, ces plaies béantes, profondes, et tout ce sang... Il a refermé le carnet et l'a jeté au fond de la boîte à gants. Il a dû sortir de la voiture et faire quelques pas, respirant à fond l'air froid de décembre, pour ne pas vomir. Allant chercher d'ultimes ressources pour ne pas s'effondrer en larmes et rester là, prostré sur le sol, en attendant le responsable de ce massacre. Paul est remonté dans la voiture avant que son père ne revienne.

— OK, c'est bon, on peut repartir, mon bonhomme. Ça va ? Tu es tout pâle. Tiens, je t'ai acheté une barre chocolatée, celle que tu préfères. Prends des forces et accroche-toi parce que cette partie-là de l'autoroute je la connais. Et tu sais quoi ? Eh ben, y a pas de radars !

Il a juste acquiescé et tendu la main pour prendre le Twix. Il ne pouvait pas prononcer le moindre mot. S'il avait essayé, il était certain qu'il se serait mis à hurler. Quand il a regardé le compteur de vitesse, dix minutes plus tard, ils étaient à plus de 260 kilomètres-heure et le visage de son père affichait une toute-puissance et une satisfaction qui glaçaient le sang de Paul. Peut-être avait-il le même sourire lorsqu'il torturait toutes ces filles ? Quand il a vu le camion, l'adolescent a tout de suite su qu'il n'aurait que quelques secondes pour agir. Et lorsque sa main a attrapé le volant pour précipiter le bolide dans le flanc du trente-cinq tonnes, il n'a pas hésité. Son père a tourné la tête vers lui : il n'y avait sur son visage que l'expression d'une immense surprise et d'une totale incompréhension. Le choc a été brutal et a déstabilisé le bolide. Paul a regardé son père essayant de reprendre le contrôle du véhicule mais les longues embardées qu'ils faisaient, de plus en plus rapides, de plus en plus serrées, ne laissaient aucun doute sur leur destinée. Quand la voiture a commencé à faire des tonneaux, l'adolescent a eu, pendant une fraction de seconde, l'impression de voler. Jusqu'à l'atterrissage. Jusqu'au moment où un fracas terrifiant a empli l'habitacle et où tous les objets sont devenus des projectiles mortels. Avant de sombrer dans le néant, il a eu le temps de croiser, une dernière fois, le regard de son père qui semblait demander : « Pourquoi ? » L'adolescent ne pourrait jamais lui répondre, même si lui connaissait exactement la raison de son geste. Sa décision était prise depuis l'instant où il avait refermé le calepin noir, depuis le moment où il avait croisé le regard de Sofia qui suppliait qu'on lui accorde la mort. Quand la carcasse fumante de la Ferrari s'est enfin immobilisée dans le champ jouxtant l'autoroute, il y a eu un silence étonnant, comme si la nature elle-même s'était arrêtée devant le spectacle navrant de la folie humaine. Parmi les nombreux débris et objets qui ont été dispersés sur plusieurs centaines de mètres, un ou deux seulement n'ont jamais été retrouvés. Notamment un petit carnet de cuir noir avec de drôles de chiffres romains qui, au troisième tonneau, a été projeté si haut qu'il est allé se percher dans un des rares arbres de l'immense terrain qui longeait l'asphalte. Peut-être y est-il encore…

C'est le bruit de la foule qui sort Paul de sa torpeur. Il a à peine le temps de se reconnecter avec le monde que l'homme des journaux, celui dont le visage s'était affiché sur l'écran de Nostradamus, se tient à deux mètres de lui, avec son avocat. À cet instant-là, la froide détermination du jeune homme fait écho à celle, farouche, qu'il a éprouvée quelques années auparavant. Il sait qu'il ne peut pas, qu'il ne doit pas faiblir. Il sort l'arme qu'il a volée à Clara et il regarde, juste avant de tirer, le visage de sa cible. Pendant un court instant, il a l'impression que, comme cela s'est produit sur l'ordinateur, les traits de Basile Caplain se troublent, comme noyés dans un brouillard étrange et coloré, et que ce sont ceux de son père qui apparaissent. C'est à ce moment précis qu'il tire, trois fois. C'est à cet instant que Paul Vignaud sait qu'il vient de tuer son père pour la deuxième fois.

Épilogue

Lorsque le cri a déchiré la nuit, il a eu l'impression que son sang se figeait dans ses veines. Il n'a jamais entendu une telle détresse, une telle tristesse dans la voix de sa femme. Il s'est précipité dans la chambre à coucher, tout au bout du couloir. Il l'a retrouvée, allongée sur le sol, entortillée dans ses draps. Elle sanglotait et repoussait des agresseurs invisibles. Lorsqu'il s'est approché d'elle et qu'il a voulu la prendre dans ses bras, elle s'est remise à hurler.

— Chérie, c'est moi, c'est Franck, je suis là, tout va bien. Qu'est-ce qui s'est passé ?

C'était terrifiant, elle le regardait sans le voir et continuait à se débattre en gémissant. En un instant, elle s'est redressée et l'a frappé en plein visage avec une force qu'il ne lui connaissait pas. Il a senti le goût du sang commençant à jaillir dans sa bouche et il a dû peser de tout son poids pour l'immobiliser et pour qu'elle se calme enfin. Au bout de quelques minutes, il s'est mis à lui parler avec douceur.

— Je vais desserrer mon étreinte. Est-ce que tu m'entends, est-ce que tu es là ?

D'abord, il n'a rien entendu, puis une toute petite voix, celle d'une petite fille presque, lui est parvenue.

— J'ai peur, Franck. Est-ce qu'elle est partie ? Dis-moi qu'elle est partie, je t'en supplie…

Il a regardé la chambre vide sans percevoir la moindre chose anormale. Les volets de la porte-fenêtre donnant sur la terrasse étaient solidement clos. La porte de la salle de bains était fermée. Il s'est levé lentement.

— Où vas-tu ? Reste avec moi, ne t'en va pas, par pitié, reste avec moi !

Il a dégagé avec douceur les bras de sa femme qui s'étaient resserrés autour de ses jambes et l'empêchaient de faire le moindre pas.

— Ne t'inquiète pas, je vais juste jeter un œil dans la salle de bains. Il n'y a personne dans cette chambre, absolument personne, tu as juste fait un cauchemar.

Il a posé la main sur la poignée de la porte qu'il a ouverte d'un seul coup tout en allumant la lumière. Évidemment, l'endroit était vide. Il s'est avancé et s'est senti stupide quand il a tiré le rideau de douche qui occultait la baignoire et qu'il a contemplé le vide nu et blanc du carrelage. Mais lorsqu'il s'est retourné, il a cru que son cœur allait s'arrêter. Morgane l'avait suivi et elle tendait le doigt vers la glace qui courait le long de la double vasque qu'il avait installée à sa demande. Elle avait ouvert la bouche en grand et prenait une longue inspiration qui annonçait un cri qu'il ne voulait pas entendre. Dans le reflet du miroir, il n'y avait rien, rien d'autre que l'image de sa femme terrorisée par des fantômes. Ce n'était pourtant que le début du cauchemar. Les nuits et les semaines qui ont suivi ont été semblables à cette première scène, jusqu'à ce qu'il se décide à la quitter…

Au début, Morgane avait pourtant eu l'impression de revivre. Une nouvelle naissance, c'était tout à fait ça ! Naissance au monde, à la lumière, aux objets du quotidien, aux visages de ses parents, de son amant… Elle pouvait passer des heures à contempler un paysage, même anodin. Il lui était arrivé de rester de longues minutes à regarder des gens entassés à un arrêt de bus, détaillant leurs visages, observant les signes de la fatigue, du stress, s'arrêtant sur un sourire, sur un tremblement, une larme… Elle le faisait jusqu'à ce que ça devienne gênant, qu'on la remarque. Alors elle s'enfuyait, honteuse et le sourire aux lèvres. Jamais elle n'aurait cru pouvoir faire ça et elle se disait souvent : « Quelle imbécile j'étais, avant, de ne pas me rendre compte de la beauté des choses qui m'entouraient. »

Le délai d'attente n'avait pas été si long. Un an, qu'est-ce que c'était qu'une petite année pour retrouver le goût de vivre ? Vers la fin, elle ne reconnaissait même plus le visage de ses proches. Elle avait tellement peur de devenir complètement aveugle. Elle avait douze ans quand le médecin avait prononcé le nom de la maladie : « kératocône ». Elle avait alors trouvé le nom rigolo et réprimé un sourire. Et puis la tête du vieux docteur l'avait totalement refroidie et ensuite les explications étaient venues.

— C'est une maladie qui déforme la cornée de votre fille, madame Aymar. Nous pouvons contrôler et corriger la maladie avec des lunettes, puis des lentilles de contact. Et parfois, vous savez, ça se stabilise et on peut vivre comme ça sans difficulté majeure.

— Oui, docteur, mais parfois aussi, les symptômes s'aggravent.

À trente ans, Morgane Aymar ne voyait presque plus rien. Elle avait l'impression de regarder sa vie à travers une vitre battue par une pluie diluvienne et ininterrompue. Sa crainte de devenir totalement aveugle la plongeait dans des angoisses terribles et des abîmes de désespoir. Mais le nouvel ophtalmo qu'elle avait consulté l'avait rassurée.

— C'est une opération que nous maîtrisons totalement aujourd'hui.

La première greffe s'était parfaitement déroulée. Elle avait cependant dû attendre plus de un an après l'opération pour retrouver une vue presque normale de l'œil droit. Et elle se rappelait le coup de fil qu'elle avait reçu peu de temps après.

— Mademoiselle Aymar, nous avons un nouveau greffon. Nous pourrons opérer l'autre œil dès demain.

Elle avait sauté de joie. Elle se souvient d'avoir couru dans son appartement et appelé sa mère pour lui faire part de son enthousiasme. L'opération, les longs mois de convalescence, tout cela n'avait aucune importance. Et lorsqu'elle avait recouvré totalement la vue, cela avait été un véritable éblouissement. De courte durée. Les premiers cauchemars avaient commencé presque aussitôt les derniers fils ôtés. Et puis la longue descente aux enfers avait suivi.

Aujourd'hui, seule dans son appartement, elle n'ose même plus fermer les yeux. Les amphétamines qu'elle prend à haute dose lui donnent de la tachycardie mais elle ne peut pas dormir, elle le sait. Elle a aussi essayé les somnifères ; cela n'a servi à rien. Du plus profond de son inconscient, elle est rattrapée par les visages grimaçants des créatures sanglantes qui peuplent son esprit. Pauvre Morgane. Pour comprendre ce qui lui arrive, il aurait fallu qu'elle entende ce que le docteur Georges Wideman avait dit à son confrère, le jour de l'accident d'Yves Vignaud et de son fils.

— Salut Michel, c'est Wideman. J'ai un cœur pour toi… Ah, au fait, les cornées aussi sont en parfait état, si jamais…

Remerciements

Merci à Clarisse, Agathe, Castille et Gaspard qui font de ma vie un rêve (en général…).

Merci à Céline Thoulouze, mon éditrice, pour son exigence, sa confiance et sa constante bienveillance.

Merci à Lorraine, grande chef du club des mordus de lecture pour sa relecture vigilante, ses suggestions, ses idées de psychopathe et, bien sûr, son enthousiasme.

Merci à mes ami(e)s auteurs, Karine, Barbara, Xavier-Marie et Laurent, ceux que j'appelle avec affection « les anciens », pour leur saine émulation et la générosité sincère qu'ils me témoignent.

Composition et mise en pages
FACOMPO, Lisieux
Imprimé en Espagne par
Liberdúplex
à Sant Llorenç d'Hortons (Barcelone)
en mai 2019

S29563/01